길
위에서

떠나고 돌아오는
길 위에서

초판 1쇄 인쇄일 2023년 11월 15일
초판 1쇄 발행일 2023년 11월 25일

지은이 김창환
펴낸이 양옥매
디자인 송다희 표지혜
교   정 김민정
마케팅 송용호

펴낸곳 도서출판 책과나무
출판등록 제2012-000376
주소 서울특별시 마포구 방울내로 79 이노빌딩 302호
대표전화 02.372.1537   팩스 02.372.1538
이메일 booknamu2007@naver.com
홈페이지 www.booknamu.com
ISBN 979-11-6752-372-3 (03800)

떠나고 돌아오는

길 위에서

김창환 산문집

책과나무

들머리, 시작하는 길

길이 존재했기에 걸었고 길을 걸었기에 오롯이 나로 존재할 수 있었다. 지나온 삶을 돌아보면 곳곳이 두 발로 걸어 나온 길들이 보였고 살아가야 할 길로도 다가오곤 했다.

낯선 곳으로 이사를 가거나 한동안 먼 곳으로 떠나 있을 때 다시 돌아가고 싶은 곳은 거처하던 집이 아니라 지하철역이나 버스에서 내려 집으로 가던 길이었다. 어머니를 졸라 따라나섰던 광천읍내 오일장으로 가던 길도, 서낭당이 있던 외진 산길을 지나야 했던 은하초등학교에 가던 길도, 시오리쯤을 걸어야 했던 광천중학교 등하굣길도 마찬가지였다. 군 복무 중 무릎 통증으로 통합 병원에 입원했던 날, 퇴원할 상황을 기다리기보다 익숙한 고샅길을 걸어 집으로 갈 수 없다는, 평범한 일상의 상실감이 앞섰다. 푸른 제복에 젊은 시절을 보내고 방황 끝에 새롭게 시작했던 사회생활, 아침마다 한 시간 반을 걸어서 과천청사로 출근했던 우면산 길은 한동안 주어졌던 생애 특별한 행운의 길이었다. 밤차를 타고 새벽에 구례구역에 내려 화엄사까지 걷고 다시 노고단이나 천왕봉으로도 올랐던 길은 여명의 빛을 갈구하던 시절이었을까? 혼자서 숱한 골짜기들을 오르내렸던 지리산의 사계절은 각기 다른 잔영으로 남아 시로 읊어야 했다. 차로 하루를 달려도 나무 한 그루 볼 수 없었던 고비 사막을 마라톤으로 달리고 이야기의 주인공을 만나러 가파르고 험준한 흔적으로 남아 있는 차마고도를 걸으며 삶의 단순함을 가슴에 담아와야 했다. 요르단의 난민촌에서 사막을 마주하듯 막막한 삶을 살아가는 가엾은 이들을 만났고 고대의 유적 페트라에서는 석공들의 예술적 성취를 상상했다. 카트만두에서 포카라로 안나푸르나의 설산에 가깝게 다가가도록 걸었던 길에서는 순박한 눈망울을 가진 어린아이들과 잠시 친구가 되기도 했다. 혼자서 무전(無錢)으로 땅끝 마을에서 출발했던 국토 종단의 시도는 결국 미완성이었지만 오늘보다 젊었던 날의 소중한 발자취였다. 미뤄 둔 숙제처럼 아메리카 대륙을 다녀왔던 길은 인간과 문명의 한계를 고심했던 시간이었다.

사람들이 '역마살이 낀 것 같다'고도 했다. 그토록 나의 삶은 언제나 길 위에 있었다. 그러니 내 삶의 흔적은 대지에 나 있는 길 위에도, 살아온 궤적에도 남아 있을 터다. 길 위에서 만난 풍경과 인연은 그리움과 연민으로 따라와 살아갈 날의 앞으로 와 있었고 길에서 주운 사금파리로 마당에 금을 그어 놓았던 어린 시절의 추억처럼 두고두고 마음에 남았다. 여행이 끝나면 길이 다시 시작되듯 이야기를 따라 다시 여행을 떠나곤 했다.

생각이 여럿이라도 몸이 하나이니 결국 가야 할 길은, 갈 수 있는 길은 하나일 수밖에 없고 마지막 가는 길도 그렇지 않던가. 인생은 끊임없이 선택의 연속이었으니 선택한 길에 들어섰다면 다시 돌아설 수도 있겠지만 그게 쉽지는 않았다. 대개는 선택한 길을 그대로 간다. 시간은 거스를 수 없고 선택된 공간도 마찬가지로 쉽게 벗어날 수 없기 때문이다.

단순한 여행이었건 볼일이 있어서였건 낯선 곳에서 맞는 아침 시간은 선물처럼 언제나 소중했고 달콤했다. 그 소중한 시간을 방안에 갇힌 듯 보낸다는 것은 스스로 용서받기 어려운 게으름이었다. 날마다 새로운 선물처럼 새벽의 산보를 좋아하지만 낯선 곳에서라면 말할 나위도 없었다. 너와 나, 우리는 길에서 만난 이에게 길을 묻기도 했고 잠시 동행이 되었거나 더러는 인생의 길을 나누는 도반(道伴)이 되기도 했다. 길을 간다는 것은 사람에게로 가는 것이기도 했다.

산다는 것은 나만의 길을 지상에 내고 미지의 세계로 홀로 떠나는 거였다.

차례

지리산,
그 큰 산에 들다

용산역에서 출발하는 전라선 막차를 타곤 했다. 지리산이라는 막연한 목적지를 동행도 없이 밤차를 타러 나가는 자의 뒷모습은 어떠하였을까? 이십여 년, 군 생활을 마무리해야 할 즈음부터 산을 찾기 시작했으니 당시 암울했던 현실의 탈출구였고 안식처였던 듯. 심신일여(心身一如)라는 말이 무색하게 마음은 집을 나서 산으로 향하고자 했고 몸은 집 안에 머물자며 잡아끌곤 했다.

처음 지리산을 찾았던 게 언제였을까? 그날도 밤차를 타고 떠났었다. 흔들리는 도시의 불빛과 넓은 들판을 달리다가 자정이 지나면 둥근 산들을 돌아가기 시작했다. 곡성을 지나 섬진강을 따라 흐르는 길이 정겨웠지만, 열차는 이내 구례구역에 도착했다. 열차가 구례구역에 도착하면 사위는 적막강산, 밤하늘엔 무수한 별들이 흐르고 새벽녘 서늘한 기운이 상쾌했다.

어제를 건너 오늘로 구례구역에 도착한 시간은 새벽 이른 시간, 계절별로 시간 차가 있더라도 여명의 빛이 큰 산을 넘으려면 이른 시간이었다. 낯선 곳에 도착한 호기심으로 섬진강을 건너 어둠 속에 들어가야 할 산을 올려다보았을까. 섬진강을 건너야 구례였고 역사(驛舍)의 위치는 행정구역상 순천시에 속했기에 구례의 입구, 구례구(求禮口)란 이름이 붙여졌다. 섬진강도 흐르다가 잠든 시간, 기차에서 내린 사람들은 대부분 배낭을 멘 산행 복장이었고 역 앞으로 택시들이 늘어서 있었지만, 섬진강을 건너 구례읍으로 다시 화엄사 방향으로 걷기 시작했다. 삼십 리가 넘는 먼 길, 어둠 속에 가려져 보이지도 않은 산으로 다가가기 위한 의식처럼 시린 남도의 바람을 훑으며 내를 건너고 들길을 걸어 지났다. 여명은 산을 넘어 아래로 내려오고 돌담 너머로 서걱거리는 시누대가 내는 소리를 들으며 화엄사의 산문을 지난다. 수런대는 개울물 소리에 얼마간 지친 숨을 고르고 푸르게 윤기나는 동백잎에 눈을 씻어 냈다. '번뇌는 버리고 가십시오!'라고 문구가 적힌 해우소를 돌아 나왔을 때 그리운 소리들이 바람처럼 지나고 있었다. 스님들 여남은이 절 마당을 비질하는 소리였다. 그 아침, 절 마당에서 들었던 그 비질 소리는 세상의 어느 소리보다도 아름다운 맑고 차가우면서 그리움이 달려드는 소리였다. 더하여 광활한 우주 안에서 아니 화엄의 세계에서 나로 살아가는, 더불어 존재한다는 소리였다.

설악산이 양장으로 멋을 낸 내 누이 같은 산이라면 지리산은 무명옷을 입은 어머니와 같은 산이었으니 다가갈수록 더 깊어지는 산이었다. 마치 삼한 시대 소도(蘇塗)와 같이 신성하고 때로는 숨어드는 곳이기도 했을까? 화엄사 산문을 지나 노고단으로 오르는 길, 새벽 예불을 알리는 범종 소리는 개울을 건너서며 물소리로 흐르는 듯했다. 개울을 사이에 두고 산으로 들어가는 초입의 신우대 숲길은 천천히 걸어 지났지만 돌아내려 와 다시 오르고 싶은 길이었다.

처음 지리산을 찾으면서는 단순히 오르는 것이라고 생각했다면, 이제는 산의 일부로 돌이나 한 그루 나무가 된 듯, 들어가는 곳으로 다가오곤 했다. 칠흑 같은 어둠을 헤치며 밤하늘을 올려다보니 열이레 하현달도 별도 보이지 않고 길가에 세워진 길 안내 표지판도 잘 보이지 않았다. 이제 시작되는 길인데 남은 거리를 굳이 셈하고 싶지 않아 외면하고 지나친다. 산을 오르면서 먼 듯 가까운 듯 멧새들의 지저귐이 숲의 적막을 깨운다. '일찍 일어나는 새가 벌레를 잡는다.'는 서양 속담이 있지만 멧새들은 새로운 아침을 찬미하려고 서두른 듯했다. 숲에서 더불어 살아가는 것들과도 나누기 위하여 일찍 잠에서 깨어나는 것이라는 생각도 새롭게 다가왔다. 아직 어둠이 머문 새벽길에서 듣는 멧새들의 지저귐은 존재함의 축복처럼 생동감과 경쾌함으로도 다가오곤 했다. 겨울 산이 삭막한 것은 시린 바람보다도 새소리를 들을 수 없기 때문인 듯 '새들이 떠나간 숲은 적막하다.'는 것이 새삼스러웠다.

   그 어디든 길 위에 선 여행의 의미도 다시 생각했다. 단순하게 내게 채워져 있던 현실의 욕망들을 잠시 비우고 떠나야 한다는 것을 생각했을까, 이곳에 오면서 기차 안에서 읽었던 내용을 다시 되뇌었다. 단지 여름의 더위를 피해 도망치듯 도시를 떠나거나 곁에 있는 다른 이들에게 여행담을 자랑하기 위해서도 아니었으면 싶은 것도 세상을 향한 더 나은 성찰에 이르는 체험이 되었으면 하는 바람을 가졌다. 무엇을 보고 누구를 만나든지 기존의 의식은 잠시 비워두었으면 싶은, 눈앞의 사사로운 이해관계에서 벗어나 마음이 풍요로워지고 삶의 방식을 고민해 보는 시간이었으면 좋겠다는 소망도 있었다. 단순히 호기심을 충족시키는 것이 아니라 길 위에서 만난 타인과 더불어 살아가는 우리에 대해 이해하는 기회이기를 바랐다.

산이 깊어지면서 숨결도 깊어지고 어둠 속에서 희미하게 이어진 길의 윤곽을 짚어 가면서 오래전 길이 만들어지고 이 길을 오간 이들도 생각해 보았다. 지금 내가 걷는 이 길은 언제부터 있었을까? 중국의 작가 노신은 「고향」이라는 짧은 이야기에서 등장인물을 통해 이렇게 말했다.

"본래 땅 위에는 길이 없었다. 다니는 사람이 많아지면 그것이 곧 길이 되는 것이다." 희망을 말하기 위한 것이었다지만 길의 시원(始原)도 표현했다. 뭔가 목적을 가지고 산을 오르기 시작하면서 빠르고 편한 길을 찾았을 것이다. 산짐승을 쫓거나 산채나 약초를 얻기 위하여, 난방이나 취사를 위한 화목을 얻기 위하여, 때로는 산을 넘어 누군가를 만나러 가기 위해서였다. 때로는 필요한 물건을 서로 바꾸기 위해서도 이 가파른 길을 오갔을 것이다. 천왕봉 아래 대피소가 있는 장터목은 그런 장소였다. 단지 풍경을 즐기고 삶의 여유를 얻기 위하여 이 길을 지나기 시작한 지는 그리 많은 시간이 흐르지 않았다. 여가 생활이 아닌 생존과 생업을 위한 절박한 이유나 목적이 있었을 뿐이다. 더러는 기도를 하기 위하여 더러는 마을에서 살지 못하고 산으로 숨어들기 위해서도 이 길을 지났을 것이다.

일제 강점기, 노고단 일대의 고원 지대에 외국인 선교사들을 위한 휴양촌이 만들어졌던 적이 있었다. 여름철의 열악한 주거 환경에 노출된 선교사들은 콜레라 등 수인성 전염병 등으로 목숨을 잃는 경우가 많았다. 그건 이 땅의 백성들도 마찬가지였으나 경제적 지원을 받을 수 있는 그들이 마련한 자구책이 휴양촌이었을 것이다. 노고단 일대는 고원 지대로 한여름에도 서늘했고 식수도 풍부해 여름철 휴양지로 적합한 곳이었다. 특별한 혜택처럼 고원 지대 청정 지역에 집단 휴양 시설이 만들어졌지만, 지금처럼 도로가 없었으니 지게 등의 도구를 이용해 모든 짐을 날라야 했다. 심지어는 체구가 큰 서양인 선교사들까지도 말이다. 오늘날 히말라야나 태국의 관광지에서 머리끈으로 짐을 지탱하며 고원 지대로 짐을 나르는 것과 같은 모양새였을 것이다. 한 번 지게로 짐을 지고 올라가면 사흘 치 품삯을 받았다는 기록을 보았다는 것은 사족이리라.

그 시기에 항일 무장 투쟁을 했던 독립투사들도 이 길을 올랐을 것이다. 해방 후에는 남북으로 갈리면서 이념의 대립이 격화되고 동족 간에 총부리를 겨누어야 했던 이 산길은 날 선 이념 갈등의 현장이었다. 쫓기 위하여, 숨기 위하여 숱한 사람들이 이 길을 오르내렸을 것이다. 산으로 숨어들었던, 쫓고 쫓기던 숱한 사람들의 애처로운 이야기들 속에는 남녀 간의 애틋하거나 처절한 이야기도 전해진다.

'겨울 눈밭에 빨치산으로 활동하던 처자가 부상을 입고 쓰러졌는데, 토벌 작전에 참가했다가 현장에 도착한 토벌군 대위가 첫눈에 그 처자에게 반하게 되었다. 대위는 처자를 막사로 데려와 지극정성으로 돌보았고, 그 처자가 몸을 추스를 수 있었을 때 대위는 통행증을 만들어 그 처자를 고향으로 보냈다. 훗날 처자의 고향에 설레는 마음으로 찾아갔을 때 두 남녀는 방첩대인가로 이송되어야 했다. 두 사람 모두에게 피할 수 없는 상황이었다. 결국 처자는 신문

도중 대위의 안부를 묻고는 스스로 목숨을 끊었다'는.

그렇듯 이념과 체제가 무엇인지도 모르고 산을 기대고 살던 순박한 사람들이 산으로 숨어들어 국가와 체제에 항거하다 산중에서 죽어야 했던 이유를 우리는 아직도 복원하지 못하고 있다. 그 아픈 상처들을 다시 끄집어내어 밝은 햇살 아래 드러내야 치유하고 통합하는 길도 열릴 터인데, 내 편 네 편을 가르기에만 급급한 게 어제와 오늘의 숨길 수 없는 현실이지 않던가. 전쟁이 멈추고도 한동안 총소리는 계곡을 맴돌았고 살아서 산을 내려가지 못한 이들도 부지기수였다. 지난여름 백무동에서 화엄사에 이르는 지리산종주길에 천왕봉에 오르면서 제석봉의 고사목들이 이름도 흔적도 없이 사라져 간 이들의 비목인 듯 서늘함을 느낀 적도 있었다.

산이 깊어지면서 물소리는 가늘어지고 숨이 가팔라진다. 나뭇잎 사이로 흔들리던 달빛은 산을 넘어온 밝은 빛에 사위어 가고 그림자를 만들기 시작했다. 비껴든 빛이 내 몸에 닿아야 그림자는 모습을 드러낸다. 그 그림자를 찬찬히 응시할 수 있을 때, 영혼은 평온해지고 어둠을 이겨 낼 힘을 가질 수도 있다. 또한 타인에게도 연민과 동질감의 통로를 만들 수 있다. 타인을 이해하거나 사랑한다는 것은 숨겨진 아픔과 상처의 그림자까지 응시하고 끌어안을 수 있어야 한다는 것을 나직이 되뇌기도 했다.

숨이 코에 닿는다는 가파른 코재를 지나면서 어둠 속에서 외면했던 안내 표지판으로 다시 눈이 간다. 이제 남은 거리를 셈하고 싶은 것이리라. 그렇듯 나에게 주어진 남아 있는 시간은 얼마나 되겠는가? 생각해 보면, 좀 그렇다. 언제나 새벽이면 아침 해가 떠오르는 것이 당연했으므로 오늘은 언제나 주어지는 것으로 생각했고 내일도 마찬가지일 것으로 생각했다. 그렇더라도 이제 가끔씩 나에게 주어진 시간을 셈해 보며 현실의 길 위에 서고 싶다. 가파른 길을 굽어 올라 평원에 올라서면서 마음은 가벼워지고 설렘이 다가왔다. 대피소 앞의 마고할미에게 인사를 올리고 지친 몸으로 노고단으로 오르던 길, 대피소를 지나 걸음을 아끼듯 노고단으로 오르는 건 지극한 연인을 만난 듯 희열을 누리고 싶기 때문이었다. 뜨거운 태양과 달빛이며 별빛에 길쌈을 한 듯 원추리며 술패랭이, 동자꽃 등 여름 야생화들이 흐드러진 천상의 화원이려나. 간밤에 지나간 비로도 푸릇한 싱그러움이 가득했다. 겨울이면 시린 바람에 상고대로 피어나던 평원, 여름 지리산은 초록의 바다로 흐르고 그 초록의 바다를 운무가 또 흐르는 건 시절의 인연이듯 철 따라 피고 지는 야생화들…. 노고단에 이르러 천지를 분간해 보지만 미욱함의 끈을 끊어내기는 또 얼마나 어려운가. 여명이 닿은 노고단에 잠시 무릎을 꿇었다.

부디 이 생에서 무애하거나 더 무심해지기를.

산을 내려와서는 계절별로 한 편의 시를 적어 나갔다.

겨울

고향에 가면 어머니를 만난다는 설렘이 있듯이
구례에 도착하면 지리산은 언제나 어머니와 같은 자리
객지를 떠돌다가 저물녘 고향마을 동구에 들어서면
웅크린 초가 굴뚝에서 피어오르는 연기에 어머니를 건너다보듯
눈 내린 겨울날 그 길에 서면
만년이나 흰 눈을 이고 있는 듯
노고단을 올려다본다

산을 오르다 말고 길 가 암자에 깃들었던 밤
섣달 열이레 하현달이 산을 넘었으니
절집 처마의 풍경도 지쳐 잠들었는데
뒤꼍 시누대숲은 달빛에 바람을 흔들더니
나그네에게 말을 붙이려는 듯 창문을 기웃거린다

설핏 잠이 들었던가
본디 방의 주인이었던 듯 다가오는 급한 발소리
그 자의 해에 태어났으니 친한 척도 해야 하는 건데
눈을 마주치지 않으려고 방바닥을 두드렸건만

더 가까워지는 발소리에 하룻밤 방세를 물듯
배낭에서 간식을 꺼냈던 밤이 지나고

새벽 예불소리에 손을 모으고 어둔 산길로 들어가던 길
그나마 목숨이라도 부지하기 위해
이 길에 들었던 이들에게는
이 산길이 살 길이기도 하였을 건가도 생각했던 길
하현달은 섬진강을 건넜고 물소리가 좁아들면서
돌아다보는 숨소리도 쌓인 눈도 깊어지고
나뭇잎 사이로 흔들리던 달빛들이 발걸음에 흩어지던 길

산을 넘는 여명의 빛에 사위어가며
그림자가 따라오던 길에
회한과 슬픔을 느린 내 그림자를 찬찬히 응시해보며
타인을 이해하거나 사랑한다는 것은
그 그림자까지 응시해야 한다고 나직이 되뇌었던 마음

코가 땅바닥에 닿도록 코재를 돌아 오르면
펼쳐지는 너른 설원과 솟아오른 봉우리
대피소 앞 마고할미에게 인사를 올리고
노고단에 올라 비로소 천지를 분간해보지만
반야봉을 휘감아 오르는 운무처럼 천지는 막연한 것을

산 아래에서 지고 올라온 허튼 욕망의 바람과
산하를 넘나드는 시린 바람에 흔들리며
잠시 노고단 돌탑 아래 무릎을 꿇었던가
겨울 지리산이 그리워 그 길에 들었는데
숨겨온 그리움은 만나지도 못하고

봄

매화가 섬진강을 건넜다는 기별을 받아들고
지리산 문수골 초입 운조루에 들렀더니
돌담을 넘은 산수유 노란 꽃그늘 아래
햇살을 모으며 할머니 서넛 봄나물을 펼쳐놓았다
처녀 적부터 산수유 씨앗을 발라내며
삭은 어금니 때문일까
분화구처럼 깊어진 볼에서 따스한 미소를 피워내며
종그락에 담긴 애쑥이며 봄나물을 팔려 애쓰지도 않는 듯
오미리 마을의 자랑인 양 옛집을 가리키며
해설사보다 더 정감 있게 운조루의 내력을 전해주었다

'바닥난 쌀독에 끼니 걱정하는 이들을 염려하듯
밥 짓는 연기를 내보이지 않으려 굴뚝도 세우지 안했다우
뒤꼍 한갓진 곳에는 타인 능해(他人能解)
누구든 열 수 있다는 뒤주를 두었으니
해방 후 그 숭악한 난리 통에도
부자로 살았던 운조루의 후손들에겐 해코지가 읎었유'

푸릇푸릇 보리싹 수북하게 오르는 들길을 지나
깊은 산그림자 호수로 내려오는 문수골로 오르던 길
개울 건너 매화며 산수유가 피어나는 산골에서
어머니의 너른 품에 안기듯 지리산에 들기보다는
목숨을 부지하기 위한 절박함으로 이 길에 들었던
이들의 초췌한 모습들이 내려오는 듯했다
여수 · 순천 등에서 쫓겨 백운산을 넘고 섬진강을 건너
이른 어둠이 내리는 이 골짜기로 숨어든 군상들이
꿈꾸던 세상은 어디에 있었을까
전쟁 통에도 쫓기듯 북으로 가지 못하고
지리산 이 골 저 골에 숨어든 이들이
돌아가고 싶었던 대지는 또 어디였을까
문수골에서 만난 박노인은 어린 시절의 기억을 더듬어
부모를 따라 산으로 갔던 동무며 마을사람들의
모습을 회상하는 듯 전해주었던 이야기들
부모를 따라 깜깜한 산으로 들어갔던 여덟 살 소녀는
하지만 유일하게 홀로 살아남아 산을 내려왔으니
천애 고아였더라도 양(良) 부모를 만난 게
행운이었고 그녀는 후에
회중을 인도하는 사역을 감당하였다고 했다
토벌군과 빨치산으로 쫓고 쫓기던 남녀에게도
사랑은 피어났으나 그 결말은 차라리 비극이었다는

이야기는 가슴을 아리게 했고
전쟁 중 산으로 들어간 후 내려오지 않는
남편을 찾아 들어간 젊은 아내는
끝내 산사람이 되어 엄동의 바위굴에서
밤새 눈을 살갗에 문지르며 얼음이 배지 못하도록 하였다는
山사람 십여 넌이 넘도록 그녀가 기다리던
봄의 의미는 무엇이었을까

쉽게 속내를 드러내지 않듯 봄의 지리산은
더디게 산을 오르며 숱한 상처를 어루만지고
미처 전하지 못한 이야기들은 울먹거리듯
어두워지는 문수골을 오르는 내 마음일 뿐
달아오르는 봄의 지리산은 언제나 거기 있었다

여름

전라선 무궁화호 막차가 곡성을 지나
섬진강을 만나면 자정을 지나 날이 바뀌고
구례에 도착하면 태곳적부터 서 있는 듯
지리산은 검은 몸체를 드러낼 뿐
아버지의 모습도 건너다본다

새벽예불을 알리는 화엄사 범종소리는
개울을 건너면서 물소리로 흐르고
산 아래에서 지고 온 번뇌는
번져나는 땀에 잠시 흘려버렸을까
산이 숨어드는 곳이기도 한 것은
옹달샘이 있기 때문이듯
두 손에 모은 한 모금의 물이 달콤했다
멧새들도 아침잠에서 깨어나지 않은 시간
오가는 인적도 없는 적막강산에서
심신은 더없이 충만했던가

순간 비어있는 주머니에서
잡히던 흔들리던 갈피
지나온 옹달샘가에 놓고 왔을까
전화기를 찾으러 지나온 길을
곱씹으며 되돌아가는 길에서
늙은 아버지의 모습을 보려 했던 건
당신의 속을 알 수 없었다는 것은
내 아들의 속을 알 수 없음과도 같았다

젊은 날의 좌절과 상실로
채울 수 없던 욕망의 허기
집안에 관심과 애정을 채워두기보다는
집밖에 더 많이 그것들을 놓아두었을까
허업이었기에 이제는 돌아가더라도
다시 되찾을 수 없는 것들에서
건방지게 아버지의 허망한 모습을 떠올렸던 것은
두고 온 것 어찌 챙겨볼까 되돌아가는
영락없는 내 모습이기도 한 것을
잠시 잃었던 것을 찾아들었지만
이제는 찾을 수 없는 것들이 얼마나 많은 건지

가야 할 남은 길이 결코 가볍지도 않았기에

지친 몸으로 노고단으로 오르던 길

대피소를 지나 걸음을 아끼듯 노고단으로 오르는 건

지극한 연인을 만난 듯 희열을 음미하고 싶기 때문이었듯

겨울이면 시린 바람에 상고대로 피어나던 평원에

여름 지리산은 초록의 바다로 흐르고

그 초록의 바다를 운무가 또 흐르는 건

시절인연이듯 철 따라 피고 지는 야생화들

노고단에 이르러 천지를 분간해보지만

미움함의 끈을 끊어내기는 또 얼마나 어렵던지

여명이 닿은 노고단에 잠시 무릎을 꿇는다

부디 이 생에서 무애하거나

남은 생에서 더 무심해지기를

가을 지리산

닿아야 할 목적지가 밤의 지리산이었으니
막연했던 듯 동행도 없이 밤차를 타러 가는 자의
뒷모습에 고독의 그림자가 어른거렸다
가을이 깊어져가는 어둠속의 산하를 응시하며
어제를 건너 오늘로 도착했을 때
산을 휘감은 밤안개는 이른 새벽
별빛도 숨겨 두었던가
무성했던 지난 계절을 돌아다보듯
바람은 짙푸른 이파리들을 흔들어
소리를 내며 산을 내려가고 있었다

가파른 비탈에 하나 둘 돌을 고여 땅을 펴놓고
대를 이어 씨를 뿌렸을 산동골 다랭이논들은
황금빛으로 익어가며 흘러내리고
구불구불 논배미 사이 둥벙은 한가해져서
한껏 높아진 가을하늘을 깊이 들여놓았을까
짧아지는 갈볕에 붉어지는 열매들 단맛을 들이고
배추가 속을 단단히 채워가듯

가을은 깊어져가는 계절
작은 들풀까지도 씨앗을 여물리고
대지는 떠남을 퍼트리듯 물들어가곤 했다
너와 나의 삶에서도 물든다는 것은
욕망의 얽매임에 빠져드는 것인지
초연해지듯 관조의 지경에
서 있는 것인지를 두리번거리며
어둠속의 노고단고개를 넘어섰을 때
비로소 나는 생각에 머물지 않고 직감에
충실한 산짐승처럼 무심해졌다

지나온 길을 돌아다볼 수 없는 깊은 어둠속에서
한줄기 불빛에 내딛어야 할 한걸음 분량의
길만을 내다보며 반야봉으로 올랐을 때
천지간에 찬란한 여명의 빛이 가득 차 흘렀으니
가슴속 뜨겁게 벅차오르는 환희
태초에도 그러하였을까
운무가 넘나드는 봉우리들이 섬으로 올라서듯
여명의 빛은 바다를 느리고
그제야 내가 지나온 구부러진 길들이
윤곽을 드러나며 흘러내리듯 산등성이며
개울물도 스스로 그러하였다

홀로는 존재할 수 없는 관계 속에서
받은 것보다는 내가 건네준 것이 더 많았을 거라며
억지를 부리듯 상처를 주고받으며 지나온
나의 생애도 그와 다르지 않았을 터
비탈진 바위틈 외롭게 서 있는 한그루 구상나무를 보며
채워지지 않는 욕망의 허기와
외로움을 견디어야 하는 존재임도 건너다보았다

천왕봉을 올려다보며 뱀사골로 내려가는 길
그 길을 따라 흐르는 물처럼 나무며 들풀들도
물들며 그 길을 따라 내려가는데
지치고 가팔라진 날선 마음이 물소리에 무디어지고
봄여름가을겨울 계절의 순환으로 생성과 소멸이
다르지 않은 한자리였음을
물들어가는 산빛을 이고 떠나오면서 막연했던 목적지는
여전히 그러하였으니 먼 피안이나 건너다보았을까
가을산처럼 물들어 집착과 아집을 버리고
물처럼 바람처럼 흐르다가 철 지난 억새처럼
한 줌의 흙으로 흩어져 산이나 되고 싶었더라

풍경적 존재

인간이 풍경적 존재라는 말은 생소하다. 뭍에서 두 발로 걷는 펭귄이 있지만 동물 중에서 유일하다시피 인간은 발과 별개로 손을 사용할 수 있는 직립보행을 한다. 몸 위에 머리를 두었다는 건 상징적인 의미만이 아닌 생을 영위하기 위한 정신적인 면과 신체 중의 일부로 먼저 보호해야 할 대상까지를 아우른다는 의미였을까? 풍경적 존재에서 풍경은 단순한 자연물만을 대상으로 하는 것이 아니다. 두 발로 서서 걷는다는 것은 단순히 이동을 위한 수단만이 아니니 도중에 오감으로 체감한 것들이나 누군가를 만나듯 다양한 체험 또한 포함한다. 배경으로의 풍경은 자연과 인간의 유기적 복합체인 셈이다. 산책이란 말에 '산에서 책을 본다'는 의미가 담겨 있을 듯, 자연 속에서 잠시 하나가 되어 사유하게 되고 기억으로도 남게 된다. 과거로 돌아가 기억된 풍경을 이야기로 공유할 때 새로운 듯 친밀감을 느끼거나 유쾌한 마음을 가져다준다. 이는 풍경이 집단적 소속감의 근원이기도 하다는, 우리는 알게 모르게 풍경 공동체의 일원으로 살아간다는 것을 일깨운다. 저마다의 삶이 지나간 길에는 연민과 그리움이 남는다는 것도.

오래전의 일이 엊그제 있었던 일인 듯 가깝다 싶다가도 먼 기억으로 아득해지기도 하는 건 어떤 연유일까? 신체 기능의 전반적인 퇴조에 따른 상실감과 아쉬움 속에 의욕과 의지도 나약해지는 복잡다단한 심정인 듯싶다.

이 땅에서 신도시가 들어선다는 것은 급격한 도시화와 함께 대규모의 아파트가 단지를 이루는 걸 말한다. 지금 거주하고 있는 위례 신도시는 대부분 군 관련 시절이 있던 특수한 곳이었다. 90년대 분당과 일산에 대규모 신도시를 건설했지만, 수도권의 폭발적인 주택 수요 증가는 결국 남한산성 아래 주둔하고 있는 군부대 이전으로 귀착되었다. 특수전사령부와 예하여단, 국군체육부대와 종합행정학교, 문무대 등이었다. 문무대는 교련 과목이 있던 시절 수도권 대학의 입영 훈련과 무관 후보생 교육을 담당했고 교련 과목이 사라진 후에도 마찬가지였다. 대학 학군단에서 교관으로 근무하던 시절 여름 방학이면 무관 후보생들의 입영 훈련으로 여름 한철이 뜨겁게 지나가곤 했다. 오전에 담당 과목 교육이 끝나는 날이면 오후에는 간편한 복장으로 갈아입고 정문을 나서곤 했다. 마라톤에 심취했던 시절이었으니 뜨거운 태양 아래로 주저 없이 달려 나갔다. 정문을 나서면 창곡천이 복정역 가까운 곳에서 탄천으로 흘러들었다. 지금은 아파트가 숲을 이루고 있지만 당시 주변에는 논밭과 미나리꽝 등이 있었던 한적한 농촌의 풍경을 지니고 있었다. 달리는 코스는 창곡천을 따라 탄천으로 흘러내리다가 양재천으로 거슬러 오르고 다시 우면산에서 사당역까지 달리는 코스였다. 한낮의 뜨거운 태양을 이고 달리는 길은 입에서 단내가 날 정도로 힘겨운 길이었지만 우면산으로 들어서면 짙푸른 나뭇잎들이 늘인 그늘은 달콤하고 감미로웠다. 한동안 가파른 길을 오르다가 우면산 정상을 넘어서 약수터에서 마시는 한 모금의 물맛도 그랬다. 이십여 년 전의 일이었다.

지난가을 날씨는 늦게까지 포근했다가 12월 중순부터 내내 차가운 겨울을 보냈고 이른 봄 날씨는 또 이르게 포근해져 열흘 정도 빨리 꽃들을 피워 내고 있었다. 오랜만에 친구를 만났으니 다음날엔 주막집 부뚜막처럼 시큼해진 속이 시끄러웠다. 주말 아침이었으니 출근이나 예정된 일정이 없어 불편한 속을 집에서 달래야 한다는 게 걱정이었으려나, 문득 예전에 달렸던 그 길을 막연하게 걸어 보겠다는 생각이 스치고 지나갔다. 일상에서는 한 번도 생각지 못했던, 먼 길이었다. 빈속에 배낭을 메고 집을 나섰다. 아침 바람은 쌀쌀했다. 현재 살고 있는 곳은 북위례였으니 장지천을 따라 내려가다가 탄천으로 흘러내려 간다. 제일 먼저 봄소식을 알렸던 산수유 꽃이 바래면서 죽은 듯 검고, 마른 가지에서 일시에 피어나는 벚꽃이 군무를 하듯 나풀거렸다. 탄천에는 겨울 동안 보이지 않던 가마우지가 보이고 드물게 갈매기들도 먼 길을 올라와 있었다.

　초급 장교 시절 무리한 행군으로 생긴 듯 무릎의 통증은 20여 년이 지나 전역을 앞두고서야 통합 병원에서 시술적 치료를 했다. 퇴원하면서 무리한 걷기나 달리기는 금물이라는 군의관의 명령(?)을 가벼운 권유로 받아들이고 근무지를 서울로 옮기면서 마라톤을 시작했다. 승전보를 전하고 쓰러진 아테네의 병사처럼 42.195km라는 거리를 달리는 것은 인간이 운동 경기로 시간을 겨루거나 즐기는 신체 활동으로는 부적절한 거리였다. 대부분의 사람들이 마라톤에 입문하는 과정은 짧은 거리에서부터 시작하는 게 일반적이지만 처음부터 풀코스를 신청했으니 무모한 도전이었다. 출근도 반바지를 입고 전철역을 기준으로 달리는 거리를 늘려가며 혼자 연습을 했다. 잇몸이 붓고 발톱이 까맣게 멍들며 빠지는 고통을 감수해야 했다. 그렇게 마라톤에 빠져들었고 100km 울트라마라톤과 후에 고비 사막 마라톤에 참가하여 선두로 골인선에 들어오기도 했다. 처음 완주했을 때의 고통과 그만큼의 희열과 성취감은 횟수가 늘어갈수록 그저 고통을 줄여 골인선에 들어왔으면 하는 것으로 바뀌어 갔다. 지금 다시 풀코스를 달리는 것은 생각조차 할 수 없는 한계가 되어 버렸다. 사는 게 바람 든 무 씹는 것처럼 퍽퍽했던 현실에서 마음의 통증을 육신의 고통으로 완화하려는 허튼 몸짓이었을까?

빠른 속도로 지나가는 자전거를 피해 들어선 둘레길은 한적했지만, 양재천으로 들어서기 위해서는 천변길을 벗어나 다리를 건너야 했다. 양재천은 탄천에 비해 폭이 좁고 잘 정비되어 있었으니 한창 피어나는 꽃으로 걷는 길이 향기로웠다. 공동 주택인 아파트의 이름에서 우리말은 점점 숨어들고 현란해져 갔다. 탑으로 세운 왕궁이라니, 한참을 올려다보아야 하는 공동주택이라는 아파트의 의미를 생각한다. 주거 수단으로 아파트를 선호하는 이유는 무엇일까? 하는. 경제적 이유 등 여러 이유가 있겠지만 내가 생각하는 이유는 숨어들 듯, 타인으로부터 나를 숨길 수 있어서라고 생각한다. 하지만 신도시로 이사하고는 늘 전에 살던 골목길의 꽃집 아줌마, 세탁소며 경비아저씨 등, 철 따라 울타리를 넘어 피고 지던 꽃들까지 그리웠다.

양재천을 벗어나 우면산으로 오른다. 뜨거운 태양을 이고 뛰다가 숲으로 들어서면 짙푸른 나뭇잎들이 늘이는 그늘이 달콤하도록 감미로웠었다. 그늘이라는 말, 우리는 태어나면서부터 부모님의 그늘에서 자라다가 알게 모르게 곁에 있는 사람들이 늘이는 그늘에서 삶을 영위하는 게 아니던가. 대개의 관계가 이해관계에 함몰되기도 하기에 나쁜 사람들이 더 많은 듯 보이지만 알게 모르게 곁에 있는 이들의 도움을 받고 때로는 기대며 사는 게 아니던가. 우면산(牛眠山)은 '소가 잠자듯' 편안함의 뜻을 지녔다. 남태령을 경계로 관악산을 곁에 둔 낮은 산이지만 나에게는 놀이터처럼 편안하게 찾던 공간이었다. 힘들고 지칠 때 나무와 풀꽃들을 보며 생기를 느끼고 널뛰던 마음을 평상심으로 되돌려 내려오곤 했다.

2011년 7월의 집중 호우로 인한 산사태로 크고 작은 골짜기마다 흙이 흘러내렸다. 많은 사상자와 함께 산의 상처는 말할 수가 없을 지경이었다. 대규모 복구공사가 실시되었지만 한동안 마음이 닿지 않듯 발길도 멀어졌다. 작은 무더기로 경계를 이루며 텃밭을 가꾸시는 분들의 모습이 기억나지는 않지만, 그동안 주인이 바뀌었을 것이다.

가건물이 지붕을 잇대고 있는 성뒤 마을을 지나 한동안 농장을 가꾸었던 빈터에 이른다. 이른 봄 숲에서 제일 먼저 꽃을 피우는 것은 생강나무이고 잎을 먼저 피우는 것은 귀룽나무, 아무도 오지 않는 숲에서 고즈넉한 혼자만의 시간, 계절의 꿈을 심듯 호박 모종을 묻고 씨앗을 뿌렸던 봄날의 기억들, 출근길에 주방 부산물을 묻고 가던 번거로움을 감수하며 호박이며 고추 등을 가꾸었던 흔적들, 누군가 다시 가꾼 흔적들이 남아 있었다.

　이른 아침의 출근길에 만났던 꽃과 나무들, 다람쥐며 청솔모, 오고 가며 인사를 나누었던 사람들, 누구든 따뜻한 인사를 나눌 때 마음이 따뜻해졌다. 외딴 산 아래 집에 들렀을 때 부부가 쪽파를 다듬고 있었다. 오랜만에 반갑게 인사를 하고 차를 함께 마셨다. 익숙한 이웃을 자연에서 만났을 때 내 몸으로 들어오는 따뜻한 기운, 남아 있는 길을 걸어갈 힘도 채울 수 있었다. 전원 마을은 대부분 마당이 있는 집이었는데 다가구 주택이 늘어나면서 마당이 사라져 갔다. 마을의 고샅길을 지나면서 철 따라 피어나는 꽃들을 기다렸던 시절, 그 기다림 속에는 기대와 다정함이 임했던 것 같다. 초승달이 오르기를, 과일이 단맛을 들이기를 기다릴 때도 마찬가지다. 나이의 숫자대로 세월이 빠르게 간다는 농담이 어른이 될수록 기다려야 할 것들이 사라져 세월이 빨리 가는 듯 느꼈을까? 삶은 나이와 관계없이 기다림으로 채워진다.

　정겨웠던 마을을 내려오면 사당역이다. 근무지를 서울로 옮기면서 머문 곳이 이곳이었으니 오랫동안 이곳이 나의 풍경적 배경이 되었다고 해야 하나. 오가면서 가끔 들렀던 구둣방을 찾아간다. 연배도 비슷했고 삶에 대한 이런저런 이야기도 나눌 수 있었으니 가끔 그리워하는 친구였다. 오랜만에 만났으니 그동안 잊고 있었던 이야기를 나눌 수 있었다. 그와 헤어져 역을 향해 걸었고 집을 나선 후 4시간 만에 사당역에 도착했다. 오랫동안 보지 못했던 이들도 풍경과 함께 만날 수 있었으니 소중한 것은 길 위에도 있었다. 오랫동안 보지 못했던 이들도 풍경과 함께 만날 수 있었으니 삶의 소중한 것은 길 위에도 있었다. 그렇게 다시 달리기를 시작해 강원도 인제의 외진 산골짝 100km를 걷고 달리는 2023 옥스팜 행사에도 참가했다. 고작 제자리 출발점으로 돌아오기 위하여 그 먼 길을 달렸던 길, 죽음이라는 그 확실한 지점을 향해서 가는 저마다의 삶은 어떤 의미가 있을까? 병원에서 시한을 선고받는 환자를 보면 내 삶은 얼마나 다행인가를 생각하려나? 과연 내가 시한을 선고받았다면 지금과는 다른 삶을 살아갈 수 있을까? 나의 발걸음에 전쟁과 기아로 누란(累卵)의 땅에 작은 도움이 되기를 염원하는 마음으로도 그 길을 달려왔다.

소중한 것이 길 위에 있다는 것은 어떤 풍경의 기억을 지니고 있느냐 하는 것이려나, 소중(所重)하다는 의미는 무거운 것을 들기 위해 힘을 모으는 것이라는 말이 따라온다. 소중하다는 것은 유한한 것이고 언젠가 사라진다. 철 따라 피는 꽃을 보며 반가운 마음은 얼마간 피었다가 곧 시들 것이라는 것 때문이 아니던가. 젊음의 한때도 이와 마찬가지일 것이다. 지금은 언제나 과거가 되고 지금 어디에서 누구를 만나 무엇을 하였는가도 그렇다. 그럼 미래에 생기는 일들은 과거에 의해 결정되는 것일까? 그러니 소중한 것은 지금이고 그것은 곧바로 과거가 된다. 인간은 직립보행을 하는 존재여서 길 위에 그 흔적이 남겨지고 그리움이 따라왔다. 그러므로 인간은 풍경적 존재였다.

춘삼월

새 학년이 시작되었던 게 언제나 3월이었으니 십수 년의 학업을 마쳤을 때 그 여운은 오래 이어졌다. 학업을 마치고서도 3월은 언제나 새롭게 시작된다는 의미로 다가왔기 때문이다. 이는 삼십여 년, 오랜 직장 생활을 마칠 때까지도 마찬가지였다. 절기상 입춘이 2월 초이지만 긴 겨울을 지나 체감하는 봄도 3월이다.

입춘이 지나면 한낮의 햇살은 온기를 품기 시작했지만 바람은 여전히 차가웠으니 이른 아침의 대지는 서릿발도 세우며 차갑게 얼어 있었다. 이르게 봄을 알리는 야생화로 복수초와 바람꽃류, 노루귀, 얼레지 등이 있다. 최근 복수초는 더 이르게 개화가 관찰되기도 하는데 대개는 입춘이 지나면서였다. 진달래처럼 이 산 저 산에서 피는 게 아니라 남부 지방의 일정 지역에서만 모여 피어나는 야생화들. 관심을 갖는 이들만 일부러 찾아와야 볼 수 있는 꽃이었다. 몇 해 전인가 남도의 순천 인근 산중에서 이른 봄꽃들과 처음 마주쳤을 때의 느낌은 경이로움이었다. 차갑게 언 땅을 헤치고 새싹을 펼친 데다 새초롬히 꽃까지 피우다니, 일부러 먼저 찾아와 봄을 맞이하고 보았다는 느낌은 신선했다. 이른 봄꽃들도 마찬가지였다. 제일 먼저 봄을 알리는 자랑스러움인지 강렬한 황금빛으로 빛나는 복수초와 해맑은 미소를 보여주듯 가녀린 꽃대를 바람에 흔드는 변산바람꽃은 산골짝 개울가의 같은 장소에서 모여 살았다. 바람꽃의 종류는 아주 많아서 이른 봄은 바람꽃들의 잔치라고 해야 하나, 20여 종 중 내 눈으로 확인한 것은 다섯을 넘지 못했다. 노루귀와 얼레지꽃을 보기 위해서는 다른 곳을 찾아야 했다. 노루귀는 아주 작은 몸집이었기에 소풍날에 보물찾기를 하듯 허리를 굽히고 차분하게 찾아보아야 했다. 가는 줄기에 보송한 솜털이 앙증맞은 모습이었다. 그 이름의 유래는 꽃이 지고 난 후에 말려 올라가는 잎의 모습이 노루의 귀, 그것도 아직 어려 솜털이 가득한 어린 노루의 귀를 닮았기 때문이었다. 봄은 그렇게 보아주어야 하는 계절이었음도 새삼스러웠다. 그 후로 때를 쫓듯 봄을 마중 나가는 의식 같은 여행으로도 이른 봄꽃들을 찾아보곤 했다.

한 지붕 아래 부모 또는 양가 부모와 공동 거주한다는 새로운 풍속이 전해지기도 하지만 같은 공간에 두 어머니를 모시고 사는 경우는 거의 없었다. 그러니 계획된 것이 아니었다. 두 어머니를 함께 모시게 된 건 지난해 9월이었다. 먼저 집으로 오셨던 것은 혼자 사셨던 아내의 어머니였다. 주말이면 아내가 혼자 사셨던 장모님을 오가며 돌봐드렸는데 신도시로 이사를 가게 되면서 거리가 멀어졌고 몸도 불편해지시는 것 같아 집으로 모시기로 했던 것이다. 장모님은 낮은 지붕들이 이어진 낡은 주택들이 모인 곳에서 이웃과 정을 나누며 사셨다. 하지만 혼자서는 밖에 나가기도 어려우니 신도시 아파트에 사시는 게 영 불편한 듯했다. 심지어는 다시 사시던 곳으로 돌아가고 싶다는 말씀을 불평처럼 꺼내 놓으시기도 했다. 그래도 장모님이 혼자 계실 때는 큰 무리 없이 지나갔는데 나의 어머니가 오시면서 새로운 문제가 생겨나기 시작했다.

부모님은 내가 군에 입대할 즈음 고향을 떠나셨고 칠순이 넘어

'연어의 귀향'을 귀거래사로 짧게 표현하시며 고향으로 돌아가셨었다. 묵정밭이 된 텃밭을 일구시며 건강도 유지하셨는데 아버지가 갑자기 건강이 악화되어 병원에 열흘간 입원하셨다가 퇴원하셨다. 이후에도 지속적인 치료를 받아야 했는데 병원에 입원하는 걸 못 견디셔서 집에서 요양 중 돌아가셨다. 코로나 상황에 장례도 치르지 못하고 먼발치로 마지막 이별을 해야 했다는 이야기가 빈번하던 때다. 아버지를 여읜 마음은 안타까웠지만 집에서 돌아가신 것만도 감사하고 불효의 무거움을 조금을 내려놓을 수 있었다. 이제 홀로 계신 어머니는 어찌해야 하나, 아우가 곁에 살고 있었지만 마음대로 정할 수 없는 일이었다. 49제를 위해 안면도에 있는 암자에 아버지의 위폐를 안치시키고 어머니를 모시고 올라왔다. 아내의 수긍이 없이는 불가능한 일이었다. 더구나 나의 어머니는 약간의 치매가 찾아온 상태였다.

아내도 출근하는 직장인이니 장모님 혼자 계시는 것보다 말동무도 되고 좋을 것이라고 했던 것은 억지스러운 것이었다. 괜찮겠지 했는데, 아니었다. 날마다 새로운 숙제를 받는 듯 문제가 주어졌다. 혼자 계실 때 자주는 아니었어도 가끔 인사드리러 가면 백년손님 대접을 받는 사위는 아니었더라도 십 년 손님 정도는 됐다. 그런데 '못된 할매의 아들'로 나의 위상도 한없이 추락해져 갔다. 특히 마주앉아 식사하는 시간이 문제였다. 아내가 두 분의 접시에 음식을 나누는 것에서부터 자꾸만 예민해졌고 큰소리가 오가기도 했다. 그것은 고스란히 나와 아내와의 문제로 내려왔고 갈등이 심해져 갔다. 장모님이 어머니에게 핀잔처럼 말할 때 나도 불쾌감을 피할 수 없어 그것을 표현하고야 말았다.

"왜 그렇게 함부로 말씀하세요." 두 어머니를 모시고 사는 입장에서 누구 편을 든다는 건 엄연한 잘못이었고 내 속도 시끄러워지듯 불편했다.

　잠시라도 어디론가 떠나고 싶다는 생각을 했다. 그런 생각을 전하고 싶었던지 퇴근하면서 순천에 사는 지인에게 전화했을 때, "선암매가 피기 시작했어. 내일 한 번 가 보려구." 마치 내 속을 들여다보듯 말했다. 다음날인 금요일은 현장에 일이 없는 날이기도 했다. 다툼이나 갈등이 있을 때 그 자리를 벗어나는 일은 쉽지 않다. 스스로 그렇게 정하는 것도 주변 여건도 마찬가지다. 하지만 잠시 집을 나서는 게 좋을 것 같았다. 그렇게 이른 아침 용산역에서 전라선 열차를 탔다. 서울역이나 용산역에서 열차를 타면 한강을 건넌다는 게 현재와 미래의 구역을 나누는 경계선이라는 생각을 했다. 레일을 지나는 소리가 깊어지기 때문이었을 것이다. 동행이 없이 떠나는 여행은 책을 펼쳤다가 한동안 창밖을 응시하다 보면 나른한 피로감을 부르듯, 여유 있는 시간이었다. 전라선 열차가 전주를 지나면 산봉우리들이 이어져 달리고 산을 내려오면서 매화가 피기 시작했다.

　순천역에 도착한 시간은 오전 열 시, 동행하겠다던 친구는 갑자기 일이 생겼다니 혼자였다. 선암사로 가는 버스는 1번, 정류장에 도착 예정 시간이 표시되지 않았으니 대부분이 나이 든 분들에 묻는 수밖에 없었다. '기다리면 올 거라'는 막연한 답변. 30여 분을 지나서야 기다리던 버스가 왔다. 시내를 빠져나가고 1시간여를 달려서야 선암사 주차장이었다. 평일인 데다 아직 풀리지 않은 코로나 상황으로 한산했다. 나무들은 동안거를 끝내고 물을 길어 올리며 가볍게 포행(匍行)이라도 나서려는지 설렘이 묻어나는 느낌이었다. 절집으로 오르는 비포장 길이 너무 넓었는데 '좋은 길은 좁을수록 좋고 나쁜 길은 넓을수록 좋다'는 말이 생각나 서운했다. 하지만 승선교가 오랫동안 나를 기다리고 있을 거라는 기대감으로 발걸음이 빨라졌다.

승선교(昇仙橋)는 돌이 물 위에 떠 있는 듯 신비한 모습으로, 다리 밑 계곡에서 보면 무지개다리와 물에 비친 그림자가 하나의 원을 이룬다. 물길을 이어 주는 기능에 치중하는 것이 당연하다지만 무거운 돌로 무지개다리를 만든, 멋을 부렸다는 게 놀라웠다. 그리고 시각적인 아름다움보다는 만든 이가 다리에 마음의 여유가 더 소중하다는 생각을 넣어 새롭기도 했다. 다리 너머의 누각은 선암사 문루인 '강선루'다. '선암사'의 선암(仙巖)은 신선들이 바둑을 두었다는 바위이고, '강선루'는 신선이 내려와 노니는 누각, '승선교'는 신선이 하늘로 올라가는 다리, 여기저기 신선들이 노니는 놀이터인 셈이었다. 개울로 내려가 둥근 곡선 안으로 강선루를 세우고 사진도 찍고 자연과 인공의 조화를 새롭게 음미했다.

선암사는 당연히 부처님의 법으로 마음을 닦는 도량이기도 하지만 잘 가꾸어진 정원처럼 계절마다 다양한 꽃을 볼 수 있는 곳으로도 알려졌으니 특히 이른 봄의 매화가 그랬다. 대웅전 앞에서 잠시 부처님께 인사를 올리고 바로 선암매를 보러 갔다. 매화는 주로 따뜻한 남쪽 지방에서 자라던 것이고 오래된 절집에 오래된 매화나무가 생을 이어 가는 세 곳이 있다. 이곳 선암사의 선암매, 화엄사 흑매, 백양사의 고불매이다. 봄을 알리는 꽃은 복수초나 바람꽃 등이 있고 일부러 찾아가야 볼 수 있지만 쉽게 볼 수 있는 것으로 매화와 산수유꽃이 있다. 오래된 흔적이 묻어나는 돌담길에 오래된 구불거리는 고목에 매화가 피어나는 모습이란, 꽃 우산을 받쳐 들고 이웃 마을 잔칫집에라도 가시는 할머니들처럼 정겨웠다. 혼자였으니 마음 가는 대로 꽃을 따라가 보고 수선화가 피기 시작한 꽃밭을 매고 있는 스님을 만나 잠시 이야기도 나누었다.

"스님, 수선화가 전설처럼 자아가 충만한 듯 피어났네요."

"산중에 사는 데다 여린 잎이더라도 수선화의 본성일 거예요. 결국 마음을 닦는다는 게 여린 듯 꼿꼿하게 정면을 응시하는 모습이어야 하는 것도요."

스님이 정겹게 답해 주시는 말씀이 봄볕처럼 따스했다. 동무 집에 마실을 가듯 여유롭게 이름 있는 뒷간에도 들렀다 나와 산으로 들어가는 길을 따라갔을 때 작은 암자가 산 아래 있었다. 가꾼 흔적은 없었지만, 거기도 매화는 활짝 피어 암자는 꽃구름 속에 흘러가고 있었다. 댓돌 위에 털신은 가지런히 놓여 있었고 사위는 적막한데 산에서 내려오는 물소리만이 흘렀다. 한 모금 물을 먹으러 작은 바가지를 들었을 때 돌확 속에 개구리 알이 그 안에 담겨 있었다. 물이 흐르지 않는 곳에 조심스럽게 알을 낳았을 북방산개구리, 살아 있거나 살아가는 존재들의 근원을 생각했다. 이곳을 여러 번 다녀갔지만 한 번도 그 존재를 생각해 보지 않았던 곳, 돌확 속에 개구리 알로 우주 만물 존재함의 근원을 새롭게 생각했다.

산을 넘어 천자암의 오래된 향나무도 친견하고 송광사로 넘어가고도 싶었지만 하산하는 길을 택했다. 삼월의 한나절 짧은 시간이었지만 자연 속에 하나가 되듯 마음의 시끄러움이 잠잠해지고 나직해졌다. 다시 돌아가야 하는 길이 멀었지만 바람이 가벼웠고 햇살은 따스했다.

춘삼월은 또 새롭게 시작하는 달이었다.

팔자소관

산굽이를 돌아서면 이내 다시 돌아서야 하는 길, 화엄사를 들머리로 노고단을 오르고 성삼재에서 구례 쪽으로 내려가는 길은 멀미가 나도록 길게 구불거리는 길이 이어진다. 그 길가에 암자 하나가 고즈넉이 자리 잡고 있다. 작은 절집의 위치가 의아스럽지만 지금처럼 차가 다니는 길이 만들어지기 전에는 깊은 산중이었을 것이다. 자지러지듯 연초록 나뭇잎들이 느릿느릿 산을 올라가는 오월의 아침, 노고단에 오르는 길에는 털진달래가 수줍게 피어나 이제야 봄의 시작을 알리고 있었다. 이 땅의 어느 곳이든 정겹게 피어나는 진달래와는 달리 털진달래는 주로 고산 지대에서 자라고 가지와 잎 등에 털이 나 있고 늦은 봄에나 꽃이 핀다. 초겨울부터 시린 바람을 맞는 키 작은 관목들은 상고대가 감싸 주기도 하고 때때로 눈꽃이 피고 지다가 털진달래가 피기 시작하면 산 아래에서 봄이 다 올라왔음을 알려주곤 했다.

사람들이 살아가는 모습은 천양 각색이라지만 그런 인생도 있으려나. 태어나 암자 앞에 버려지고 그 암자에서 자신처럼 버려진 아이를 돌보며 노년을 살아가는 이. 그를 처음 만난 것은 십여 년 전, 문학단체의 모임에서였다. 그를 만나기 전 잡지에서 보았던 이력의 시작은 '동자출가'였다. 동자출가라는 말조차 낯선 말이었으니 특이한 이력에 관심을 가졌을 것이다. 그에 대한 관심으로 모임에서 자연스럽게 이야기를 나눌 수 있었고 후에는 직접 찾아가 개인적으로 만나기도 했다. 그가 갓난아기였을 때 지금 머물고 있는 절 앞에 버려졌고 자연스럽게 출가의 길에 들었다. 하지만 속세와 떨어졌어도 스님의 삶은 녹록지 않았다.

  사람들은 흔히 팔자소관을 이야기한다. 산다는 게 마음먹은 대로 되지 않는다는. 자신은 물론 타인을 위로하는 방편으로도 확연히 할 수 없는 무엇인가가 작용한다는 믿음 같은 게 바탕이다. 막연하지만 전생을 이야기하고 '업'을 이야기하기도 한다. 사주팔자란 사람이 난 해, 달, 날, 시를 간지로 계산한 여덟 글자를 말한다. 사람의 생을 하나의 집으로 비유해 위의 네 가지, 네 기둥을 이룬다 해서 사주다. 사주는 음양과 오행으로 분류되어 상극과 상생을 이루기도 하고 방위와 절후를 나타내기도 한다. 사주팔자소관은 숙명론과 개척론이 함께 포함되었다고 했다. 불교에서 말하는 숙업은 과거세에 쌓은 업이 금생에 영향을 준다는 것이다. 업이란 행위와 의지에 의한 몸과 마음의 활동을 말한다.

  사주팔자와는 다른 듯 같은 불가의 연기론은 단순한 듯하지만 이해가 쉽지 않다. 나만의 고유한 정체성을 지닌 주체적 자아란 허상에 불과하다는, 그러므로 '나'라는 존재는 다른 존재들과 맺어진 관계성의 총합에 불과하다고 한다. 누구의 자식이고 누구의 부모이고 어느 회사 또는 단체에 소속되어 있는 등이다. 삼라만상들과의 관계망 속에서 생멸하는 존재로서 나만의 고유한 실체라는 것이 없다는 것이다. 그러므로 나를 성립시키는 인연의 고리가 사라지면 내 존재도 사라지게 되는 결말에 도달하게 된다는. 세상사 순행의 원리는 이것이 있음으로 저것이 일어나지만 그 역행으로 이것이 없으면 저것이 일어나지 않는 연기법에서 한 치도 벗어나지 않는다는 것일까? 이타적으로 기여하였다면 상응한 보상이 있을 것이고 기여함이 없거나 부족하였다면 또한 그에 상응한 결과가 있는 단순한 이치라 하지만 그 단순하고도 심오해서 삶을 꿰뚫는 원리를 이해하기는 쉽지 않다.

　이른 새벽에 화엄사 산문에서 출발해 일출 시간에 맞춰 노고단에 오르려는 길은 숨이 가팔라지는 길이다. 계절마다 확연히 다른 모습을 보여주는 노고단의 평원 지대, 털진달래, 구상나무 등의 관목과 초원 지대를 오르면 하늘을 향해 단을 쌓은 노고단, 일출은 행운에 기댈 수밖에 없다. 노고단을 내려와서는 능선길을 따라 천왕봉에 이르거나 짧게 반야봉까지만 다녀오기도 하는데 그 날은 성삼재로 내려가 차를 타고 구례로 가야 했다. 아침 이른 시간이지만 그에게 전화를 했다. 암자에 계시면 잠깐 들렀다 가겠다고 했더니 "도착하는 시간이 이르면 아침 공양이나 같이 하자."고 하셨다. 동행한 후배가 구례에 도착해 직장에 출근해야 했기 때문에 그의 호의가 고마웠다.

　앞서 말했듯이 그는 일제 강점기 중 대동아공영을 꿈꾸며 시작한 침략 전쟁이 확전일로에 있던 암울한 시기에 태어났다. 태평양전쟁, 제2차 세계대전 중 일본은 동아시아에 있는 유럽 식민지를 강탈하여 태평양의 지배 세력이 되고자 했고 진주만 공습은 그 서막이었다. 삼십여 년간 지속된 강점에다 피식민국으로 전시 체제에 동원되면서 피폐한 삶은 피할 수 없었다. 사연은 알 수 없으나 그의 어머니는 젖도 떼지 못한 갓난아기를 암자 앞에 버려두고 가셨다. 불행 중 다행이었을까 암자에는 그가 할머니로 부르던 나이 든 노스님이 계셨으니 천덕꾸러기로 눈칫밥을 먹을 정도는 아니었다고 했다. 물론 엄마만큼의 관심과 사랑은 아니었겠지만. 할머니 스님의 사랑이었더라도 실체를 알 수 없는 엄마에 대한 애증은 피할 수 없었으리라. 하지만 48년 여순 사건 시 절을 비우고 마을로 내려가야 했을 때 배고픔과 생사의 가파른 고난은 피할 수 없었다. 정상적인 학업은 이어갈 수 없었지만 동자출가의 비원을 이어가듯 자연스럽게 승복을 입었다. 수행에 정진해야 할 20대에 그는 세상일이 아닌 사찰 내부에서의 불의에 맞서면서 그의 운명은 막다른 길로 내몰려야 했다.

원시림처럼 울창한 숲이 절을 둘러서 있었다. 사람의 손으로 키워진 것이 아니었다. 산이 원래 그 자리에 있었던 것처럼 나무들도 그 자리에 있던 것이었다. 나무들은 자연(自然)이라는 한자어처럼 스스로 그러하면서 멧새들을 키웠고 다람쥐도 산토끼도 키웠다. 인간도 마찬가지였다. 나무들은 밥을 짓고 군불을 지피는 땔감을 주었고 집을 짓고 외양간의 기둥도 세우게 해주었다. 모든 존재하는 것들에 근원으로 감로수처럼 차고 단 물을 가두었다가 흘려 내리는 것도 마찬가지였다. 그러나 그 나무들은 인간들에게 탐욕의 대상이기도 했다.

바깥세상도 어수선하고 혼란스런 시국이었다. 4.19 혁명으로 이승만 대통령이 하야했고 내각책임제로 윤보선 대통령의 제2공화국이 출범했다. 다시 해가 바뀌어 5.16의 군화 소리는 3공화국을 태동하고 있었다. 그는 세상 나이로 20대 초반의 혈기 방장한 나이었다. 천은사에서 멀지 않은 빈 암자에서 생활하고 있던 시절이었다. 1962년 8월, 순천 일대에 큰 물난리가 난 적이 있었다. 하루 동안 300mm 이상 내린 폭우로 순천 북방 6km 지점에 위치한 서면의 산정저수지 둑이 붕괴하면서 불어난 물이 순천 시내를 덮쳤고 대부분의 시가지가 침수 피해를 입었다. 확인된 사망자만 224명이었다. 수해 복구가 시작되면서 천은사 주변의 산림벌채가 허가되었던 것은 그가 수행자로서 순탄치 못한 길을 걸어갈 것을 예고하는 전조와도 같았다. 자연과 더불어 존재하는 인간으로서, 특히 수행자로서 숲을 지키고 보존해야 한다는 것도, 특히 사찰 주변의 경관을 고려해야 한다는 것도 당연하지만, 그보다 더 당연한 것은 욕심을 버리고 청정해야 한다는 것이리라. 탐욕과 정욕을 버리기 위하여 경전을 읽고 참선을 하고 목탁을 두드리는 것이 아니었던가? 목탁을 두드린다는 것은 대중들에게도 그 마음을 전해 주고 옮기려는 울림이 아니었겠는가?

수도자들도 돈에 대한 욕심을 가지고 있었다. 그것도 주요 직분을 맡은 수행자들이었다. 그 욕심은 예정된 것처럼 벌목업자의 농간에 휩쓸렸다. 처음 벌목 허가 시부터 업자들이 절의 임원들과 결탁하여 허가된 양보다 훨씬 많은 나무들을 벌목하여 반출하고 있음을 확인했다.

　수도승이 되었던 것은 어쩌면 그의 의지와는 무관한 것이었으려나. 그럼 운명이었다고 해야 하는가? 라고 수없이 되뇌어보기도 했지만 그는 답을 찾을 수가 없었다. 특별한 계기가 있었다거나 목표를 정하고 선택한 길은 아니었다. 수행도 더없이 중요한 것이었지만 가끔 억울하고 서러운 사람들을 볼 때마다 진정한 종교인이 취해야 할 자세를 되씹어보곤 했다. 마음에서 분노를 거두라는 경전을 앞에 두고 분명 옳지 못한 현실을 목도하면서 뜬눈으로 밤을 새우며 고민하지 않을 수 없었다. 수행자들은 소금과도 같은 존재이다. 성경에도 나와 있는 소금과 빛의 의미처럼 말이다. 세상이 탐욕으로 썩어가는 것을 늦추거나 멈추게 하고 어둡고 칙칙한 곳에 빛으로 존재해야 하는 것이다. 생선이 썩어 갈 때는, 아니 썩어가기 전으로 소금으로 간을 하면 되지만 되레 소금이 썩어 간다면 어떻게 썩어 가는 것을 막을 것인가를 수없이 자신에게 반문하며 고뇌해야 했다. 그는 잘못된 것에 저항하고 고발하는 투사의 길을 선택했다. 그것은 분명 그 자신 의지의 소산이었다. 그보다는 수행자들이었으므로, 설령 잘못된 판단이나 마음을 먹었더라도 본래의 제자리로 돌아오는 것은 너무나 당연한 도리라고 생각했을 것이다. 그러므로 단순히 건의의 성격으로 항의한다면 바로잡을 수 있다고 생각했을 것이다. 그러나 그것은 그의 크나큰 오산이었다. 수도자로서 평생을 가겠다는 평범한 기대조차 그 분기로 참담하게 무너져 갔다.

단순히 공부하는 것으로 수도승이 될 수 있는 것이 아니었다. 사회와 격리된 생활을 해야 한다는 것에서부터 행자 생활로 여러 과정을 거쳐야 정식으로 스님이 될 수 있다. 단순히 과정이라는 것으로 표현할 수 없는 하루에도 수없이 변하는 자신의 마음을 먼저 다스려야 한다. 절의 법도는 그만큼 엄격한 것이고 사회보다 엄격한 조직 체계를 갖추고 있다는 것을 의미한다. 아무 직분도 가지고 있지 못한 그가 주지를 포함한 임원들이 결정한 일에 왈가왈부한다는 것은 대단히 부담스러운 일이었고 무한의 용기가 필요한 것이었다.

점심 공양 시간이었다. 그는 다른 날보다 먼저 공양 간에 들었고 점심 공양을 들면서도 잠시 후에 할 이야기에 고민하며 되뇌어 보았다. 점심을 마치고 자리에서 일어나 합장으로 3배를 했다.

"소승이 대중 스님들에게 한 말씀 드리겠습니다." 입안에서 침이 말랐다. 스님들은 의아하게 그를 쳐다보았다. 잠시의 침묵을 허락으로 생각하고 준비했던 말을 이어갔다. 허가된 벌채량보다 가외의 도벌이 있었고 그것을 확인해서 계산을 확실하게 해야 한다는 이야기를 이어갔다. 일부 스님들은 동조하는 눈치였지만 대부분의 스님들은 몹시 못마땅한 표정이었고 주지 스님의 얼굴은 엷은 경련의 모습을 보여 주었다. 결국 업자와 결탁했다는 것을 드러내듯이.

'그런 것은 집행부에서 처리할 일'이라며 초라해진 권위를 나름의 큰소리로 곧추세우고 있었다. 그는 물러설 수 없었다. 주지 스님은 그를 무력화하기 위하여 그의 은사 스님에게로 눈길을 돌렸다. 은사 스님은 주지 스님과 그를 동시에 외면했다. 언쟁은 격렬해졌다.

주지 스님은 다시 은사 스님을 불렀다.

"스님이고 뭣이고 내 말에 책임 있는 답변을 하십시오." 대화가 접점을 찾지 못하면서 그도 모르게 흥분된 상태였다. '스님이고 뭣이고'라는 내뱉었던 말은 부메랑처럼 돌아와 그를 후려쳤다. 상황을 모르는 사람이라면 은사 스님을 모독하는 것으로 받아들여질 수도 있는 불순한 말이었다.

정의(正義)는 바르기도 하고 옳기도 해야 한다. 그가 제기한 문제는 바른 것이었지만 직간접으로 산판업자와 결탁한 임원들에게 옳지 않은 것이었다. 옳지 않다고 생각한 절의 임원들은 결국 사소할 수도 있었을 그 말 한마디에 이것저것 오물을 붙여 승적을 박탈하였다.

과연 정의란 무엇인가? 바르면서 옳기도 한 것은 어쩌면 이 세상에 존재하지 않는 것이었다. 절대적인 정의는 존재하지 않는 것이고 정의는 상대성을 갖기 때문이다. 그는 소외되어 외톨이가 되어 갔고 심신도 쇠잔해져 갔지만, 결코 포기하지 않았다. 고발장을 들고 관공서를 수없이 드나들었고 현장을 뛰어다녀야 했으며 사람들과 수없이 부딪쳐야 했다. 그가 만났던 사람들도 그가 고발하는 것이 바르다는 것을 알았을 것이다. 그러나 이해관계에 얽혀 돌아가는 현실 속에서 그들도 밥을 벌기 위해서, 또는 현실에 안주하려고 했고 그를 배척했다.

예나 지금이나 조직 내에서 내부적인 비리를 고발했던 많은 사람들은 조직은 물론 대중들에게도 기피의 대상으로 낙인찍혔다. 더하여서 배신자의 또 다른 멍에로 되돌려지곤 했다. 종내는 집요한 불이익의 처분까지로, 당사자에게 극도의 스트레스와 소외감으로 인한 우울증까지, 심지어는 가족들까지 극단의 막다른 골목으로 몰아가는 경우도 있었다. 그는 그렇게 예외 없는 내부 고발자로 온갖 핍박과 개인의 안식을 구할 수 없었다. 그는 끝내 지리산을 떠나지 못하고 어머니에게 버려졌던 그곳으로 돌아왔다.

차에서 내려 절집 안으로 들어섰을 때 부처님 오신 날을 앞두고 연등을 매달고 있었다. 그와 반갑게 인사하고 아침 공양을 받았다. 정갈한 봄나물이 향긋했다. 아침을 먹고 그가 머무는 서재 겸 요사체로 갔다. 암자에는 초등학교에 다니는 아이가 한 명 있었다. 청정한 절집에 아이라니, 아이도 그와 같이 갓난아이로 절 앞에 버려진 아이였다. 그는 팔순이 넘은 나이에도 때로 아이를 위해 읍내까지 등하교는 물론 멀리 광주나 부산까지도 다녀오곤 했다.
　많은 사람들이 사연도 곡절도 많은 자신의 삶을 '몇 권의 소설'로 표현하기도 한다. 그러나 자신의 삶을 자신의 손으로 다시 돌아가 보기는 어렵다. 성공했다는, 혹은 성공을 꿈꾸는 기업가나 정치인이 그런 유혹에 빠지기도 하는데 자신의 삶을 진솔하게 표현하기는 힘들다. 차를 마시며 살아가는 이야기, 현실의 이야기들을 했다. 이야기를 나누는 중에 구례에 사는 이가 전화를 했다. 아침 식사를 같이 하자고 했는데, 점심으로 미뤘다. 그러니 오전 시간이 비었기에 화엄사를 지나 연기암에 다녀오고 싶다고 했다. 암자에서 거기

까지 걸어가기는 먼 길이었기에 그에게 부탁했다. 부처님의 탄생일
은 정확하지 않다고 했다. 경전까지도 사후에 제자들에 의해 기록
된 것들이다. 그렇다 하더라도 참 좋은 시절이라는 생각이 새삼스
러웠다. 생명의 기운이 가득 찬 대지만으로도 말이다.

　차를 타고 화엄사를 지나 연기암으로 가는 산길을 오르며 이야기
를 나누며 그의 삶을 반추해 보았다. 얼굴도 기억하지 못하는 어머
니에게 버려지고 나름의 정의를 갈구하다 절에서도 내치듯 버려지
고도 지리산 그곳에서 한 번도 떠나지 못했던 이유는 무엇일까? 자
신의 모습처럼 버려진 아이를 키우며 절에서 노구에 뒷바라지를 하
는 것은 무슨 팔자소관, 아니면 연기론의 원리 같은 게 있는 걸까?
하지만 어쭙잖게 나름의 잣대를 들이댄다는 것도 어불성설일 것 같
았다. 연기암이 가까워지고 있었다. 그는 나를 암자의 입구에 내려
주고 올라왔던 길로 내려갔다.

고향 연가(戀歌)

아이들과 함께 고향 마을에 가는 길, 나의 마음은 봄볕처럼 따스하게 부풀었다. 내가 군에 입대하던 즈음 부모님은 고향을 떠나셨다. 이제 고향 마을에는 피붙이 하나 남아 있지 않지만 명절 때를 기다려 다녀오곤 한다. 동구(洞口)에 들어서면 오랜만에 반가운 친구를 만나기라도 한 것처럼 내 얼굴에는 화색이 돌며 말이 많아지기 시작했다. 물론 같이 걷는 아이들이 큰 관심을 보이지 않는데도 말이다. 아이들에게는 언제나 낯선 시골 마을일 뿐이리라. 작년에도 했을 법한 같은 이야기가 반복되면 아이들은 이내 야유를 보낸다.

"아빠, 이제 몇 번째인지 알아?" 일 년에 한두 번이지만 아이들과 함께 고향에 올 때는 은근히 긴장하곤 했다. 이제까지 한 번도 아이들에게 하지 않았던 새로운 이야기의 소재를 찾아내기 위해서였다.

전기도 없던 자연 속 어린 시절, 이른 아침부터 저녁나절까지 산과 들을 쏘다니며 놀았던 게 추억으로 차곡차곡 쌓여 남아 있었다. 많은 것이 풍족한 지금과 비교하면 놀이의 묘미는 단순하고 한정된 도구와 결핍에서 생겨나는 것이었다. 작은 고무공 하나로도 한나절 축구며 야구놀이를 하며 놀았다. 산과 들, 개울이 전부 놀이터였다. 많은 세월이 지났지만 늘 가슴속에 그리던 고향 마을의 풍경을 만나면 그 많은 이야기들이 봄날 무논의 개구리들처럼 신나게 소리를 내곤 했다.

구불구불 마을 길을 따라 흐르는 개울에는 고만고만한 고마리 새싹들이 수북하게 자라나고 있다. 뽀얗게 피기 시작하는 찔레꽃은 달콤한 향기를 바람에 날린다. 봄이면 타들어 가듯 진달래가 붉게 물들이던 민둥산에 빽빽하게 숲은 우거졌지만, 마을은 적막강산이다. 예전 같으면 모내기 준비를 하고 들일에 바쁜 철이지만 일하는 사람들은 보이지 않는다. 한 번 마을을 떠난 이들은 다시 돌아오지 않았다. 이야기는 풍경 속에서보다 사람 속에서 더 많이 되돌아오듯 길에서 만나는 사람들이 드물어지면서 고향의 추억들이 자꾸만 희미해져 간다. 여름철이면 동무들과 멱을 감고 고기를 잡던 버드나무 아래 물웅덩이는 메워졌다. 이맘쯤이면 개구리들 울음소리로 왁자했을 텐데 물이 채워진 논에서도 조용하다.

어린 시절 살았던, 오랫동안 비어져 웅크리고 있는 집으로 갔을 때 떠난 이들이 다시 돌아오기를 기다리는 듯, 사립문 옆 사철나무는 발돋움으로 키가 더 커진 듯했다. 풀들이 뛰어노는 마당을 건너 어머니의 그림자를 찾듯 먼저 부엌으로 간다. 검게 그을린 벽에는 비어든 빛에 거미줄이 흔들리고 이제는 무너진 아궁이 앞에 잠시 앉아 지나간 시간들을 잠시 불러들인다. 궁핍했던 시간이었지만 아궁이에 불을 지피며 어머니와 함께했던 애달프고 그리운 시간들이었다.

늦가을 김장철이면 어머니는 대파를 다듬어 다발로 묶는 품팔이 일로 이웃마을로 가시곤 하셨다. 어두워서야 일이 끝나고 돌아오는 길은 아침보다 어둡고 먼 길이었을 것이다. 어머니를 기다리다가 허기에 지친 동생들은 어둠 속에서 잠들어 있었다. 고무신을 적시며 동네 우물에서 물을 길어다 놓았다. 부엌에 들어선 어머니는 희미한 호롱불 아래 부리나케 수제비를 떼어 내고 나는 동생들을 깨웠다. 글로는 전부 옮길 수 없는 무거운 삶의 멍에를 짊어지고 살아오셨다. 몇 번인가 기성회비 납부를 미루다가 다시 손을 내밀었던 아침이었다. 어머니는 새벽 참에 이웃집에서도 돈을 마련하지 못하셨다며 고개를 흔드셨다. 순간 심통이 난 철없던 자식이 차려준 아침도 거르고 눈물을 훔치며 집을 나섰을 때 당신은 아궁이 앞에 퍼질러 앉아 무명앞치마로 눈물을 훔치셨을 것이다.

무너진 아궁이 앞에 멍한 듯 앉아 있는 내 모습을 가끔 힐끔거리며 아이들은 휴대폰에 시선이 머물러 있었다. 부엌을 나와 아쉬운 마음으로 뒤꼍을 돌아 나왔을 때 고샅길에 무거운 듯 보퉁이를 머리에 인 여인이 지나간다. 기억나지 않는 얼굴이었다. 오랜만에 보는 반가운 모습, 달려가 이것저것을 묻고 싶은 심정이었다. 그러면서 오래전 어머니의 모습도 그 여인을 따라가고 있었다. 이제 파뿌리처럼 흘러간 세월에 그 시절 나의 어머니 머리는 세상을 지혜롭게 살아가는 방도를 생각하는 것이 아니었음을, 이(利)와 해(害)는 물론 옳고 그름을 따져 자신의 편하고 좋은 것을 헤아리는 것이 아니었음도 안다.

밭에서 거둔 곡식이며 채소를 나르는 것도, 산에서 모은 땔감을 나르는 것도, 장날이면 열무며 애호박 등 함지박에 가득 나르던 것도, 오뉴월 옥수수처럼 자라는 자식들과 궁핍한 살림에 생겨나는 온갖 걱정 근심도 온전히 당신의 머리에 이고 다니셔야 했을 것이다. 그래서 자식들은 그 무거운 짐 대신 머리에 지식을 넣어 당신처럼 미련하거나 고단하게 살지 않기만을 바랐을 것이라고 생각했다. 그 노고와 헌신으로 머리에 지식을 채운 자식들이 "요즘 세상이 어쩌니" 하면서 세상 물정을 잘 모른다고 핀잔을 주거나 얼마 남아 있지도 않은 논밭을 제 앞으로 돌려놓을 궁리를 하고, 손님처럼 가끔 다녀가기나 하며 어머니를 독거노인으로 만든 건 아닌지도 생각했다.

다시 개울을 따라 구부러진 길을 돌아내려 가면서 봄볕처럼 부풀었던 나의 마음은 바람이 빠져나간 풍선처럼 쪼그라든다. 나와 함께 산을, 들을 쏘다니며 놀던 동무들은 물론 내가 자라는 것을 지켜보셨던 마을 어른들이 하나둘 세상을 떠나고 대처로도 떠나면서 고향이 나를 멀리하는 것처럼 점점 낯설어짐이 새삼스러웠다. 이제 어른이 되어가는 아이들에게 더 이상 나의 어린 시절 이야기는 부질없는 것이 되었다. 인문지리학자 이 푸 투안(Yi-Fu Tuan)의 말을 새롭게 음미했다.

"지도는 비역사적이나 풍경은 역사적"이라는. 인간은 풍경으로 존재하는 것인 듯하다. 그래서 풍경은 단순한 자연물이나 형식적 배경이 아닌 감각이나 체험 공유를 통한 자연과 인간의 유기적 복합체였다. 어릴 적 같이 놀던 동무들이나 마을의 어른들을 그리워하는 것은 그 풍경들을 공유했다는 것이다.

어린 시절 나를 키워 준 고향의 햇빛과 바람은 갈 적마다 낯설기만 한데, 알게 모르게 나를 키워준 이들에 대한 고마움도 새롭게 생각했다. 그래도 내가 가끔이라도 찾아오는 고향이 크게 변하지 않고 존재한다는 것은 참 고마운 것이리라. 마을이나 도시, 국가를 불문하고 풍경에는 사람들을 하나로 만드는 힘이 있다. 풍경 속에서 많은 시간을 뛰어놀았기에 공간에서 장소로 친화된 산과 물, 들, 그리고 길은 그리움의 원천이었다.

오랜만에 보퉁이를 이고 가는 여인을 보면서 나의 어머니며 그 시절의 어머니들을 생각했던 것도. 어머니가 작금을 살아가는 자식들처럼 무거운 짐을 이는 대신 머리로 생각하며 살았더라면 결코 오늘날 우리가 누리는 풍요는 없었을 것이다. 하늘보다 높고 바다보다 깊었던, 어머니의 사랑과 헌신을 새롭게 생각하게 된다. 돌아와서는 오래된 형상으로만 남아 있는 고향을 노래했다.

고향 그 오래된 형상

나 나고 자란 마을을 벗어나고 싶었던 건
시간이 더디 가고 기다려야 할 것들이 많아서였을까
떠난 지 오랜 세월이 흘렀어도
고향이라는 말은 지워질 수 없는 흉터처럼
내 몸 곳곳에 여전히 남아있었다
하늘이 끄물거리면
여기저기 쑤시기 시작하는 삭신처럼
사는 게 바람 든 무 썹듯 퍽퍽하다 치면
그 흉터는 덧난 듯 욱신거렸으니
고향이라는 마을은 떠났기에 생겨난 듯했다

나이의 수가 속도계인 양
점점 빠르게 스쳐 가는 시간들
나를 키워 낸 고향 언덕의 햇빛과 바람은
갈 적마다 낯설기만 한데
지나온 날들의 풍경과 인연들은
살아갈 날들의 여백에도 여전히 아른거리곤 했다
세월에 마모되어 마음속에 채워진

기억의 편린들은 서로 자리를 바꾸듯
그 숱한 기다림의 공간에 그리움은 채곡채곡 쌓여가고
꿈을 꾸기보다는 채우지도 못할 욕망으로
삶은 여전히 흔들리는데

떠나왔음을 회구하듯
다시 고향에 돌아가고 싶다는 열망은
그리움의 잔재를 갈구하는 퇴행의 정서인가
삶의 유한함을 반추하는 귀거래사일까
고향이라는 마을은 떠났기에 존재했던 것처럼
이제는 돌아가더라도
마음의 오래된 형상으로만 존재할 뿐인 것을

개심사에서

내 고향은 서해안 천수만이 가까운 충청도 홍성이다. 누군가 고향을 물어 '홍성'이라 답하면 강원도 홍천이나 횡성이냐고 되묻곤 했는데, 서운하기는 어쩔 수 없었다. 오래전에 떠난 고향이지만 존재함의 근원처럼 그 정서는 늘 다정했고 그리움의 대상이었다. 큰 바다가 내포를 만나면 뭍으로 파고들어 '육지 속 바다'가 되는 '내포(內浦)', 바다와 땅이 섞여 있기에 불교나 천주교 등의 바깥 문물도 일찍 들어왔다. 특히 중국과 백제를 오가는 불교의 통로였으니 가야산을 곁에 두고 있는 운산은 서산마애삼존불과 보원사(터), 개심사 등의 불교 유적들이 도드라지는 곳이다. 조선 후기 실학자였던 이중환은 『택리지』에서 "충청도에서는 내포(內浦)가 가장 좋은 곳이다."라고 했다. 땅은 기름지고 평평하면서 넓고 또한 소금과 물고기가 많아서 대를 이어 사는 사대부들이 많다는 이유였다. 가야산의 앞뒤에 있는 지금의 홍성, 예산, 당진, 서산 등이다.

한때 많은 사람들의 손에 들렸던 책 『나의 문화유산답사기』1편에서 저자는 "가장 사랑스러운 절집을 꼽으라고 한다면 영주 부석사, 청도 운문사 그리고 서산 개심사부터 생각할 것 같다."고 했다. 꼭 그 이유 때문만은 아니겠지만 개심사는 수려한 풍광을 지녔거나 특별한 문화재가 없는 작은 절이면서 많은 사람들에게 한 번쯤은 찾고 싶은 절이다. 충청도 가야산의 줄기 하나가 뻗어 내린 상왕산 남쪽 자락 산골짜기에 자리 잡은 아늑한 절 개심사. 가야산, 상왕산 모두 불교와 관련 있는 이름들이고 개심사의 역사는 백제로 거슬러 올라간다. 남아 있는 백제의 흔적은 찾아볼 수 없지만 백제 의자왕

14년에 혜감국사가 개원사로 창건했고 이후 중건하면서 개심사라 했다. 산불로 화마에 휩싸였다가 1484년에야 비로소 중창이 이루어졌고 대웅보전은 이 무렵에 지어진 것이라 했다.

　명부전 앞뜰의 청벚꽃, 그 화려했던 봄의 흔적이 남아 있으려나, 봄은 더디게 오고 점점 이르게 지나간다. 개심사는 그저 마을을 이루는 것처럼 그 입구부터 단출하다. 봄이면 고사리 등 봄나물 좌판을 펼친 가게와 낮은 지붕의 식당들이 서너 군데, 오르는 길에 일주문은 뻘쭘하게 서 있는 게 어색한데 길가에 개울은 좀처럼 물소리를 내지 않는다. 개울을 따라 소나무 숲 사이로 나 있는 돌계단, 돌계단 앞에 서 있는 두 개의 돌비석, 무겁거나 결코 가벼워 보이지도 않는 돌에 '세심동(洗心洞), 개심사(開心寺)'가 옛 고향집 사립문에 나지막이 문기둥처럼 서 있다. 마음을 씻고 여는 것은 돌이나 절집의 몫이 아닐 터 돌계단을 따라 굽이진 개울 길을 따라 오르면 이윽고 개심사가 모습을 드러낸다. 오르는 동안 마음을 씻고 또 열리지는 않았고 언덕에 올라설 즈음 네모난 긴 연못이 기다리고 있다. 코끼리의 모습을 닮아 있다며 상황산(象王山), 그 코끼리가 물을 먹는 형상으로 연못을 준비했을까? 못 이름은 경지(鏡池), 거울 연못이라는 뜻이다. 굽이진 소나무 숲길을 오르며 마음의 흔들림은 그쳤는지 비추어 보라는 장치인가도 생각해보게 된다. 마음을 씻는다는 것이 내 안의 나를 버리는 거라면 너무나 단순하고 쉬운 일일진대 그게 그렇게 어렵다. 나를 버려야 마음이 열린다. 마음을 연다는 것은 결국 내 앞에 있는 타인의 마음을 훔치는 일일 게다.

이 봄에 참개구리 울음소리는 듣지도 못했는데, 연못에서 그리운 바리톤 음색을 들려준다. 봄이 되면 꽃절을 이루는 왕벚꽃을 비추다가 그 꽃이 지면 봄이 가고, 뜨거운 태양 아래 백일홍을 비추다가 그 꽃이 지면 여름이 가고, 단풍을 비추다 낙엽이 지면 가을이 가고, 눈산을 비추다 눈이 녹으면 그치기를 되풀이한 지 어언 수백 년이 되었으리라. 계절의 변화를 사시사철 그대로 끌어안았다가 때가 되면 그대로 버리는 연못은 과연 그 존재 양식으로 절집의 안과 밖을 구분하고 있는 듯했다. 연못을 가로지르는 외나무다리는 긴장감과 함께 다시 한 번 번잡한 마음을 내려놓으라 하는 듯, 외나무다리 길은 곧바로 해탈문으로 이어진다. 해탈문은 절집의 문이 아니라 소박한 고택의 쪽문처럼 다정하다. 해탈문으로 들어서면 바로 대웅보전 앞마당, 솔바람 이는 돌계단을 올라 외나무다리까지 건너왔으니 속세는 이미 저만치에 있는 듯, 대웅보전 안마당은 고향 집처럼 오붓하다. 아담한 대웅보전, 심검당, 태생적으로 소박한 집들의 편안함, 그 편안함은 자연스러움으로 자리 잡았다. 마치 정갈하게 부처님을 마음에 모시기 위한 방편이었을 듯, 개심사의 건축은 자연미를 살린 색다름이다. 잘나고 못남이 아닌 자연스러움을 가져다 놓았다. '천연덕스럽다'는 말은 거기에서 비롯되었을 것이다. 누구의 눈치를 살피지 않듯 거리낌이 없는 상태, 꼴값을 떠는 게 아니라 스스로 그 값을 올곧게 표현하는 것이다. 범종각, 요사채, 해탈문, 심검당, 휘어지고 비뚤어진 나무를 거리낌 없이 사용하여 지은 심검당의 부엌채는 이렇게 지어도 되나 할 정도였다. 잠시 심검당 마루에 앉는다. 지혜의 칼을 찾는 집, 지혜의 칼을 갈아 무명의 풀을 벤다는 의미, 먼저 구부러져 서 있는 심검당 기둥을 쓸어안는다. 구부러진 기둥감을 정하고 여기에 세운 이는 천진한 심성을 지닌 목수였을 것이다. 천진한 자만이 구부러진 기둥을 세울 수 있다. 천진하지 못한 자들이 반듯한 것을 강요하며 큰소리로 외친다. 심검당(尋劍堂)은 승방과 나중에 증축한 부엌채로 이루어졌는데 미적인 것만 본다면 어쩌면 심검당 승방과 부엌채는 주객이 전도된 것 같다. 가장 못나고 가장 약한 것이 가장 잘나고 가장 강한 것이 된 것이다. 심검당 벽체는 휘어진 부재에 나무를 덧대 반듯하게 잡고 가장 단순하고 간결하게 디자인하여 뽀얀 꽃담으로 쌓았다.

명부전 앞의 청벚도 왕벚도 이미 떠나고 없다. 때가 되면 그렇듯 떠나는 것이 자연의 이치다. 아까시꽃이 피고 찔레꽃이 피면 봄은 간다는 인사도 없이 떠날 것이다. 길이 아쉬워 산길로 접어든다. 오는 사람들은 별로 없어 한적한 길이다. 산신각 앞에 이르니 댓돌 위에 흰 고무신 한 켤레가 반듯하게 놓여 있다. 흰 고무신을 신고 이곳에 오른 여인은 누구일까? 나직이 안을 들여다보니 한 여인이 절을 올리고 있다. 몸을 던지듯 엎드린 채 손을 펴 드는 여인의 이마엔 땀방울이 송골송골 맺혀있다. 무슨 간곡한 사연이 있는 것일까? 갑자기 궁금해져 묻고 싶어지는 걸 참고 다시 산길에 오른다. 오리나무 잎이며 떡갈나무 이파리들이 봄 햇살에 윤기가 반짝이듯 흔들린다. 봄의 숲은 생명력과 생동감이 넘쳐 난다. 솔바람이 이는 오솔길을 따라 산을 넘으면 보원사지 터로 이어지고 백제의 미소로 칭하는 마애삼존불이 있는 곳으로 이어지지만 다시 산을 내려온다. 내년엔 꼭 청벚꽃 피는 철에 오리라.

국토종단,
미완성의 시작

이십여 년 군 생활, 직업 군인으로서 진급이 좌절되면서 버림받듯 사회로 나오게 되었을 때 단순한 이직의 과정만이 아니었던 건 정체성의 추락과 소외감 때문이었다. 사회 구성원의 한 사람으로뿐 아니라 한 가정의 가장으로서 받아들여야 했던 당시 상황은 참담했다. 군 생활 동안 산(山)은 훈련과 작전으로 진지를 구축하고 방어와 공격을 구상하며 행군 등으로 극복해야 하는 대상이었다. 하지만 전역을 앞두고는 위안을 바라며 숨어들거나 새로운 세상을 넘겨다보는 대상으로 바뀌어 갔다. 행운이었을 것처럼 공개 채용으로 시험의 관문을 통과하여 새로운 직장 생활을 하게 되었지만 어느 곳에나 겪어 나가야 할 난관은 있었다.

 찾아드는 대상으로 산의 의미가 새롭게 다가오면서 길의 의미도 새롭게 인식하게 되었다. 예를 들면 '숲으로 난 길에서는 신의 음성과 계시를 들을 수도, 세상으로 난 길에는 삶의 이정표를 만들어 세울 수도 있다'는 생각이 들었다. 대지에 나 있는 길은 누군가 먼저 걸어간 길이듯이 누군가 우리 국토를 종단했다는 이야기로 새로운 꿈을 꾸게 된 건 그즈음이었다. 산도 바다도 내 군복도 초록이었던 남도의 한 섬에서 근무하던 시절, 내가 나고 자란 산하에 대해 지울 수 없는 사랑과 연모를 가슴에 품었다. 겨울철 산불이 나면 한 그루의 나무와 풀까지도 지켜내기 위하여 생명의 위협을 불사하며 자원하여 산불 진화 작전에도 참가하며 더했다. 그래서 언젠가 기회가 되면 이 아름다운 산하의 땅끝에서 국토 종단을 시작하겠다는 막연한 바람을 가졌다. 이런저런 이유로 섣불리 나서지 못하고 미루고 미루어 이제 포기한 것인가 싶었고 분단된 채 동강 난 국토의 끝까지는 역시 무리일 것 같다는 생각이 들었다. 하지만 연휴 동안 미완성일지라도 시작은 해야겠다고 결심했다.

순간순간 작은 바람에도 흔들리는 모습이었고, 사전에 치밀한 계획이 필요했을 듯도 싶은데, 그런 시간도 마음도 여유도 없었으니 다짐뿐이었다. 그 다짐의 편린처럼 작은 깃발을 만들어 조금 거창한 문구를 붙이니 부담스럽기도 했다.

「단독으로 무전(無錢), 최단시간 국토종단」

그 해 오월, 연휴가 시작되는 금요일 밤, 해남읍에 도착하니 오후 10시가 지나고 있었다. 다시 한반도의 최남단 땅끝마을에 도착했을 때는 자정이 가까워지는 시간, 서둘러 사자봉에 올라 잠시 토말탑 앞에서 무릎을 꿇었다. 스스로에 대한 다짐과 길 위에서 안위를 위한 나름 기원의 의식이었다. 지도에 이정표와 시간 계획을 세우지도 않고 누군가 보아주는 이도 없이 출발해야 했기에 두리번거릴 이유가 없었다. 자정에 맞춰 발걸음을 내디뎠다. 오랜 세월 해풍을 견디며 그 자리에 서 있었을 해송이 너울거리는 송호리 해변을 지나고 끝없이 남도의 붉은 황토밭이 이어지는 밤길을 걸었다. 고독은 공기처럼 어디에나 있어 잠시 잊을 수 있는 것처럼 밤길에 혼자였지만 고독이라는 것은 까맣게 잊을 수 있었다. 신작로를 벗어나 대흥사에 이르는 산길의 침묵과 가라앉은 깊은 어둠 속에서 산모퉁

이를 돌았을 때 낮게 걸린 스무여드레 하현달에 표현할 수 없는 음기는 기이한 체험, 머리끝이 곤두서는 막연한 공포였다. 새벽 예배를 드리는 작은 시골 예배당에도 잠시 들렀다. 고향에서 새벽 교회를 나갔던 학창 시절의 기억을 잠시라도 돌아가 보고 싶었을까. 작은 예배당 안에는 나의 어머니 같은 여인네 여섯을 신도로 목사님이 '열매 맺지 않은 무화과나무'라는 제목의 설교를 했다. 그 새벽 시간에 좀 무거운 주제인 듯했다. 설교를 듣고 오랜만에 주기도문도 암송하였다.

최근 종교인의 탈을 쓴 추악한 민낯을 들여다본 프로그램이 방송되었다. '나는 신이다'는 충격적이고 또 다른 면으로 자극적이고 선정적이어서인지 지구촌 사람들의 볼거리 순위에 들었다. 세계화도 가지가지이다. 그 모습에 한 편의 시를 적었다.

종교란?

오직 하나의 신이라는 믿음의
바탕은 그런 듯
신은 존재하기에 절대자는
나에게 무엇을 원하시는가
묻는 것이었더라면
붓다의 가르침은 다름이듯
번뇌는 존재하기에
내가 거기에 어떻게 벗어나겠는가
묻는 게 주된 화두였다

인간에게 종교란 무엇이었던가
순한 양처럼 엎드려 종이
되겠다거나 깨달음을 얻고자
고단한 수행자가 되거나 였는데
아주 더러는 청지기를 빙자하여
교주가 되겠다거나 한 게
나는 신이다로 보여졌지만
자극적이듯 그조차 장삿속이었을까

인간이 위선의 거룩함을 가질 때
알면서 모르는 듯
숱한 사람들
정말 어린 양처럼 갈 길을 잃곤 했다

모내기를 준비하는 수로를 지날 때 참개구리 울음소리는 한 번 밖에 들지도 못하고 뱃고동 소리 같은 황소개구리 울음소리만 다가오는 현실에 잠시 울분이 다가왔을까. 두륜산을 넘은 여명이 대지에 번졌을 때 이슬방울이 선명했다. 개울물을 거슬러 대흥사로 들어가는 길, 나무들은 연초록 물결이 넘실거리도록 아침 햇살을 즐기고 있었다. 아침 공양을 기대하며 공양간에 들러 두 손을 모았다. 첫날 아침은 부처님의 가피로 지친 육신의 허기를 메울 수 있었다. 공양주 보살님들께 감사의 손을 모으고 일찍이 초의선사가 머물렀다는 일지암을 지나 두륜산을 넘어 강진 다산초당이 있는 만덕산 방향으로 산을 넘었다. 밤길은 고독함으로 그 고독을 즐기듯 잊을 수 있었는데 오월에 빛나는 햇살 속으로 걸어가면서 고독해져야 했다. 문득 알베르 까뮈의 '이방인' 이야기 속의 주인공이 생각났다. 뫼르소는 단순히 칼에 반사된 햇살 때문에 총으로 사람을 죽이게 되었다는. 까뮈는 돌연 '나는 왜 사는가?'라는 의문이 들었을 때 사람들이 취하는 반응을 세 가지로 분류했다. 첫 번째는 삶에 회의를 느끼고 자살하는 것이고, 두 번째는 일상으로 돌아와 습관적으로 살아가는 것이며, 세 번째는 운명에 도전하며 삶의 의미를 찾아내는 반항적인 반응을 보이는 것이다. 이 중 마지막 반응은 비극적 결말을 낳는다고 했다. 부조리란 논리로써 설명할 수 있는 것이 아니라 단지 감정으로써 느낄 수 있을 뿐이라고. 부조리를 규정하면서 인간은 부조리한 세계에 대하여 좌절을 각오하고 인간적인 노력을 거듭하여 가치를 복원해야 한다고 까뮈는 말했다.

봉황이 날개를 활짝 펴고 있는 모습이라는 주작산(朱雀山)의 능선을 올려다보며 걷던 길, 점심은 이른 모내기를 하는 들밥에 자연스럽게 끼어들어 해결했다. 요즘에는 모내기도 이앙기로 하니 한두 사람만 필요하고 들밥도 식당에서 주문해서 먹기에 끼어들 여지가 없지만 집에서 내오는 들밥은 항상 여유가 있었기에 가능했다. 한창 농사일에 바쁜데 도무지 얼척 없는 길을 나선 내 행색에 의아해하면서도 그 틈에 끼워 주셨다. 식사를 마치고 밥값은 해야겠기에 모판을 날라 주고는 길을 떠났다. 들밥이란 자작시를 새삼스럽게 떠올렸다.

들밥

일 인분에 얼마짜리 밥을 먹었다
자랑하는 너에게 돌려 물었었지
너 손모 내던 시절 들밥은
먹어 보았더냐 고
그려
들밥은 모내기철 들밥이 제일이었어
토끼풀꽃 민들레꽃 엉겅퀴꽃 흐드러진
봄이 익어 가는 들녘의 향기로움
호랑나비 흰나비의 한가로운 날갯짓
이른 새벽 모판의 모찌기부터 시작된
고된 육신에 휴식이 주어지는 달큰한 시간이었지
대지의 정령에게 감사한다는 고수레의 예를 올리고
이런저런 이웃 간의 헝클어진 마음도
들큰한 아욱국에 삼켜 버리던
더 호사스러울 수 없을 듯싶던
정을 나누던 음식에 만족감과 포만감
지나는 방물장수도 엿장수도
건너 논에서 써레질하던 사람도

모두 불러 모으고
동네잔치처럼 수다스럽고 풍요롭던
모내기철 들밥 먹던 풍경들

들밥 후에 풀밭 부드러운 대지를 베고
드러누워 흰 뭉게구름을 이불 삼아
한 줄금의 토막잠은
그 들밥만큼이나 맛나고 달콤했던 것
아무리 비싼 밥도 손모 심던 모내기철 들밥에다
어찌 비할 수 있겠냐 면 아무런 대답없이
먼 그리움이 달려나왔다

저녁나절이 되어서야 다산초당에 올라섰다. 사랑하는 아내와 자식들을 고향에 남겨 두고 내쳐져 그 먼 길을 내려와 살았던 거인 같은 삶의 발자취를 돌아본다는 의미도 있었다. 그때처럼 시퍼런 댓잎과 소나무, 삼나무 사이로 난 길은 울퉁불퉁 뿌리를 밟고 오르는 길, 정호승 시인의 '뿌리의 길'이라는 시가 떠오르기도 했다.

다산초당으로 올라가는 산길
지상에 드러낸 소나무의 뿌리들
무심코 힘껏 밟고 가다가 알았다
지하에 있는 뿌리가
더러는 슬픔 가운데 눈물을 달고
지상으로 힘껏 뿌리를 뻗는다는 것을
(중략)

이윽고 초당에 이르고 그 마루에 걸터앉았다. 하루도 이틀도 아니고 일 년도 이년도 아니고 외로움과 그리움과 분노를 풀어내 먹을 갈고 감히 마음조차 잡아낼 수 없는 그러면서 인간으로 지극히 당연한, 그러나 아무나 감당해 낼 수 없을 근본을 문자로 새겨 나갔던 역사적인 공간에서 잠시 숙연해졌다. 처음 강진으로 왔을 때 머물렀던 주막 한편에 내건 게 사의재(四宜齋), 사의재는 '네 가지 마땅히 해야 할 방'으로 처음 4년을 산 곳이다. 실의에 빠진 선생에게 주막집 할머니의 배려로 후진 양성에 기틀을 마련한 곳, 사의(四宜)는 생각은 맑게, 용모는 단정히, 언어는 적게, 행동은 무겁게 하라는 뜻이었다.

"세상을 살아가는 사람은 한때의 재해를 당했다 하여 청운의 뜻을 꺾어서는 안 된다. 사나이의 가슴속에는 항상 가을 매가 하늘로 치솟아 오르는 듯한 기상을 품고서 천지를 조그마하게 보고 우주도 가볍게 요리할 수 있다는 생각을 지녀야 옳다." 유배 살이 10년째인 1810년 봄, 다산이 둘째 아들 정학유에게 써준 '신학유가계(贐學游 家誡)'의 한 구절이다. 대부분의 사람들, 아니 내가 그와 같은 상황에 맞닥트렸다면 어떠하였을까?

늘 바람에 가볍게 구르는 가랑잎처럼 이와 해를 가르고 가져야 할 것과 버려야 할 것을 구별해 내지 못하는 어리석은 삶을 던져두고 한 편의 시상이라도 잡아낼 것 같은 여유를 가졌을까. 아침이면 강진만 너머로 아침 해가 떠오르고 낮은 산과 그 건너 산들이 한 폭의 산수화처럼 조화로운 천일각에서 조망한 날도 있었을까.

만덕산 너머 그 너머로 바다 건너 흑산의 가형까지 가슴에 묻어 두어야 했을 그 삶의 질곡에 잠시 가슴이 시려 오고 그분의 걸었을 그 길을 사무치는 마음으로나마 천천히 걸어 넘어 백련사로 간다. 짙푸른 차밭과 동백 숲을 건너가는 길, 선생도 이 길을 지나 만덕사에 이르러 차를 마시고 주지 스님과 담소를 나누고 돌아왔을 것이다. 절 마당에서 석양이 오는 강진만을 내려다보고 마을로 내려왔다. 마을을 지나가는데 고구마 순을 묻고 있었다. 예전 같으면 보리를 베고 난 밭에 장마가 시작될 때 고구마 순을 묻었는데 고구마가 건강식품으로 각광받게 되면서 비닐 피복까지 점점 재배 시기가 빨라지는 추세였다. 배낭을 내려놓고 그 일에 끼어들었다. 젊은이들은 대부분 농촌을 떠나고 그 부모네들만 마치 고향을 지키듯 남아 있는 우리네 농촌 마을, 밤을 새우고 한낮을 지난 강행군이어서 피곤했지만 흙을 만지니 생기가 돌아오는 듯했다. 고구마 순을 묻으면서 사정을 말씀드렸다. 다행히 하룻밤 묵어가라고 말씀하셨다. 일은 어두워서야 끝났다. 몸을 씻고 저녁을 기다리면서 촌노의 살아온 이야기도 들었다. 한때 '직업 군인이었다.'고 말씀드렸더니 어려서 겪은 전쟁의 참혹함을 생생하게 전해 주셨다. 저녁 밥상을 받고 새삼스럽게 감사함을 말씀드렸을 때 뒷산에서는 소쩍새가 말을 배우기 시작하는 어린아이처럼 또박또박 밤을 건너갔다. 봄밤은 짧게 지나가고 이른 아침 밥상을 받고 다시 길을 나섰다. '모란꽃은 아직 남아 있으려나.' 강진읍에 있는 영랑 생가엘 갔는데 서럽디서럽게도 모란꽃은 뚝 뚝 떨어져 내리고 없었다. 강진읍내에서 영암 쪽으로 가는 차를 세웠다. 포장되지 않은 신작로 길이었을 때는 손을 들면 차를 세우기도 했을 텐데 이제는 아니었다. 사소한 동정을 베풀기에는 누구도 믿을 수 없는 험한 세상이라는 인식을 가지게 되었다. 그냥 지나친다고 서운할 것도 없었고 걷다가 다시 손을 들고를 반복하다가 행운처럼 나주를 거쳐 장성으로 한 번 꼭 와보고 싶었던 축령산에 한 마리 산새처럼 깃들었다.

전후 가난과 굶주림에 시달렸던 척박한 대지에서 꿈을 꾼 사람의 열정이 자라고 있는 곳, 한 인간의 의지와 꿈이 염전 사금파리 밭에 소금이 엉기듯 위대한 숲이 자라고 있었다. 많은 암 환자들이 자연 속에서의 치유를 위해 자주 찾는다는 숲, 이곳의 편백나무 숲이다. 편백나무는 침엽수 중에서 가장 많은 피톤치드를 뿜어내는 나무로 유명하니 그럴 것이다. 축령산에는 편백나무가 울창한 숲을 이루고 있는데 이 거대한 숲은 오직 한 사람의 꿈과 열정으로 이루어졌다. 이 숲을 만든 이가 바로 임종국 선생, 그는 한국 전쟁이 끝난 뒤 폐허가 된 축령산에 자신의 사비를 몽땅 털어 편백나무와 삼나무 253만 그루를 심었다. 가파른 경사지에 위태롭게 발을 디뎌 나무를 심고 말라 가는 어린나무에 물을 길어 올려가며 가꾼 숲이었다. 그렇게 생을 다할 때까지 숲을 가꾸는 데 삶을 바쳤다. 그가 평생 가꾼 편백나무 숲은 단순한 숲이 아니라 사람도 살려 내는 숲이 되었다고 해야 하나. 그 위대한 숲을 지나는 나그네는 마치 열병을 받는 장군처럼 폼을 잡고 긴 산길을 내려가 금곡 영화 마을을 지나 고창으로 가고 변산반도 내소사까지 지나는 차를 세웠다.

전나무 숲길을 걸어 내소사로 들어갔다. 들어가는 입구에 입장료를 내야 했지만 배낭에 매단 깃발을 내보였다. 잠시 불편한 말이 오갔지만 매표소 직원이 이해해 주었다. 다시 날이 어두워지고 있었다. 절집에는 마침 템플 스테이 행사가 진행되는 듯했다. 종무소에 가서 빈손으로 하룻밤 묵어가야 하는 사정을 이야기했을 때 당연히 거절당했다. 다른 곳도 아니고 절집이어서, 잠시 스님이 야속했지만 어쩔 수 없었다. 다시 전나무 숲길을 내려와 마을로 흘러들었다. 마을 회관이 가까이 있는 집에 들러 사정을 이야기하고 회관에서라도 하루 묵어가고 싶다고 했다. 고맙게 늦은 저녁을 차려 준 아주머니는 마을 이장에게 이야기해 보겠다고 했는데, 잠시 후에 이장은 "요즘도 이런 경우가 있느냐!"며 비난하듯 몰아세웠다. '누구도 믿을 수가 없는 세상 아니냐.'며 단호하게 거절했다. 더 이상 불편하게 하고 싶지 않았다. 무거운 몸을 일으켜 다시 어두운 밤길을 나섰다.

그랬다. 자칫 오래전의 낭만을 이야기할 수도 있겠지만 주머니를 비우고 여행을 한다는 것은 시대 상황에 맞지 않는 것이었다. 히말라야 설산의 공기가 희박해지는 고원 지대를 오르는 것과도 같았다. 누가 억지로 시키는 것도 아니었다. 숨이 조여드는 느낌인데 한편으로는 어떤 자기 삶의 내공이 쌓이지 않고는 절대 불가한 일이었다. 그래서 불가에서는 운수행각에 특별한 의미도 부여했을 것이다. 얼마간의 돈이면 민박집을 구할 수도 있겠지만 나와의 약속을 어길 수는 없었다. 창끝처럼 보리꽃이 피는 들길을 걷다가 관공서 한편에서 새우잠을 잤고 초라한 몰골에 컵라면 물을 채워 주던 그 손길이 따뜻했다.

이제 제자리로 돌아가야 할 길이 촉박했는데 먼 밤길을 달려온 친구가 있었다. 지친 육신을 가려 줄 그늘 하나 없는 너른 김제며 군산의 평야 지대는 그 친구가 건너게 해 주었다. 미완성으로 끝날 국토 종단은 보령을 지나 목적지인 나의 고향 홍성이 가까워졌다. 다시 날이 저물고 있었다. 파장 무렵의 광천, 읍내 장터에 있는 중식당 백환루에 들렀다. 중학교를 졸업하고 떠날 때까지 꼭 한번 먹고 싶었지만 먹지 못했던 그곳의 짜장면, 그 오랜 비원에 마지막 방점을 찍듯 주인에게 여쭈었다.

"해남 땅끝마을에서 빈손으로 출발해 여기까지 왔는데, 짜장면 한 그릇 얻어먹을 수 있겠습니까?"

그 주인의 답을 기다리는 시간이 길고 먼 시간이었다. 짜장면을 먹으면서 자꾸만 눈물이 나왔기에 코를 훌쩍거리며 눈물을 훔쳐야 했다. 이제 고향께까지 왔다는 안도감과 그렇게나 먹고 싶었던 자장면을 30년, 아니 40년 만에 먹는다는, 내가 살아 있다는 희열 같은 것이 짜장면 속에 버무려져 있었을 것이라는 생각 때문이었다. 미완성의 국토 종단은 고향 집까지였다.

언젠가 통일이 되면 다시 온전한 종단을 할 수 있으려나.

탐라 기행

'야수의 심정으로 유신의 심장을 쏘았다'던, 다음해 오월, 교문엔 장갑차가 막아서고 운동장엔 야전 천막이 늘어서 있었다. 절대 충성으로 모셨던 주군에게 저주처럼 당겨진 총탄이었지만 자신에게도 피할 수 없는 야만처럼 내뱉어진 말이었다. 정규 방송의 중단은 일상의 흐트러짐이었고 보이지 않는 동요에 짙은 어둠이 깃들었다. 세종로엔 일견 하늘이 무너져 내린 듯 크나큰 상실감의 기운이 엄습했다. 경향 각지에서 몰려든 백성들은 멈춰진 역사의 수레바퀴를 아쉬워하며 땅을 쳐대야 했고 그러나 새로운 광명을 갈구하던 이들에게 한 줄기 빛처럼 다가들기도 했다. 그러나 이내 그 광명에 대한 열망도 흐려지고 야만과 광란의 시간이 흘러갔다. 시작과 끝을, 옳고 그름을 구분하는 것이 무의미한 시간들도 흘러갔다. 조국 근대화의 시대, 오랫동안 스며들었던 흠모의 대상이었지만 그 민낯도 드러나면서 대열의 앞에 섰다가 페퍼포그의 매운 연기에 비겁하게 고향으로 돌아왔었다.

한창 모내기 철이었다. 일당 4천 원씩을 받고 품 일을 다녔다. 장마를 기다리는 천수답을 제외하곤 일손이 필요한 논에 일하러 열흘쯤을 다녔던 것 같다. 처음 막걸리를 마셔보기도 했다. 어려서부터 교회에 다녔으니 생각해 보지 못한 내 모습이었다. 모내기가 끝나면 보리타작이 시작되었다. 당시 보리는 밭농사의 주 작목이었다. 모내기가 끝나고 보리를 탈곡하는 탈곡기를 따라다녔다. 달궈져 가는 유월의 태양 아래 커다란 짐승의 아가리 같은 탈곡기에 보릿대를 들이미는 것은 고역이었다. 모내기 일을 가면 품삯 외에 은하수나 한산도 담배 한 갑씩을 주었다. 그때까지는 일찍 담배 맛에 길든 친구에게 적선처럼 베풀기도 했지만 보리타작 일을 하면서는 담배 맛에 길들었다. 보리타작 일이 끝났을 때 어디론가 떠나고 싶다는 생각이 들었다. 그곳은 언젠가 한번 잡지에서 본 천리포 수목원이었다.

'어머니 자리 잡으면 편지할게요.' 그해 여름 한 마리 철새처럼 천리포수목원에 깃들었다가, 한라산 기슭에도 깃들었던 건 그해 겨울이었다. 천리포수목원은 잡지에서 보고 무작정 찾아간 곳이었고 한라산 기슭의 농장도 마찬가지였다.

'그 섬에 한 번 가 보고 싶다', 지금도 그러한데 여행이 낯설었던 청년 시절에는 말할 나위도 없었다. 여행하기로 한 날, 함께 가기로 모의했던 친구는 끝내 나타나지 않았다. 대전역에서 출발하는 부산행 0시 50분 완행열차. 그렇다고 돌아선다는 것은 비겁하다는 생각이 들었다. 무전(無錢)여행이라고 이름은 달았지만, 수중에는 자취하면서 모아 둔 만여 원이 쥐어져 있었다. 밤차를 타러 가면서 심야에 역전 거리에 서 있던 여인들의 모습은 낯선 풍경이었다.

심야에 떠나는 완행열차도 만원이었다. 부산까지 가는 일곱 시간 내내 자리는 나지 않았고 아침은 부산이라는 낯선 곳에서 맞았다. 부산역에서 내려 역사를 나왔을 때 비릿한 바닷바람이 포근했다. 산허리까지 집들이 들어차 빈 공간이라고는 보이지도 않던 낯선 풍경, 부산은 그때나 지금이나 부산스럽다. 제주로 출발하는 도라지호는 오후 5시, 배가 출발할 때까지 시간이 있어 부산 시내를 둘러보기로 했다. 부산은 처음이었으니 용두산 공원이며 자갈치시장으로 다녔다. 아침은 거르고 점심을 자장면 곱빼기 한 그릇으로 때우며 낯선 부산 거리를 시간에 쫓겨 헤매고 다녔다.

지금은 부산에서 제주 사이를 운행하는 여객선은 없고 가까운 김해공항에서 여객기를 이용해야 한다. 제주에 대중교통으로 자동차가 처음 운행되었던 건 1925년경 6인승 포드 승합차였는데 제주~성산포는 3시간 30분, 제주~모슬포는 4시간이 소요되었다고 했다. 제주비행장은 1942년 일본군 비행장으로 개설된 이후 1958년에 활주로를 아스팔트로 포장했으며, 1972년에는 교차 활주로가 착공되어 대형 여객기들이 오가는 국제공항의 면모를 갖추게 되었다. 1982년 2월 6일, 제주공항 활주로 확장 준공식이 있었다. 전날 대통령 경호를 위한 출동한 공군 수송기 C-123가 한라산 개미등 1,060m에서 악천후로 추락하는 사고가 발생했지만, 세상 사람들에게 알려지지 않았다. 수송기에 타고 있던 특전사 최정예 707대원 47명과 공군 장병 6명 등 모두 53명이 숨진 엄청난 사고였다.

제주와 육지를 연결하는 바닷길은 19세기 이전에는 목선을 이용했고, 일제 강점기 때에 인천~군산~목표~제주~부산을 오가는 노선에 기선이 운항되었다. 광복 후 군용선을 개조한 화객선에서 1963년에는 도라지호가 제주~부산 간을 연결하게 되었고, 현대식 여객선의 첫 운항으로 기록되고 있다. 그 도라지호였다. 당시 뱃삯은 3천 원이었던가?

열두 시간 동안 밤바다는 보지 못하고 갑판 기둥에 기대어 흘러가야 했다. 이제 기억도 흐릿하지만 낯모르는 소녀가 우유 하나를 건네주던 추억도 있다. 기억 낯선 땅, 제주에서 아침을 맞았다. 아는 사람이 아무도 없는, 가야 할 곳도 정해지지 않은 낯선 땅, 허기와 긴장, 그러나 이국적인 낯선 풍광의 땅에서 얼마간 살아내야 한다는 설렘 같은 것으로 두려움은 떨쳐낼 수 있었다. 막연하게 정한 목적지는 서귀포였다. 서귀포로 가는 빠른 길은 5.16도로, 지금의 제1횡단로도였다. 핏빛으로 동백이 피고 지고 나주 배처럼 둥글고 노란, 커다란 하귤이 꽃처럼 피어난 이국의 풍광 같은 길을 지나고 서귀포였다. 지금처럼 건물이 없어 제주 특유의 겨울 풍광이 가득했다.

처음 찾아간 곳은 비닐하우스가 여러 동 이어져 있는, 그러나 주거하고 있는 숙소를 임시로 보온 덮개로 덮은 허름한 농가였다. 나의 현재 상황을 이해시키고 공감을 얻기가 쉽지 않았다. 단순히 농장에서 일손이 필요하다면 '이곳에서 머물고 싶다'고 읍소하듯 말했다. 따로 차려 주는 식사는 거칠었다. 제주는 쌀도 결구된 포기배추도 나지 않는 곳이다. 배추를 재배하더라도 가을 날씨가 따뜻하기 때문에 속이 차지 않고 김장을 버무리기에 부족했다. 밥을 먹고 나니 비닐하우스 안으로 안내했고 토마토 순을 따라고 했다. 토마토 가지 사이에 나는 불필요한 순을 제거하는 작업이었다. 밤새 기차와 배를 탔고 정해진 목적지도 없이 와서 몸과 마음이 무겁고 피곤한 상태에서 작업하기는 쉽지 않았다. 하우스의 안의 온도와 밖의 온도 차로 물기를 머금은 하우스 천정에서 물방울이 떨어지고 무엇보다 혼자 일하는 것이 더 힘들게 했다. 이 정도쯤이야 각오를 했지만 적진에서 후퇴하듯 하룻밤을 자고 "떠나겠다."고 했고 다시 한 농장을 다시 찾아갔지만 겨울이라 일이 없다고 했다. 사람 좋아보이던 농장의 주인은 막연했지만 한 군데를 소개해 주었다. 그렇게 찾아간 곳이 토평리였다. 서귀포에서 제주로 넘어가는 최단 거리인 '5.16 도로', 혁명에서 쿠데타로 재인식되면서 '제1횡단도로'로 이름이 바뀐 초입의 토평리였다. 이는 5.16과 연관되어 '국토개척단'이라는 아름다운 이름으로 포장된 군사 정권의 산물이었으니, 80년 '사회정화'라는 명목으로 만들어진 삼청교육대의 전신이었던 셈이다. '국토개척단'이라는 이름으로 강제로 잡혀간 이들이 중장비하나 없이 순전히 인력으로 개설한 도로였다. 폭풍주의보가 내렸던 밤이면 서귀포항에 모여든 어선들의 불빛이 너무도 아름답게 내려다보이던 한란을 키우던 난원과 관상수, 정방폭포 근처 바나나농장 등을 관리하는 곳에서 한 달을 깃들었다. 수입 규제가 풀리면서 90년대 이후 사라졌지만, 지금의 파라다이스호텔이 있는 곳에 대부분 바나나와 금귤을 키우는 하우스가 있었다.

화산 돌을 퍼다가 네 가지 크기가 다른 체로 거르는 일을 했는데 하루 종일 말 그대로 삽질을 해야 했다. "며칠이나 견디나 보자."며 같이 일하던 사내들이 빈정대기도 했지만 한 달을 지냈다. 요즘 낭만적으로 회자되는 '한 달 살기'였다고나 할까. 외제 지프를 타고 엽총에 한라산으로 꿩 사냥을 다니며 폼 재던 주인 사내는 떠나는 날

거금(?) 삼만 원을 쥐어 주기도 했다. 널브러져 있던 현실과 궁핍, 넘겨다보이는 이상에 대한 좌절, '이 세상에 혼자였으면 좋겠다.'라던 단절과 절망으로 떠났던 것은 아니었을까? 한라산도 중턱까지만 가 보고 농장이 있던 서귀포를 벗어나지 못한 채 지내다 귤 한 박스를 사 들고 고향으로 돌아가야 했다.

80년대 이후 경제 형편이 좋아지면서 제주는 신혼여행지로 각광받았고 나도 예외일 수 없었다. 아내와 함께였지만, 낯선 사람들과 어울려야 했던 패키지여행은 처음이었다. 얼마 전 일터에서 만난 이는 60대 초반이었는데 아직 제주에 간 적이 없다고 했다. 그 말이 믿기지 않았다. 한때는 신혼여행지로 대변되듯 특별한 여행지였지만 이제는 누구나 쉽게 다녀오는 여행지가 되었기 때문이었다.

언젠가 백두산에 올랐을 때 북으로는 백두산, 남으로는 한라산이 한반도에서 가장 높은 멧부리를 이루고 있는 의미를 생각해 보았던가. 우연히도 두 곳 다 오래전에 불을 뿜었던 흔적이 남아 있는 건 우리 민족에게 지상 명령이나 계시와도 같은 것이었다는 것을. 천지(天池)에 이르는 계단을 오르면서 자꾸만 뒤를 돌아다보며 울분을 또 삼켰던 건, 우리에게 백두산 너머 광활한 벌판이나 한라산 건너 창창한 바다는 넓은 세상으로 나아가는 통로가 아닌 끝없는 외침의 수모를 감당해야 하는, 종국에는 강토의 허리가 잘린 채 증오와 대적의 벽을 높여가고 이제는 공공연히 공멸의 저주를 주고받는 현실이 생각났기 때문이다. 남과 북으로 한라산과 백두산이 가장 높은 멧부리를 이루고 뜨거운 불길을 뿜어냈던 것은 우리 민족에게 대양과 대륙으로 나아가라는 것이라고 외치고 싶었다.

　다시 삼십여 년이 지나 겨울이었다. 이른 아침 창문을 여니 추적추적 겨울비가 내리고 마음이 무거워졌다. 아침에 제주도로 출발 한라산에 오르기로 한 날이었다. 오랫동안 미루다 그곳에 사는 후배가 '한번 다녀가라'며 당부한 것을 핑계 삼아 가기로 했다. 늘 그랬던 것처럼 비행기 표를 예매하거나 동행이 있던 것도 아니었다. 순간 마음은 몸과 갈등을 만들고 있었다. 연말에 이어진 이런저런 모임 끝에 몸은 지쳐 있었고 비까지 내리니 몸은 '집에서 편히 쉬자'며 소리를 질러 댔고 마음은 '지금 비가 오고 있으니 그곳에 가면 일년에 한두 번이나 볼 수 있는 환상적인 조망을 보여줄 거야. 그리고 폭설까지 내렸다니…….' 라며 떠나기를 소리치고 있었다. 비나 눈이 내리다가 개인 아침의 산정에서 맞는 그 터질 듯한 희열은 바람이기도 하였다. 속으로는 기뻐 소리를 질렀지만, 곤히 잠든 아이들을 보니 조금은 편치 않은 마음이 되어 집을 나섰다. 두 아들과 살던 시절이었다. 공항에 도착하니 평일이라 한산한 모습이었고 쉽게 표를 구하고 비행기에 올랐다. 저가 항공이어서 프로펠러가 달려 있던 기내는 관광버스가 좀 더 길게 이어진 모습이었다. 자리는 맨 뒤인 데다 옆에는 어떤 사내가 이미 자리를 잡고 눈을 감고 있었다. 여행의 어떤 기대감이 깨진 것 같아 혼자 무안하게 웃어야 했다. 기내에서 내려다보는 하늘은 어두워져 있었다. 충청도 내 고향쯤을 지나겠다며 동쪽 창문을 보니 멀리 요원의 불길처럼 붉은 기운이 달려오듯, 마치 이곳으로 거대한 불길이 다가오듯 해 순간적으로 어떤 상황인지 머릿속으로 정리되지 않았다. 그리고 얼마 후 그 불길 속에서 붉은 태양이 떠오르고 있었다. 구름이 아닌 마치 밀려오던 파도가 겹겹이 얼어버린 남극의 결빙된 바다 위에 뜨거운 태양이 떠오르는 모습이라니, 대청봉이나 향일암이나 보리암에서 삼대는커녕 당대에 쌓은 덕도 없이 일출을 보기도 했지만 기내에서 본 그 일출은 지금까지 살아오면서 본 모습 중에 가장 감동적인 순간이었다. 더구나 기대하거나 예상했던 것이 아니어서 더 그런지도 모른다. 그건 순전히 우연이었다. 좁은 기내, 옆자리 사내 그리고 맨 뒷자리까지 기내에 들어서면서 세 가지에 실망했는데 오히려 낮은 고도로 날고 기내가 좁아 양쪽 창문으로 다 볼 수 있었고 옆자리 사내는 자고 있어 좋은 조망 위치에서는 불필요한 신경을 쓰지 않아 행운이었다. 사진도 한 장 찍어 두었다.

　제주에 도착하니 아홉 시가 가까운 시간, 버스를 타고 터미널로 가서 이제 다시 이름을 바꿔야 한다는 5.16도로를 지나는 서귀포행 버스를 탔다. 삼나무 울타리 사이로 귤밭을 지나고 성판악에서 하차했다. 열 시가 가까워지는 시간, 버스에서 내리니 그곳은 설국이었다. 숲길을 들어서니 적설은 일 미터도 넘어 있었다. 상록의 비자나무는 무겁게 눈을 이고 있었고 그 숲으로 투명한 햇살이 비춰 환상적인 모습이었다. 하늘엔 구름 한 점이 없었다. 떠나오면서 몸에게 미안했던 마음은 편해지기도 했다. 완만한 오름길, 가벼운 마음과 빠른 걸음으로 그러나 앞서 가던 사람들에게 일일이 양해를 그리고 치사를 해야 했다. 온몸에 땀이 번져 나고 죽어가던 세포들이 살아나고 깨어나며 소리를 지르고도 있었다. 열두 시 이전까지 통과해야 한다던 진달래 밭은 여유 있게 지났고 정상으로 오르는 길에서 다소 지치기도 했다. 한번 뒤를 돌아보았다. 설국의 숲을 지나서 푸른 바다가 내려다보이던 이제 다시는 볼 수도 없을지 모를 이런 풍광과 조망을 나에게 주시다니 내가 믿는 신에게 무릎이라도 꿇고 감사함을 표하고도 싶었다. 강한 바람이 지나갔다. 정오를 조금 지나 정상이었다. 백록담엔 눈도 물도 없었지만 그 신령한 모습을, 담에서 흘러내린 산줄기를 한참이나 내려다봤다. 아쉬웠지만 하산을 시작했다. 오른 길은 다시 밟지 않는다는 나름의 원칙으로 관음사 방향으로 갔다. 하산 길에 우연히 만난 이곳 사는 이가 동행이 되어 주었다. 항공사에 근무하는 젊은 친구였다. 아이젠은 이제까지 신어본 적도 없으니 여러 번 넘어지기도 했다. 밋밋한 오름의 길과는 다르게 경사가 심했으나 포근한 눈길이었다. 말로 표현할 수 없을 환상적인 설국의 풍광이었다. 등산화에서 물소리가 나기 시작했고 식었던 땀이 다시 더워지기도 하면서 관음사에 도착했다. 설렘과 육신의 고통으로 추억의 되었을 젊은 시절 서귀포에서의 추억과 동행했던 이의 차를 타고 제주로 와서 몸을 씻고 양발도 갈아 신었을 때 뽀송뽀송한 느낌은 학력 위조 등으로 수형 생활을 마친 이가 수인번호를 제목으로 한 책의 시작 부분과 같았다.

 '그리웠던 세상이었다. 뽀송뽀송한 침대 시트에 얼굴을 묻고 한참을 있었다.

한꺼번에 그리움을 받아들일 자신이 없었다. 아주 깊은 잠에서 깨어난 것 같기도 했고, 마치 오래된 옛 기억을 떠올리듯 지난 시간들이 까마득했다.'

　지리산에서 만나 친구가 된 후배 부부가 왔고 저녁을 먹었다. 그리고 같이 올레 같은 밤길을 걷기도 했고 그네들이 떠돌다가 귤꽃 피던 어느 봄날에 이곳이 좋아 깃들었다는 귤밭 가운데 세 들어 사는 집에 들었다.

　"형, 산장 대피소라고 생각하고 한방에서 같이 자요." 작은 방이었는데 그네들과 함께 잠을 자야 했다. 대피소쯤이라고 생각하기로 하였지만, 다음날 일어났을 때 많은 생각들이 머릿속을 지나기도 했다. 아침 일찍 일 나가는 후배와 함께 집을 나서고 "내년 봄 귤꽃 필 때쯤 다시 오겠다."를 말을 던져두고 완도로 가는 여객선터미널로 갔다. 아쉬움을 다시 그리움으로 남겨 두고 떠나려 배에 오르는데 이곳에 사는 분으로부터 전화가 왔다. "잠깐 기다려, 귤이라도 한 박스 가지고 가." 유기농으로 직접 농사를 지으면서 신협에 다니는 분이었는데 무겁기도 한 귤을 건네주었다. 서울까지 오는 길에 무겁기도, 다른 곳에 다녀가겠다던 내 계획에 발목을 잡기도 했지만, 성탄 이브이기도 해서 감사한 마음으로 받아 집으로 돌아왔다. 떠날 수 있다면 현실의 치욕과 비겁함도 참고 견디고 떠나야 한다고 생각했다. 이제 숱한 세월이 흘러 현실에서 벗어나고 대항하기 위해 떠나던 모습은 변해갈지라도.

학암포에서

한 마리 여름 철새처럼 깃들었던 천리포, 1979년 소위 12.12로 통칭되는 군사 쿠데타를 통해 권력을 장악한 신군부는 마지막 체육관 선거를 통해 5공화국을 태동시키고 있던 즈음이었다. 고음의 '단발머리' 노래가 만리포 해변을 떠돌며 천리포까지 넘어왔다. 한국인으로 최초로 귀화한 미국인 민병갈(미국명:칼 페리스 밀러) 씨와 만났고 달포가 지나는 그곳 생활이 이어졌었다. 그는 세상에서 가장 아름다운 수목원 중의 하나를 이 땅에 선물처럼 남겨 두고 자신이 일군 수목원의 흙으로 돌아갔다.

　'어머니 자리 잡으면 편지할게요', 그해 오월, 싱그러움으로 빛나는 대지에 유신의 어두운 그림자가 펄럭거렸다. 어깨를 맞댄 행렬의 선두에 섰다가 페포포그의 매운 연기에 비겁하게 고향으로 돌아와서는 오래된 농부처럼 4천 원의 일당에 모내기와 보리타작의 고된 노동의 연속된 체험이었다. 언젠가 잡지에서 본 방향이 천리포 수목원이었다. 인생을 설계하고 꾸미는 사치는 누려 보지도 못했지만 현실 도피처럼 보일지라도 떠나고 싶을 때 떠난 용기는 지금 돌이켜보면 내 남루한 삶에 한 가닥 축복이기도 했다.

　한 달여 수목원에서의 생활. 저무는 여름 해가 붉은 저녁노을을 만들어 내고 그 바다가 내려다보이는 별장 같은 한옥에서 고된 하루 일을 마치고 그와 저녁과 담소를 나누었던 주말이면 마치 아라비안나이트의 왕자가 된 기분이기도 했다. 파도에 밀려온 밤안개가 어둠에 묻혀 깔리던 밤에는 늘 흰 고무신을 신고 썰물이 되면 조개를 캐고 게를 찾아내던 첫 사랑 같은 소녀를 기다리기도 했던 추억이 남아 있는 곳, 천리포와 그 작은 포구의 이름을 앞에 둔 천리포 수목원이기 때문이다.

　그렇게 그리움으로 자리 잡은 천리포, 한번 다녀오려고 마음을 먹었는데, 겨울비가 추적추적 내리던 날, 그 천리포를 돌아 백리포를 다녀왔다. 그해 여름 바다의 낭만을, 흐릿해져 가는 옛 추억을 건져 내기 위한 여행이 아닌 유조선에서 흘려 버린 원유를 수거하기 위한 봉사 활동 때문에 갔었다. 넓고 넓은 바다에서 정박해 있던 유조선에 예인되던 부선이 충돌하여 유조선의 기름 탱크가 터져 원유가 유출되고 있다는 보도가 있었다. 날이 갈수록 상황은 심각해졌지만 그저 '남의 일'처럼 생각되었던 것이 사실이었다. 처음에는 동료 직원이 가기로 정해졌었는데, 어렵게(?) 양보를 구하고 그 겨울 바다엘 간 것이었다. 내 고향께이기도 하고 꼭 그 현장을 보고 싶었다. 누구보다도 더 많은 기름을 치워야 한다는 절박감도 있었다. 너무도 오랜만에 장화를 신고 방재복을 입고 마스크를 쓰고 해변으로 나갔다. 많은 자원봉사자들이 조류 독감이나 구제역 방역 활동 화면에서 보았던 익숙한 복장으로 백사장에 집결하였고 이어 작업에 들어갔다. 방파제와 해변의 바윗돌에는 온통 검은 기름으로 덮여 있었고 그 기름을 닦아 내는 일이었다. 굴과 고동, 조개와 따개비를 키워 내고 게와 물고기들의 서식처가 돼 주었을 바위에는 마치 듬뿍듬뿍 페인트를 칠한 것처럼 검은 기름이 엉겨 있었다. 작업을 지원해주는 그곳 촌노들의 주름진 얼굴에는 말할 수 없는, 허탈한 수심이 가득하였다. 날이면 날마다 닦아 내고 치워 내고 있지만 '도로아미타불'이라며 하소연이었다. 나라의 녹을 먹는 한 사람으로 말할 수 없이 부끄러운 심정으로 손바닥이 얼얼하도록 바위를 문질러야 했다. 유사한 많은 사고를 겪으며 재발 방지를 위한 여러 방안이 제시되고 준비되어 왔지만 너무나 참담한 현실이었다. 기름에 얼룩진 손으로 빵 봉지를 벗겨내며 얼마간의 허기를 때우는 것도 사치같이 느껴졌다. 어김없이 검은 기름을 둘러쓴 밀물들이 또 밀려오고 흉내만 낸 것 같은 작업을 마쳐야 했다.

자연과 더불어 사는 사람들이 자연을 지켜 줄 때 자연도 사람을 보듬어 줄 터인데, 이제 얼마간의 세월이 지나야 저 바윗돌들은 인간들을 용서하고 굴을 키워 내고 고동을, 따개비를 키워내 줄 것인지. 환청처럼 검은 바다가 울부짖는 소리에 귀를 막으며 돌아온 날이 언제였는지, 이제 제 모습을 찾은 듯 가끔 학암포에 갈 적마다 그 생각이 났다.

학암포는 신두리의 사구만큼은 아니지만 본래의 해안 모습을 간직하고도 있는 곳이다. 화력발전소의 높은 굴뚝에서 뿜어내는 연기는 어디든 마찬가지이듯 사람의 이기적인 손길이 스스로 훼손하지만 오지에 속하므로 아직은 제 모습을 간직하고 있다. 아침마다 작은 섬으로 조금 멀리 먼동해변까지, 언젠가는 신두리를 지나 태안으로 지나가면서 그 풍경을 읊었다.

먼동에서

먼동은 빛이 번져오듯 먼 동쪽
학암포에서 먼동해변까지
입동날 아침이 추분절 아침보다
포근한 건 노란 산국꽃
바다는 또 먼 여행은 떠나니
언덕을 오르면 파도소리가
멀어져 가고 솔바람 언덕을 내려가면
파도소리가 마중을 나오곤 했다

밤이 깊었기에 아침이 오듯
먼 동쪽 아침빛 산을 넘고
거북바위 소나무 새롭듯
아침을 맞는 게 언제부터였을까
사위는 적막해서
바위틈 해국의 고운 자태는
가을날 충만한 위로였을까
잠시 떠나왔기에 돌아가야 하는 길
거기 두고 온 것이 무엇이려나

바라길에서

먼동까지 왔던 일행들은
왔던 길로 학암포로 돌아가고
바라길 홀로 그 길에 들었던 날
바랄은 바다의 옛말이었던 듯
바라길은 학암포에서 신두리까지

고만고만 곰솔 숲에도
솔 향 내민 바람이 가득하고
마주침이 없는 적막이 더없이 충만했다
철 지난 바다 철새 몇 마리
물가를 점벙거리고
바다는 먼 여행을 다시 떠나는지
이른 봄빛에 은빛 윤슬이 다소곳 출렁거렸다
밀물 썰물에 바람이 세운 신두리 모래언덕
홀로 사막을 가는 낙타처럼
마음이 설레던 길

뭘 잡았어요

몇 마리나 잡았어요
이른 새벽 백사장에서 길게
낚싯줄을 던져 놓고 군불까지
피워 놓은 군상들을 보고 물었을 때

그냥 분위기나 잡고 있는 거죠 뭐
물고기보다 분위기를 잡는다는
말이 새삼스러웠던 건
어디에서건 언제나 손에 든 것에
집중하느라 분위기를 잡는
이들이 드물어지는 듯
둘이 마주앉아서도 서로에게 눈을
맞추기보다 액정에 더 많이
눈이 가 있는 게 슬프기만 한 건

석화

하루에 두 번 어김없이 다녀가는
물결로 어미젖을 물리듯
딱딱한 돌에 숨은 듯 딱딱한
껍질 속에서 비릿하면서
향기로운 꽃도 자라도 있었던 듯
까칠하게 쪼아대지 않으면
그 향기를 음미할 수 없었다

서산을 지나 태안갯마을
굴을 따는 아낙들 곁을
끼웃거렸으니 갯바위에 피어난
꽃 한 송이를 따 건네주었을 때
바다향이 짭쪼롬 향기로웠던 건

설악 기행

지리산이 무명옷을 입은 어머니와 같은 산이라면 설악산은 양장으로 멋을 낸 내 누이와도 같은 산, 어머니를 만나러 가듯 자주 지리산을 찾아들다가 모처럼 설악산에 간다. 설악산은 동북쪽의 금강산과 동남쪽의 오대산 사이에 솟아 있으며 한라산 지리산에 이어 남한에서 세 번째로 높은 산. 고려 후기 문장가 '안축'은 금강산, 설악산, 지리산을 유람하고, 아래와 같이 평했다고 한다. '금강산은 수려하나 웅장하지 못하고 지리산은 웅장하나 수려하지 못하며, 설악산은 수려하고도 웅장하다.' 제각각 나름의 멋과 풍광을 자랑하는 국립공원들일 테지만 아마도 최고의 풍광을 자랑하는 설악산은 한반도의 중추인 백두대간에 대청봉(1,708m)을 정점으로 사방으로 펼쳐져 있다. 설악산은 외설악과 내설악으로 나뉘는데 한계령과 미시령을 경계선으로 동해 쪽은 외설악, 백담사가 있는 서쪽은 내설악이라 한다.

　시월, 이 계절에 한계령을 오르내리면서 골짜기가 불타오르듯 현란한 단풍의 모습도 떠올렸으려나, 동대문에서 심야에 출발하는 버스에 오른다. 저마다의 속내를 들여다볼 수 없는 것이 당연하나 늦은 시간에 산에 간다면 차에 오르는 이들의 심경은 더 비치지 않는다. 심야를 달리는 길인데도 흔히 말하는 '행락철'이니 버스는 속도를 내지 못하고 아직 짙은 어둠이 머문 오색에 도착한 시간은 새벽 3시가 가까운 시간, 이 계절의 마지막 가을 산을 향유하려는 이들을 실어 온 버스도 긴 행렬을 이룬다.

새벽 3시에 산문을 여는 이유를 따져 묻지도 않고 앞서 긴 행렬을 이룬 불빛들을 따라 오른다. 혼탁한 세상, 신의 계시를 간구하는 이들인가? 아니면 잠시라도 속세를 벗어나고픈 허튼 중생들일는지. 앞이 보이지 않는 긴 행렬, 이 번잡함에서 벗어나려면 앞으로 가야 하는데, 앞에 선 불빛은 멀기만 했다. 가파른 계단을 오르면 다시 내려가는 길, 우리네 삶도 그러하려나 스무이레 하현달은 구름을 따라 흐르고 나뭇잎들이 바람을 흔들며 산을 오른다. 점점 몇몇 불빛이 앞에서 흔들리고 빈 산등성이가 하늘을 여는데 발아래 가까운 듯 속초 앞바다 불빛들이 정겨웠다. 정상은 아직이려나? 했는데, 불쑥 나타나는 대청봉 표지석, 서넛의 사람들이 표지석을 쓸어 안고 어둠 속에 빛으로 사진을 박는다.

서쪽으로는 대간에서 뻗어 나간 산맥들이 첩첩하게 이어지고 동으로 바다는 무제(無際)로 망망했으니 대청봉에 오르면 망망한 동해를 품을 수 있다는 것이 언제나 새로웠다. 우리네 인생이나 이 모양 저 모양 언제나 다른 모습, 표정이지만 산하는 언제나 그 자리이다. 그러니 '산천은 유구한데 인걸은 간데없네'였을까? 아침을 여는 동해를 내다보고 오랜만에 표지석을 쓸어안는다. 계절마다 달랐던 설악의 질감들을 돌이켜 보며 땅의 의미도 되새겨 본다. 내가 존재했기에 이 땅도 존재한 것이겠지만 그 주인으로서의 엄중함도 경건함에 잠시 머리를 숙였다. 해가 뜨고 일행과 만나려면 정상을 넘나드는 바람에 한 시간도 더 기다려야 하니 중청대피소로 잠시 하산한다. 계절 따라 바람과 척박한 산정에서 군락을 이루는 눈잣나무는 설악산이 남방한계선인 추운 고산 지대에서 자라는 희귀종이다. 대청봉의 강한 바람과 낮은 온도에도 견디려고 눈잣나무가 낮게 누운 듯이 자라는 것이다. 개체 수가 점점 줄어들어 복원 사업을 진행한다는 과거 기사를 접했었다. 그 노고의 결실로 이렇게 군락을 이루고 있을 것이다.

대피소에서 잠시 허기를 메운 다음 봉우리에 오른 느낌을 잠시 기록하고 여명이 오는 대청을 올려다보며 다시 그곳으로 오른다. 구름이 해를 가렸지만 동해를 차고 오른 붉은 기운이 가슴을 뜨겁게 한다. 아침은 언제나 당연히 오는 것이었지만 걸어 나가 하루를 맞듯 아침의 의미, 이제 얼마큼의 아침 날이 더 주어질지는 모르지만 무엇보다 새롭게 아침을 맞고 싶다고 나에게 속삭이듯 전해주었을까. 일행들과 반갑게 만나고 다시 중청대피소로 내려와 아침의 형식은 마쳤는데, 예정되었던 공룡의 등허리는 타지 않을 거라고 했다. 이러면 안 되는데, 읍소하듯 일행 중 한 명에게 동행을 권유했다. 자유는 공기처럼 흔해 빠졌으니 그 의미를 잊기도 하지만 몸의 한계에 다가가며 느껴지는 마음의 자유는 새롭고 신선하다는 것, 아마 마라톤을 하는 이들도 그러할 것인가 싶은 게, 부정적인 의미로 자기 자신의 몸을 괴롭혀 마음의 평화를 갈구하는 모습일 수도 있을 것이리라. 그러하더라도 그 자유를 포기할 수는 없었던 것. 친구는 망설이다가 고개를 끄덕였다. 아휴, 안도의 한숨을 내쉬고 전체 기념사진을 찍고 둘은 먼저 출발했다. 소청에서 희운각대피소까지 1.3km로 급경사 내리막길, 가파른 좁은 것은 물론 내 누이처럼 까칠했다. 희운각대피소는 해발 1천 미터 고지에 있고, 다리 아래로 계곡이 흐른다.

지난 69년 2월, 히말라야 원정을 위해 죽음의 계곡(옛 반내피)에서 18명의 원정대가 '동계 훈련'을 하던 중에, 베이스캠프에 있던 10명이 눈사태로 전원 사망한 사고가 있었다. 이것을 안타깝게 여긴 '희운 최태묵' 선생이 사비를 들여 '눈·비를 피할 수 있는 집'을 지었고, 본인의 호를 따와서 '희운각'이라고 칭했단다. 1986년, 관리공단이 '희운각'을 허물고 그 자리에 대피소를 지어 오늘날에 이르렀는데 아직 공사 중이다. 원래의 대간 길은 대청봉에서 '죽음의 계곡'으로 이어지는 급경사 내리막길로 '희운각대피소'까지 이어졌다고 한다. 이 계곡은 백담사로 흐르며 대청봉에 오르기까지 마지막으로 보게 되는 개울물, 희운각대피소는 여전히 공사 중이고, 공룡의 등줄기를 타고 오른다.

희운각을 지나 무너미고개 이정표, 무너미는 물넘이라는 말에서 유래되었다는, 빗물이 천불동계곡으로 떨어지면 동해로 흘러가고 반대로 떨어지면 서해로 흘러간다. 그래서 물이 넘어가는 물넘이고개가 무너미고개로 이름을 얻게 되었다고 한다. 이 땅에도 공룡이 살았다는 게 잘 믿어지지 않지만 굽이가 있는 능선길에 공룡의 모습을 연상했고 이름을 붙였으니 분명히 존재했다는 징표일 것이다. 깊어진 가을 산은 첩첩한데 참새나 뱁새의 생각으로 일상을 곱씹다가 장자가 말한 붕새의 자유, 날개 길이가 삼천 리나 된다는 새가 되어 이 산하를 넘나드는 자유도 공룡의 등허리에서 느껴보는 것이다. 마등령(1,220m)은 '말의 등'처럼 생겨서 붙여진 이름, 옛날에는 북으로 미시령과 남으로 한계령, 설악의 마등령이 태백산맥을 넘어가는 주요 통로였고, 마등령은 속초와 인제를 가르는 경계선이었다. 오늘날의 마등령은 비선대와 백담계곡을 잇는 주요 등산로이며, 소공원에서 공룡능선으로 오를 때 '관문' 역할을 하고 있다. 공룡능선의 가파른 길을 넘어오면서 차마고도를 다녀왔던 그 길을 돌아 나왔다. 이 시대의 살아가는 한 여성을 주인공으로, 소설의 제목은 '차마고도로 떠나는 여인'이었다. 티베트에서 출발하여 샹그릴라까지 오는 길이 제 길이겠지만 그러지는 못하고 윈난성의 일부 구간을 답사하는 정도였다

길이 끝나고 나서야 비로소 여행은 시작된다. 차마고도, 오래전부터 그 길을 가 보겠다고 마음은 먹었지만 그 길은 가파르게 먼 곳이었다. 오래전 그 길을 가야 했던 마방들은 그러하였을 테지. 삶은 길에 있었다. 길에 삶이 있었다. 도가 문자로 만들어지면서 그것은 도가 아니라 권력이 되었고 억압이 되었다. 노자가 '道可道非常道'라 했을 것처럼.

길을 잇지 않으면 생을 이을 수 없었던 길, 할아버지가 넘고 아버지가 넘었던 길, 질러가거나 돌아가는 길도 없었던 길. 한 발을 헛디디면 천 길 낭떠러지, 다시 생으로 돌아올 수 없는 길이기도 했다. 숨이 가빠지는 설산을 넘고 얼음장같이 차가운 개울을 건너야

했던, 달이 저물다가 계절도 저물어야 야크 등에서 소금을 내리고 다시 달이 차고 다른 계절이 시작되어야 곰삭은 차를 품고 돌아올 수 있었던 길. 길이 이어지면서 문화와 종교, 풍속들도 사람들을 따라 오가던 길.

꿈을 꾸듯 그 길을 가면서는 굴뚝새 같은 소년을 꼭 만나고도 싶었던, 어스름 어둠이 내리면 등 굽은 할머니처럼 낮은 초가의 굴뚝 주변을 날던 작고 까만 새. 낮은 초가의 추녀에 깃들었다가 굴뚝의 온기에 기대어 잠들던 굴뚝새. 야크와 염소 떼를 몰다가 저녁이 되면 밥 짓는 연기 피어오르는 굴뚝이 있는 집으로 내려오던 굴뚝새 같은 소년, 자기애와 퇴행의 불온한 정서처럼 그리움의 연민처럼 까만 얼굴에 까만 눈동자의 소년, 그 길에서 그 소년을 만나서는 이제는 볼 수 없는 어린 시절 자신의 모습처럼 그 소년들을 만나면 꼭 한 번 안아주고도 싶었던 꿈길이었다. 차마(茶馬)가 오갔다던, 지상에서 가장 오래되었고 가장 높은 곳에 있다는 길은 이제 이방의 나그네들이 다니는 길이 되었다. 십수 년 전에 6개월 동안이나 홀로 인도를 여행하였다던 동행의 비구니 스님도 있었다. 그렇게 물었다.

"긴 시간 홀로 다니면서 버린 것은 무엇이었고 행여 얻은 것은 무엇이었습니까?" 한동안 침묵하던 그 스님은 '질문이 무겁다'며 답을 주지는 않았었다. 질문이 무겁다기보다는 아마 어리석은 질문이었을 것이다. 여행은 '여유로운 행동'의 줄임말과도 같다.

집안에서는 물론 집 밖에서는 말할 것도 없이 마음 안에는 늘 타인들로 채워져 있다. 그것이 갈등이든 욕망이든 말이다. 여행은 그러한 타인들에게서 벗어나고 달아나는 절호의 기회이다. 갈등과 욕망에 치여 저 안에 웅크리고 있는 자신을 불러낼 수, 생에서 너무나 짧게 주어지는 고통스럽고 귀한 시간이다. 그러나 그것도 쉽지 않다. 여행길에서도 동행을 구하고 타인들에게서 벗어나는 것이 두려운 나머지 많은 이들은 술을 부른다. 민낯의 자신과 대면한다는 것이 낯설고 두려움의 대상이 되었기 때문이다. 이번 여행에서도 마찬가지였다. 동행이 다섯, 너무나 단출했지만 또 다른 구속감은 피할 수가 없었다. 그러한 여행자의 약점을 일찍이 알아채기라도 한 듯 안내를 맡은 이는 저녁나절이면 술을 불렀다. 시간으로나 금전으로나 쉽게 나설 수 없는 길, 더욱이 가장으로서 나설 수 없는 특별한 이유도 있었지만 길을 나섰던 이유는 이야기를 만들어 오기 위해서였다. 물론 유치한 변명에 불과한, 역시 이야기이기도 할 것이다.

낯선 사람들을 만나고 낯선 풍광을 만나는 것은 여행의 백미(白眉)이다. 타인들이 살아가는 모습을 훔쳐보기도 하듯이. 스치듯 만난 사람들이었지만 눈빛을 나누고 작은 먹을거리도 나누었다. 거대한 협곡으로 난 길을 오르고 내리며 대자연을 찬미하고 그 길을 지날 수 있었음에 대지의 정령에게 영광을 돌렸다. 이야기의 주인공으로 내세운, 한 여인이 그 길을 가기 위하여 떠난다는, 이를테면 현지답사인 이유도 배낭에 담겨 있었다. 집에 돌아왔을 때 뒤로 늦춰졌던 시간은 제자리로 돌아와 있었다. 배낭을 열었을 때 눅눅한 어둠 속에서 대지의 빛이 가득 쏟아져 나왔다. 붉은 대지와 색의 대비를 이루며 익어 가던 장다리열매, 새벽에 홀로 창산에 오르는 길에 보았던 바다 같은 호수 저 너머로 번지던 여명, 오래된 다리의 창연과 갈빛, 바람과 비가 세운 황토 기둥의 빛과 그늘, 리장고성의 야경 너머로 그 빛이 무색한 초생의 달, 호수의 물빛과 닮은 하늘빛, 설산의 침묵까지도, 태초에 빛이 있었다. 차마고도, 슬프도록 아름다웠지만 길에서 길을 물었다.

무너미에서 시작하는 공룡의 등줄기를 타고 넘어 그 끝에 말의 등허리, 마등령을 한 굽이를 넘어서면 다시 나타나는 등허리에서 비선대로 내려가는 길, 내려간다는 안도감이 따라오지만 오르는 것에 익숙했기에 다리는 멈칫거리고 물소리가 가까워질수록 단풍은 그 빛을 지니고 가을바람을 흔들고 있었다. 계곡 사이 거대한 바위 위로 흐른 물줄기는 옥색의 청아한 빛 비선대를 만났을 때 무사히 하산했다는 안도감과 선녀를 기다리듯 비경이 그 자리에 서 있다. '눈은 늘 새로움을 추구하고 귀는 옛것을 탐한다.'고 하듯이 처음 수학여행으로 이곳에 왔었을 때의 환희와 감동은 돌아오지 않았다. 경주에서 울진, 설악산으로 왔지만 몸 상태가 아주 아니 좋았는데 비선대에 다다랐을 때 그 수려한 풍광에 감동으로 몸과 마음의 평화를 잠시 이루었다. 다리를 건너 설악동으로 내려가는 길은 언제나 정겹고 언젠가 다시 또 오고 싶어지는 길. 초입은 청청한 소나무들도 그랬다. 돌아서 오르고 내리며 흘러온 산들은 다시 돌아보며

'아름다운 강산' 그 노래도 읊조려 본다. 가파른 능선을 오르고 내리며 잠시 내가 누렸던 자유의 기운도. 차는 또 몰려왔으니 버스를 만나러 가는 십리 길, 내가 있기에 강산은 존재하고 강산이 존재하기에 내가 존재한다는 것도.

화진포에서

서쪽으로는 대간의 능선이 첩첩하게 이어지고 동으로 바다는 무제(無際)로 망망한 곳, 바다는 비릿한 해풍으로 파도를 끊임없이 밀고 오는데 호수는 고립을 즐기듯 적막했다. 구불거리며 세월의 부피를 감은 소나무들이 숲을 이루고 서 있는 곳. 이승만·김일성·이기붕, 서로 대척하거나 함께여서 영광을 도모하였거나 비극에도 다다른 역사적인 인물들이 별장이라는 특별한 장치로 무상한 권력을 이루었던 화진포에 다녀왔다.

　결만을 드러낼 뿐 모습을 드러내지 않는 바람의 삶과 죽음처럼 호수와 바다의 다름을 대비시키는 특별한 공간이지만 그곳은 내가 특별하게 생각하는 해당화의 영토이기도 했다. 햇살이 시들어 가는 늦여름이어서 붉게 익어 가는 열매들 사이 드문드문 피어 있는 꽃들, 해당화(海棠花)는 그 이름처럼 모래 언덕 척박한 땅에서 강한 해풍에 흔들리며 피어난다. 대중가요 '섬마을 선생님'의 시작은 '해당화 피고 지는'으로 이미자 님의 애절한 음성이 떠오르는 곡. 철새처럼 섬마을 외딴 분교에 깃든 총각 선생님, 언젠가 뭍으로 떠날 것이지만 외로운 섬마을 처자는 총각 선생님을 연모하기도 했을 것이다. 결코 돌아오지 않을, 연모하는 님을 기다리듯 여린 가시를 숨기고 해당화는 애처롭게 피어난다. 장미처럼 철 지나 피어나는 해당화를 보려고 이른 아침 호숫가를 한 바퀴 돌아 나왔다. 붉게 익어 가는 열매 사이로 피어난 해당화는 은근한 향기로 바닷바람에 흔들리는데, 그 모습은 애틋하면서도 또 다른 열정, 뜨거운 태양을 열망하는 모습이었다. 화진포는 동해 연안에 형성된 석호(潟湖) 가운데 하나로써 화진포는 이 호수에서 비롯된 이름이다.

전설은 우리 마음속에 걸러지지 못한 결정체일까? 먼 옛날 이곳에 이화진이라는 부자가 살았다는데, 아주 아주 인색한 데다 승질머리도 고약한 양반이었다. 어느 날 건봉사 화주승이 탁발을 왔는데 쌀 대신 쇠똥에다 욕설 한 바가지도 퍼 주었다는, 스님은 묵묵히 쇠똥을 바랑에 받아 넣고 돌아서는데 이 광경을 본 며느리가 쌀 한 됫박을 담아 들고 쫓아 나와 시아버지의 행패를 대신 빌며 스님을 뒤따르며 용서를 구했더라는 것. 한참 만에 스님이 뒤를 돌아보고는 "보살님은 나를 따라오되 뒤에서 무슨 소리가 나도 절대 돌아보지 마세요." 신신당부를 했더라는데, 뒤이어 마을 쪽에서 천지개벽하듯 벼락 치는 소리 놀란 며느리가 그만 뒤를 돌아보고는 그 자리에서 돌덩이로 굳어 버렸다는 이야기다. 이화진의 집과 마을은 물로 가득 차 호수가 돼 버렸는데 그래서 후에 화진포라 불렀다. 낙동강의 발원지 태백골 황지(黃池)의 전설도 그랬다. 화진호는 서로 연결된 2개의 호수(내호, 외호)로 구성되어 있으며, 둘레 16km, 최대 수심은 내호 중심에서 3.7m이다. 화진포의 내호는 상대적으로 폭이 좁은 수로로 외호와 연결되어 있고 외호는 동해와 좁은 통로로 연결되어 있다. 바다와 연결되는 통로는 평상시는 닫혀 있지만, 장마 또는 폭풍에 의해 바다와 일시적으로 연결되기도 한다는.

화진포는 별장이라는 특별한 장치로 무상한 권력의 흔적이 역사를 이루고도 있는 곳이었으니 '화진포의 성(城)'이라 불리는 김일성의 흔적이 그랬다. 일제 강점기인 1937년 일본이 중일전쟁을 일으키면서 원산에 있던 외국인 휴양촌을 화진포로 강제 이주시킬 때, 당시 선교사 셔우드 홀 부부가 독일 망명 건축가 베버에게 의뢰하여 1938년에 원통형 2층 석조 건물로 예배당을 지었다. 지하 1층, 지상 2층의 석조 건축물로 당시 우리나라 건축 방식으로부터 꽤 특이하고 화려함을 나타내고 있다. 화진포 해안 남동쪽 산기슭의 중세 유럽풍 성곽과 더불어 100년 이상 된 울창한 송림으로 둘러싸인 곳인 데다 호수와 바다가 만날 듯한 눈에 조망할 수 있는 절묘한 풍광 또한 아름다운 곳이다. 화진포의 성에서 바라다보이는 절경 중 또 하나 빼놓을 수 없는 곳은 마주 보이는 금구도라 불리는 바위섬, 화진포 해변에서 3백여m 떨어진 금구도는 거북 모양을 닮은 데다 가을철이면 이 섬에서 자라는 대나무 숲이 노랗게 변해 섬 전체가 황금빛으로 물든다.

38도선으로 남북이 갈리면서 북한 땅이었으니 김일성 가족의 하계 휴양지로 활용되었을 것이다. 1948년부터 50년까지 처 김정숙과 아들 김정일, 딸 김경희 등 가족과 함께 찾았던 곳, 그 흔적은 1948년 8월 당시, 6살이던 김정일이 소련군 정치사령관 레베제프 소장의 아들과 별장 입구에서 어깨동무를 하고 찍은 사진으로 남아 있다. 김일성, 그와 대척점에 서 있었던 이승만 초대 대통령, 이승만은 1953년 미국의 전쟁 처리 방식에 반발하여 국제연합(UN)군의 동의 없이 반공 포로를 석방하였고 1954년 초대 대통령에 대한 연임제한을 철폐하는 것을 주요 내용으로 하는 4사5입이라는 수학적 논리를 내세운 4사5입 개헌으로 1956년 대통령선거에서 제3대 대통령에 당선되었으나 3·15부정선거로 인해 반정부 항쟁인 4·19 혁명이 발생하면서 대통령직을 하야하고 하와이로 망명하여 생애를 마쳤다. 정파에 따라 그의 평가는 다양하지만 그 흔적으로 남아있다. 그리고 또 한사람, 대통령의 최측근이었으니 비극적으로 그 생을 마감한 이기붕, 부인 박(朴)마리아의 별장으로 활용되었던 곳이다.

구불거리는 송림들 사이로 바다와 호수, 역사적 인물들의 흔적을 이루고 있는 곳, 화진포를 돌아 나오면서 저마다 살아가는 모습을 보기도 한다. 타의가 아닌 자의에 의한 물리적인 공간이 아닌 곳에 감옥을 만들고 그 감옥에서 일탈이거나 탈출을 꿈꾸는 모습들을. 영화 〈빠삐용〉에서 빠삐용의 탈출 제의를 거부한 드가는 그가 탈출할 때 따라나서지 못하며 독백처럼 아니면 자신을 더듬거리며 이렇게 중얼거렸다.

"네가 아무리 이 섬에서 탈출한다고 해도 네 마음의 감옥에서 벗어나지 않는다면 너는 여전히 감옥 속에 갇혀 사는 거야."

영덕에서,
그리고 주왕산 내원동의 추억

영덕으로 가는 길은 낯설어 외지기만 하다. 주왕산 가는 길에 후배를 만나 영덕에 들렀고 잠시 고래불해수욕장에서 하룻밤을 묵었다. 그 새벽에 상대산에 올랐다.

영덕골 영해(寧海) 상대산에 올라
관어대(觀魚臺)에서 사방을 보는 건
서쪽으로는 긴 산맥이 첩첩하게 이어지고
동으로는 바다가 무제(無際)로 망망한데
초승달처럼 오목하게 기운 너른 모래벌판 너머
짙푸른 바닷속 고래가 물을 뿜어 올리듯
고래불은 목은 선생이 부른 헌사였다네

푸른 물결을 따라 노니는 고기를 보듯
관어대(觀魚臺)에 오르니
바다는 눈이 부시도록 쪽빛인데
파도 소리 누각으로도 오르고
북으로는 후포, 남으로는 호미곶이 가물거리니
너른 평야를 적시며 송천은 흘러 바다에 이르고
자연의 결을 따르는 안분지족의 소박함이듯
물결을 따라 노니는 물고기의 즐거움을 아는가
장자와 혜자가 나눴다는 이야기던가

장자가 먼저 말했다
물고기가 놀고 있군 저게 물고기의 즐거움이지〔魚之樂〕
장자 그대는 물고기가 아닌데
어찌 물고기의 즐거움을 알 수 있는가〔知魚知樂〕
혜자 그대는 내가 아닌데
어찌 물고기의 즐거움을 모른다 하는가

그 너머 열이레 하현달은 달려오는 여명에
빛을 잃어 가고 곰솔길 인공의 빛도 사그라지고
여명의 빛은 대지를 깨우듯 붉은 기운이 가득했으니
시간은 멈춘 듯 새로운 빛은 변화를 달구었나니

태곳적부터 한 번도 바닷물 마른 적 없고
우주의 근원인 양 태양은 빛을 잃지 않았으니
바다며 태양은 스스로 영원히 살아가는 것이고
천지간에 존재하는 모든 생명체는 살아 있듯
죽어 가는 죽어 갈 수밖에는 없는
순환의 다리를 건너야 하는 것을
종말은 뭇 생명의 절멸이었을 뿐
자연과 존재하는 것들의 숙명이었음을

천지간에 가득 차오른 빛을
가슴속 가득 들인 영해(寧海) 관어대의 아침이여
살아 있는 존재의 희열처럼
가끔은 그렇게 물어야지
그 아침 너는 어디에 있었느냐고

산을 내려와 짧은 단상을 시로 읊어 내고 팔각산에 오르기로 했다. 홍천의 팔봉산이 있다면 영덕에는 팔각산이 있다. 여덟 개의 기암 괴봉이 한 줄기 능선 위에 우뚝 솟아 비경을 연출하는 험준하고 변화무쌍한 암봉이 기막힌 아름다움을 선사하는 산이다. 뜨거운 태양이 작열하는 칠월의 한낮에 바위 골짜기를 건너 하늘을 찌르는 봉우리를 여덟 번이나 오르내리는 길은 가파르게 뜨거웠다. 구름이 산허리를 감싸 안은 풍경은 선경이라 했는데, 그 모습은 다음을 기약했다. 설악산 공룡능선 용아장성 같은 불그스름한 바위들이 도열한 모습은 오래된 진경산수화 혹은 한국화의 한 장면을 보는 듯한 기분이 들었다. 산을 내려와 옥같이 맑고 투명한 물이 흐르는 옥계 계곡에 땀에 찌든 발을 내밀었을 때 물고기들이 모여들던 그 간지러운 충만감이 새삼스러웠다. 안내해 준 후배를 뒤로 두고 걷다가 히치하이킹으로 목적지인 주왕산에 도착하니 저녁나절이었다. 바쁜 걸음으로 대전사를 지나 폭포의 물소리를 따라 오르는 길은 정겹고 서늘했다. 주왕산의 깊은 속살로 드는 주방천계곡은 우뚝 솟은 기암(旗岩)절벽과 폭포가 어우러진 산수와 같은 절경을 토해 낸다. 봄에는 수달래가 만발하고 가을이면 돌단풍이 핏빛처럼 곱다. 그 길에 오래전에 사라진 이야기처럼 그곳에 산골 마을이 있었다.

내원동, 70년대까지도 80여 가구가 살았던, 작은 분교도 하나 있었던 마을이었다. 차가 다닐 수 없는 곳이어서 먼 길을 걸어가며 살았던 사람들의 삶을 생각하며 그 풍경을 읊었을까.

식구(食口)

신작로 자갈길을 따라온 먼지들
버스에서 내리면 한동안 돌아서
눈을 감아야 했다
어둔 고샅길을 걸어 집으로 가는 길
키 큰 미루나무들이 바람소리를 내고
낮게 웅크린 초가지붕 굴뚝에서
피어오르던 연기는 어머니의 손짓인 듯
빨라지는 발걸음에 마음이 펄럭거렸다

한 식구(食口)였듯이 거친 세상으로
내몰아 밥을 벌게 하고
때가 되면 불러들이기도 했던
온전한 어머니의 손길이 닿은 밥상머리
세상을 살아가는 방편과
더불어 살아가는 도리도 깨치던 자리였다
아랫목 무거운 솜이불에 덮여
기다리던 밥주발의 온기는 사랑의 온도였으니
멀리 걸어갈수록 사랑의 온기도

따뜻하게 남아 있었던 거다
한솥밥을 함께 먹는 게 식구였으니
그 밥상머리는 언제나
돌아가고픈 고향집의 방이었다

'깊고 푸른 밤'이란 제목의 책과 영화가 있었다. 부조리한 사회 현상에 불만을 품고 미국으로 건너가 망명 생활을 하는 두 젊은이의 방황과 좌절을 통해 현대 도시문명 속에 매몰되어 가는 인간 군상의 모습을 그려 낸 내용이었다. 작가가 그려 낸 깊고 푸른 밤에서 인간의 숨겨진 욕망의 모습은 그렇다 치고 계절 속에서 정말 깊고 푸른 밤은 칠월의 밤이었다.

전기가 들어오지 않았던 시절, 모깃불마저 사그라지면 인공의 불빛은 어느 곳에도 없었다. 장마가 지났으니 대지는 극한의 푸름으로 가득 찼다. 한낮의 뜨거웠던 대지를 식히려는 듯 여름밤으로 이슬이 내렸다. 이슬에 젖은 대지는 푸름을 관능적이게 하는 발광 물질과도 같은 것이었다. 은하수라고 했을 것처럼 밤하늘엔 무수한 별들이 내를 이루듯 반짝거리며 흐르고 있었다. 여름밤을 깊고 푸르게 하는 것은 물론 도발적인 관능을 자극하는 게 있었으니 바로 개똥벌레였다. 반딧불이가 정한 이름말이었고 쉽게 '반딧불이'라고 했다. 짝을 만나고 만들기 위해, 도발적인 빛을 내는 뜨겁고 정열적인 것이 바로 개똥벌레였다. 살아 움직이는 숱한 생물들이 짝을 만나기 위해 죽음까지도 불사하는 치열한 싸움을 벌인다거나 특유의 소리 또는 현란한 색채와 행동을 보이기도 하지만 아마도 불빛을 내는 것은 개똥벌레가 유일할 것이다. 칠월 여름날은 뜨거웠고 밤에도 그 열기는 쉽게 가시지 않았다. 깊고 푸른 밤에 밝히는 불빛은 짝을 찾기 위한 사랑의 메신저와 같은 것이었다. 칠흑 같다는 여름밤으로 반딧불은 관능적이며 도발적이듯 불을 밝혔다.

그곳에 다녀온 다음 해, 2007년에 완전히 마을은 사라졌다. 그곳에 도착하니 어둠이 먼저 마을에 와 있었다. 민박집을 하는 노부부가 사는 허름한 집에 도착했을 때 요즘 여기저기 음식점에 걸려있는 소위 먹방에 나왔다는 증표처럼 TV에 세 번 출연했다는 증표도 걸려 있었다. 전기는 문명의 알파와도 같은 것이었고 그곳은 아예 전기가 오지 않았던 마을이었다. 감자가 드문드문 박힌 저녁밥을 푼 민박집 할머니는 김치보시기를 들고 집 옆으로 흐르는 개울로 가더니 투박한 열무김치를 담아 오는 것이었다. 그 열무김치는 냉장고가 없던 시절 우물에 김치통을 담가 놓고 먹던 시절의 추억을 떠올리게 했다. 냉장고의 차가움이 아닌 우물에서 숙성된 그 김치 맛은 지금도 잊을 수 없는 별미였다. 저녁을 먹고 샤워할 곳을 찾았을 때 할머니는 한심하다는 듯이 개울을 가리켰다. 전기가 없으니 가마솥에 물을 데우지 않는 이상 개울물에서 몸을 씻을 수밖에 없었다. 산골 마을이니 칠월이더라도 밤공기는 선선했고 개울물은 차가울 정도였다. 산이 둘러서 있는 마을은 은근한 별빛만이 내려왔고 칠흑 같은 어둠이 깃들었다. 마을을 한 바퀴 돌아 방안으로 들어왔을 때 시렁처럼 긴 나무 하나만 걸려 있던 방안은 지친 육신에 평안을 주는 것 같았다. 다음 날 아침 일어나 가메봉에 올랐다가 다시 마을로 내려왔고 십여 년이 지난 후 다시 그곳에 다녀와 그 느낌을 적었다.

하얀 그리움

솥단지와 솜이불 한 채
달랑 한 지게거리나 되었으려나
주왕산 내원동 산골짝 마을을 비우고
내려가라는 게 오래전이었지만
남의 일처럼 무심한 척 살아왔는데
오랜 터전을 비우고 정든 산골짝
마을을 떠나야 했던 날
지게에 지고 머리에 이고
산을 내려갔으나 분교의 학교종은
차마 내려가지 못하고 그 자리에 서 있었다

산골짝을 떠난 뒤로
다시 돌아오지 않는 이들
산을 건너다 한줄기 내려온 바람이
녹슨 종을 흔들고 가면
풍금소리에 따라 부르던
산에 사는 메아리가
개울물을 따라 흐르는데

철 따라 감자꽃이 피고
메밀꽃이 피고 지던 산밭에는
개망초가 뛰어다니며
씨를 뿌리기 시작했던지
묵정밭에 개망초꽃 목을 길게
올리고 하얀 그리움을 피워냈다

남도 기행(1)

    권력의 허무와 야만 속에서 숨거나 달아나듯 그가 오랫동안 머물렀던 섬, 보길도가 목적지였으니 벼르고 별러 떠난 길이었다. 칠월의 더위는 또 다른 시련이 되었음을 체감하면서 문득 생각났던 시가 한하운의 〈전라도 가는 길〉이었다. '가도 가도 붉은 황톳길 숨막히는 더위뿐이더라'로 시작하는. 하늘이 벌을 내린 듯, 인간의 심경으로는 헤아리기 어려웠을 무서운 벌을 받은 이가 스스로 유배를 떠나듯 자신이 소록도로 가는 모습을 무심하게 그려냈던 것일까? 신을 벗으면 발가락 한 개가 또 없어졌다는 시 구절을 되뇌면서 남도로 가는 먼 길이라는 이유로 오랫동안 주저했던 알량했던 내 속이 얼얼해져야 했다.

    한 번 흘러간 강물은 돌아올 수 없듯이 인생도 그렇게 흘러가는 거라지만 인생이기에 지나왔던 흔적을 더듬고 싶은 게 아닐런가? 이제 오래된 이야기처럼 88올림픽의 성화가 달려오던 길목, 사철 푸른 바다와 짙은 초록의 산과 들, 그와 동색인 제복으로 3년여를 보냈던 곳 완도였다. 물설고 말도 설어 울면서 왔다가, 푸른 바다와 한겨울에 더 푸른 보리밭, 그리고 사철 푸른 나무들에 푸른 제복으로 삼 년을 살다 보니 미운 정에 고운 정 들어 아쉬움에 뒤를 돌아보며 떠났던 곳이었으니 그랬다.

    보길도로 가는 길은 멀다. 해남 땅끝마을이나 완도까지 가서 배를 타고 노화도로, 다시 차로 연도교를 건너야 하는 먼 섬이다. 완도로 가는 길이었으니 잠시 머물 듯 들른 곳은 해남 달마산 미황사였다. 백두대간이 한반도의 끝자락에 이르러 바다를 향해 꿈을 꾸는 곳, 땅끝마을이 멀지 않은 미황사(美黃寺)는 달마산의 수려한 능선을 배경으로 서쪽 능선 아래 자리 잡은 한반도 내륙에서 가장 남쪽에 있는 절이다. 짙은 그늘을 매어 달 듯 초록의 더미를 헤치며 가파른 산문에 들었을 때 알량했던 속이 너그러워졌을까, 대웅전은 1,000일 공사 중이라는 가림막을 치고 있었지만 '이생에서 더 무심해지기를' 그 너머를 넘겨다보며 손을 모았다. 몇 번 뵌 적이 있는 주지 스님은 출타 중이어서 뵐 수 없었고 '달마고도'라 이름 지은 달마산의 능선 길이나 한참을 올려다보았다. 조선 말기 면암 최익현 선생도 〈한라산 유람기〉에 '백두산을 근원으로 하여 남으로 4천 리를 달려 영암의 월출산이 되고, 또 남으로 달려 해남의 달마산이 되었으며, 달마산은 또 바다로 500리를 달려 추자도가 되었고, 다시 500리를 건너 한라산이 된 것이다.'라고 적고 있다. 달마 대사가 중국에 선을 전하고, 해동에도 머물러 있다고 해서 달마산이라 했다던가? 달마가 동쪽으로 온 까닭처럼 달마고도를 넘어서면 피안이거나 땅끝이어서 더 이상 발 디딜 곳이 없을 거니 색즉시공 공즉시색을 되뇌었지만 어리석은 중생이 어찌 색이며 공을 알겠더냐며 산문을 돌아 나와 완도로 향했다. 3년여 푸른 제복의 군인으로 생활했던 곳, 무더위에 그늘조차 없는 땡볕이지만 잠시 장도에 들른다. 일찍이 장보고가 청해진을 설치했던 곳, 당의 해적 활동을 근절시킬 목적으로 흥덕왕에게 청해에 군사를 주둔시킬 것을 주청하여 허락을 받아 설치했다. 그는 청해진을 근거지로 서남해안의 해상권을 장악

하고 중국·일본과 활발한 해상 무역을 전개했다. 청해진은 일종의 해상 왕국이었고 장보고는 축적된 부와 군사력으로 신라 왕실 권력에 개입하였고 결국 자객에게 살해당했으니 그의 흔적은 대부분 사라졌다. 1959년 사라호 태풍 시 장도 둘레를 외성으로 축적한 흔적이었을 듯 목책이 바닷가에서 발견되었고 이로 역사가 되었다. 썰물이 되어야 들 수 있는 곳이지만 목조 다리가 설치되어 이제는 자유롭게 드나들 수 있었다. 성곽의 모습은 없었지만 그 주변을 한 바퀴 돌고 나왔다. 이어서 정도리 구계등의 숲길을 돌아 나와 둥근 몽돌들이 아홉 계단을 이루듯 해변 길을 걸어 나왔다. 그곳에서 올려다보이는 상왕봉의 짙은 초록은 융단을 넓게 펼쳐 놓은 듯 멀리서도 깊고 촘촘했다.

  정치가 권력을 향한 도전과 추락의 연속이라면 필연적으로 따라다니는 허무와 야만을 벗어나려 했던 것일까? 고산 윤선도가 제주도로 가던 길에 섬의 풍광에 반해 숨어들 듯 찾아들었다던, 이번 남도 기행의 목적지 보길도로 가기 위하여 화흥포로 간다. 고산, 그는 서남해의 한 점 섬, 이곳으로 오도록 확연한 자국을 남긴 셈이었다. 주말의 끝이어서 포구는 한산했다. 배에 오르고 출발하면서 선실이 아닌 선상은 더없이 시원했다. 삼십여 분, 배는 보길도가 아닌 노화도의 동천항에 닿는다. 보길도는 해상 교통로가 불편해 별도의 행선지를 두지 않았고 차로 한참을 이동해서야 보길도 세연정에 도착할 수 있었다.

고산은 파란과 곡절로 점철된 삶을 살았던 것일까? 반골 기질이 있었던 듯 그는 많은 세월을 유배지에서 보냈다. 고산이 보길도에 든 것은 51세 때였다. 병자호란(1637)이 일어나자 해남에서 의병을 모집해 왕자가 피신해 있는 강화도로 가던 길, 도성을 버리고 남한 산성으로 도망친 인조가 결국 가파른 서문길로 내려와 삼전도에서 항복했다는 소식을 듣는다. 고산은 그 치욕을 감당할 수 없어 바다 건너 제주도로 가려다가 보길도의 뛰어난 선경에 매료되어 가족과 노복 등 1백 명과 함께 그곳에 정착했다. "하늘이 나를 기다려 이곳에 머물게 한 것"이라 했다. 평생 세 번, 모두 14년을 유배로 보냈고 81세 때 겨우 유배에서 풀려난 그는 보길도에서 지내다가 85세 되던 1671년 6월 눈을 감았다. 그가 보길도에 머무는 동안 '어부사시사'와 같은 훌륭한 시가 문학을 이루어 낸 곳이다. 또한 그가 섬 안의 바위와 산봉우리에 붙인 이름은 아직도 남아 있으니 주거지였던 낙서재와 그의 아들이 조성했다는 곡수당은 흐르는 물을 주제로 연출한 정원이다. 인공 폭포로 끌어들인 물줄기를 못에 가두었다 흐르게 한다. 그 위로 3개의 다리를 이어 넘나들며 물의 소리와 일상의 흐름을 즐겼다. 그 건너 산 중턱 위에 집을 지어 동천석실, 한 평 남짓의 작은 차실 용도의 석실을 만들었다. 오르는 길에도 자연형 정원을 이루듯 돌다리·돌문·돌폭포·돌사다리·돌연못 등이 이어진다. 석실에 앉으면 부용동 일대의 풍광이 장엄하게 펼쳐지니 용두암에 설치했던 도르래로 올린 차를 차바위에서 마시며 풍광을 즐겼으리라. 계곡의 동북쪽에는 '세연정'을 세워 책을 읽고 뱃놀이도 하며 자연을 벗 삼아 지냈다. 인공 보를 막아 못을 만들고 인공 섬과 정자를 세웠다. 그럼에도 자연스럽다. 연못에 아동을 태운 배를 띄웠고 '어부사시사'를 부르게 했다. 노래에 맞추어 무희들은 동대와 서대 위에서 춤을 추었고, 악단은 앞산 중턱 바위에서 음악을 연주했다.

보길도에는 동양의 자연관과 성리학의 사상이 흐르고 있는 듯, 자연과 인공의 조화를 통해 자연과 사람이 하나가 되도록 한 고산 (孤山)의 뛰어난 안목을 볼 수 있는 곳이다. 세연정의 정자는 근래에 다시 지어진 것이었지만 원림 속의 연못과 연못이 만들어지면서 그의 고향 해남에서라도 옮겨온 듯 오래된 소나무와 자연스러운 듯 커다란 바위들이 있다. 고산은 오우가에서 '나의 벗이 몇이나 있느냐 헤아려 보니 물과 돌과 소나무, 대나무로다 동산에 달 오르니 그것참 더욱 반갑구나, 두어라! 이 다섯이면 그만이지 또 더하여 무엇하리.'라며 노래했다. 오래전에 그가 지나갔던 길, 그 길 위에서 내가 불러낼 친구들은 누구일지 두리번거렸을까? 여행이란 자기에게로 걸어가는 '시간적인 이동'이라는 누군가 했을 말을 주억거리며 앞서간 누군가 남겨 놓은 흔적과 내가 남겨 놓은 흔적, 또 다른 길에 대한 막연한 바람까지도 기억해 본다.

남도 기행(2)

이른 아침 서대전역에서 전라선 무궁화호 열차를 탔다. 쉽게 사그라지지 않는 역병으로 역사 안에는 오고 가는 설렘도 아쉬움도 없는 게, 오래 어항에 들었던 듯 금붕어들의 지느러미처럼 침울했다. 대지를 꽁꽁 얼렸던 날씨는 생뚱맞은 봄날처럼 부드러웠고 마음은 막연히 봄을 기다리듯 남녘으로 달려가고 있었다. 동행한 동무는 한 권의 책, 『우리가 인생이라 부르는 것들』을 꺼냈다. 외줄을 타듯 줄에 건 다리에 바짝 힘을 들여 삶이 위태로운 시절, 한 시대를 풍미했던, 보통 사람들이 규범의 틀 안에서 옴짝달싹할 수 없었던, 아니 생각조차 할 수 없었던 계약 결혼을 실행했던 사람들, 사르트르와 시몬 드 보부아르의 삶, '서로 사랑하고 관계를 지키는 동시에 다른 사람과 사랑에 빠지는 것에 허락한다.'는 등의 위태로운 계약이었지만 그들은 그 계약을 파기하지는 않았다고 했다. 어찌 보면 우리가 영위하는 모든 관계가 보이거나 보이지 않는 모종의 계약을 벗어날 수는 없는 것이리라.

　구례구역에 내렸지만 지리산이 아닌 장흥으로 방향을 돌려 잡고 보림사로 간다. 장흥에서 머문 3개월여, 군 생활 중 지나던 길에 잠시 다녀갔던 곳이니 온전한 기억이 돌아오지는 않는다. 지나간 날의 흔적을 더듬고 싶은 본능 같은 것일런가. 길은 언젠가부터 누군가가 지나간 흔적이었다. 처음엔 흔적이 희미했고 점점 자국을 남겼을 것이다. 처음 지나간 누군가는 불안감, 고독감에 망설였을 것이고 자국이 생기고부터는 뒤에 가는 이들을 안심시켰을 것이다.

누군가가 남긴 자국을 따라 의심 없이 믿고 따라간 것이 길을 반들거리게 했다. 그러니 길은 발자국들이 쌓인 흔적인 거고 그 자국이라는 게 규범이고 도덕이고 법이랄 수도 있을까? 흐릿한 흔적이 아닌 포장된 길은 그 비유를 따라가는 것처럼. 이 혼탁한 시대에 도(道)를 말한다는 게 결국 꼼수 같은 게 아닐지. 대부분의 길은 포장된 길이기 때문이리라.

보림사는 통일신라 시대에 창건했다는 고찰이다. 인도와 중국에도 가지산이 있고 보림사라는 절도 있다. '동양의 3보림'으로 불린다. 절 마당에 서서 둘러보면 가지산 봉우리들이 연꽃을 닮은 듯, 보림사가 연꽃 한가운데 자리 잡은 셈이다. 보림사 범종 소리가 은은하고 여운이 긴 이유도 가지산이 울림통 역할을 하기 때문이라 했다. 인적이 없으니 말 그대로 절간처럼 적막했다. 경내에는 국보와 보물 등 귀중한 유물들이 많지만 적막함 속에 눈이 가지는 않았고 뒤편 비자나무 숲으로 눈길이 간다. 푸른 비자나무와 그 뒤편으로 띠를 두르듯 서 있는 게 단풍나무인가, 산에 오르던 스님에게 여쭤보니 보리수나무라는데, 궁금증만 더하고 왔다. 다시 가서 확인해야 할 듯. 비자나무는 제주도 구좌의 숲이 유명하고 일부 남쪽 지방에서 군락을 이룬다. 이곳에도 촘촘하진 않지만 300년이 넘은 비자나무 500여 그루가 군락을 이룬다. 비자 열매는 구충제로도 쓰이고 기름은 기침을 멎게 하며 배변에도 효능이 있다고 했다. 회색이 약간 도는 갈색 껍질을 두르고 있으며, 목재 질이 좋아 바둑판이나 가구로 쓰인다. 듬성한 비자나무 아래로 청태전이라는 이름을 가진 차나무가 자생한다. 청태전(靑苔錢)은 '푸른 이끼가 낀 동전 모양 차'라는 뜻으로, 가운데 구멍을 뚫어 엽전을 닮았다. 1,200년 역사를 자랑하는 발효차로, 삼국 시대부터 근세까지 장흥을 비롯한 남해안 지역을 중심으로 발달했다. 야생 찻잎을 따서 가마솥에 덖고 절구에 빻은 뒤 엽전 모양으로 빚어 발효한다. 엄동을 지나는 철이지만 한여름 온통 녹색의 숲에 있는 듯 사위가 푸르고 마음도 그 푸름에 젖어 향기롭다. 좀 더 거닐었으면 했지만 돌아 나와 남포 마을로 갔다. 이름도 익숙지 않은 곳이다.

　장흥을 기준으로 동편의 벌교의 주먹이나 순천의 인물처럼 여수까지도 그 멋과 특성을 자랑하는 곳이지만 장흥은 그 명성을 갖지 못했다. 그러나 알게 모르게 문사들의 땅이다. 이청준, 한승원, 송기숙, 그리고 이승우며 한강까지, 모두 친근감 있는 작가들의 이름인 듯, 남포 마을은 이청준의 원작인 영화 〈축제〉를 촬영한 곳이기도 한데 바로 앞바다에 조그마한 섬이 있다. 소등섬이다. 5분이면 한 바퀴 돌아볼 만큼 작지만 크기에 비해 제법 운치 있는 풍경을 선사하는 곳이다. 남정네들이 고기잡이를 나가면 아낙네들이 이 섬에 등불을 켜고 무사히 돌아오기를 기원했다고 해서 소등섬이라는 이름이 붙었단다. 썰물이 되면 소등도까지 길이 열린다. 지금은 포장된 도로가 생겨 물 빠진 직후에 섬에 들어갈 수 있다. 무엇보다 소등도는 '포토존'으로 잘 알려져 있다. 일출과 일몰까지, 아침 일출 사진은 굴이 영그는 겨울철이나 되어야 소등섬 뒤로 찍을 수 있다. 전망이 좋아 보이는 곳, 굴구이 식당으로 갔다. 불이 철판을 달구고 굴도 달구어지면 뜨거워 몸을 비틀었고 그 틈으로 통통하게 영근 굴을 꺼내면 파도처럼 바다 향이 가득 밀려 나오듯 했다. 제철인 굴 향을 가득 채우고 구례에서 동행한 친구가 돌아갔을 때 고립된 듯 혼자가 되었다. 잠을 자기에는 이른 저녁, 책을 보기도 그렇고 바닷가를 걷고 또 걸었다. 한 편의 시를 지어야지, 그렇게 또 걸었다. 달도 없는 밤, 어디까지 갔다 돌아오는 건지 바다는 소리를 내며 돌아오고 있었다. 방으로 돌아와 머릿속에서 맴돌았던 흔적을 옮겨 적었다.

'고독은 고립 속에서만 피어나는 순정한 꽃이었다' 로 시작하는. 새벽녘 잠시 밖으로 나왔을 때 다시 바다는 여행을 떠나듯 썰물이었고 고기잡이배들이 오가는 소리가 멀리 있었다. 일출 시간은 한 시간도 더 후에 있었지만 밖으로 나왔다.

기다림의 거리
먼동은 먼 동쪽 하늘
장닭이 먼동을 찬미하면서
먼 산으로 먼동이 움트고
대지는 제 자리로 돌아선다

오래전에 적어 두었던 시의 한 토막을 꺼내 읽었다. 빛을 기다리

는 것, 새벽을 연다는 것, 그것은 기쁨이고 희열이었다. 멀리 소등
도 너머 어디일까, 빛을 번져 내기 시작했다. 바다도 잠을 깨듯 붉
은빛으로 물들고 있었다. 고립 또한 고독을 꽃피우는 대지였기에
여명을 맞는 아침이 더 찬란하였다. 한 떼의 기러기들이 대열을 이
루며 날아가는 모습도. 여명의 빛이 자연과 어우러지며 물들고 내
마음도 물들어 눈물이 번졌다. 소등도 너머로 해가 오르고 바닷물
도 돌아오고서야 볼 수 있는 풍경, 우연히 머문 나그네에게 과분한
선물인 듯했다. 그렇게 아침을 맞은 지 두 시간여 이제 떠날 시간이
었다. 바닷가의 작은 비닐 집은 이른 새벽부터 노부부가 굴을 까고
있었다.

"이렇게 이른 시간에 나오세요?"

"한첨 잡솨 보실라."

염치도 없이 입으로 생굴을 받았을 때 입안 가득 차오르던 바다
내음과 돌에서 피어난 듯 꽃의 향기가 가득했다. 방향을 정하여 남
도에서 다시 북상해야 하는 길, 혼자 걷는 그 길에서 고독은 고립
속에서 피어나는 꽃이라 향기로웠다.

순정한 꽃

고독은 고립 속에서 피어나는
순정한 꽃이었다
태초의 낙원에서 유혹은
시작되었나니
선과 악을 구분하겠다는
무모한 선택의 갈림길
신의 시선에서 숨어들겠다는
피조물의 고독을 향한
지극히 단순했으며
반동의 몸짓이었을 뿐
실낙원은 좀 억울한 처사였다

양귀비꽃 지면 통통하게 오른 열매에
치명적인 유혹의 독이 배어들기도 하듯이
마음의 바람 유혹도 없이 스스로가
숨어든 고립은 우울의 독을 배태했다
육신의 상처가 아물어가며
자극의 유혹을 피하기가 어렵듯

유혹이 없는 스스로를 유폐하여
파괴하겠다는 고립의 날선 선택은
달콤한 유혹을 달구며 고립이 아닌
외로움 속 허무의 늪에서
독을 만들어내는 것일 뿐
고독은 유혹의 달큰한 고립 속에서
피어나는 순정한 꽃이었다

울진 기행

가야 할 목적지이거나 추억의 장소가 떠오르면 그곳은 선으로 이어지거나 점선 또는 점으로도 이어진다. 선으로 이어진다는 것은 한 번이라도 다녀온 곳이었다는, 그러니 경유지와 교통수단이 경험칙으로 이정표처럼 길 위에 서 있을 것이다. 반면 점으로 이어진다는 것은 아직 가 보지 않은 낯선 곳이라는, 지도를 펼쳐 보거나 우회하는 길을 찾아야 하는 낯선 장소이니 그러할 것이다.

한 번도 아닌 여러 번 가 본 곳이었지만 울진은 선으로든 점으로든 길이 이어지지 않았으니 여전히 낯선 오지였다. 울진에 처음 닿았던 것은 고교 시절 수학여행 때였다. 경주를 거쳐 설악산에 가기 전 잠시 성류굴에 들렀다가 갔으니 점으로만 기억되었고 그 후에도 여러 번 다녀갔지만 마찬가지였다. 울진으로 가는 길은 두 갈래, 봉화에서 백두대간을 건너야 하는 가파른 길이었더니 십여 년의 공사 끝에 구불거리며 가파른 언덕길을 굴을 뚫어 내려오도록 완만한 길을 만들었다. 또 다른 길은 7번 국도였다. 부산에서 함경북도 온성에 이르는 길, 하지만 분단으로 고성에서 돌아서야 하는데 부산이나 강릉에서 출발하면 바닷가를 끼고 아름다운 길이 이어진다.

가을이 시작되었다고 안도하자마자 추석이었다. 역대급 폭우에 이어 태풍이 통과할 거라는 뉴스에 마음 졸이며 가을이 시작되었고 한가위 보름달로 차올랐다. 이른 추석 명절이 어색했던 게 들판은 수확의 기쁨을 앞둔 초록이 출렁거렸다. 차례를 마치고 고향 선산에 성묘로 나섰던 길, 나를 키워준 고향 언덕의 햇살과 바람은 그대로인 듯, 하지만 피붙이들 하나 없는 고향은 갈 적마다 낯설기만 했다. 어린 시절엔 후년까지 입어야 한다며 바짓단을 접은 추석빔 새옷을 입고 모처럼 입이 즐거워진 아이들이 고샅길을 오갔는데 이제 할아버지 댁에 다니러 온 아이들조차 하나 보이지 않았다. 허리 굽은 나이 든 노인들 몇이 명절날에도 밭일을 하고 있었을 뿐.

다시 서울로 올라오는 길, 차가 밀리기 시작했고 천안에 사는 아는 친구에게 전화를 했다. 얼굴이나 보고 가려고 했는데 가족 중에 코로나에 걸린 이가 있어 울진에 갈 예정이라고 했다. 그는 망향정이 가까운 곳에 가외의 숙소를 가지고 있었다. 혼자라니 같이 가자고 했다. 예정에 없이 갑자기 나선 울진행이었다. 여전히 선으로 이어지지 않는 길이었으니 마음이 먼저 길을 가지는 않았다. 주로 남쪽으로 세워진 이정표를 향해 달리다가 동쪽으로만 달리는 길은 익숙하지 않았다.

비릿한 바다 내음과 파도 소리가 가까이 숙소에 도착한 것은 서쪽 하늘에 노을이 물드는 시간이었다. 한동안 비어 있던 숙소였으니 창문을 열고 바다에서 불어오는 바람을 들여놓았다. 잡초가 무성한 텃밭에 지난봄에 심어 놓았던 수박 넝쿨에서 수박을 찾던 집주인은 반갑게 수박 한 덩이를 따 소중하게 들고 나왔다. 저녁은 죽변항, 대게철이 아니었지만 수족관 속에 대게들이 대나무처럼 긴 발들이 서로 엉겨 있었다. 온난화의 영향으로 바다 수온이 올라 근해에서

잡히는 대게의 수는 절대 감소했고 대부분 러시아산이었다. 전쟁으로 새삼스럽게 부담스러운 가격이었지만 대게를 선택했다. 동쪽으로는 망망대해, 서쪽으로는 긴 산맥이 이어지고 해안선을 따라 어선들이 들고나는 항구가 있었다. 한가위 보름달이 바다 위로 오르고 있었다.

돌아오는 길에 망향정에 올랐다. 망향정은 관동팔경 중에 가장 남쪽에 있는 정자, 고려 시대에 처음 세워졌으나 오랜 세월이 흘러 허물어졌으므로 조선 시대인 1471년(성종 2) 평해군수 채신보가 현종산 남쪽 기슭으로 이전하였다고 했다. 강원도 관찰사로 부임하게 된 송강 정철은 한양을 출발하여 철원, 금강산, 총석정, 삼일포, 경포호, 죽서루를 거쳐 망양정에서 달맞이를 하고 신선을 만나는 것을 끝으로 그 아름다움을 연시조로 읊었다. 망양정은 동해로 오는 해와 달을 보기 위한 정자, 구름을 오르내리듯 달빛이 바다에서 출렁거렸다. 한동안 그 자리 한 그루 나무로 서 있고 싶었다. 밤이 깊어 가면서 달빛은 되레 흐려지는 듯 정자를 내려왔다. 숙소로 돌아왔을 때 창문을 조금 열어 파도 소리를 안으로 들여놓았다. 자연이 만들어 내듯 이른 아침의 새소리며 바람에 흔들리는 나뭇잎 소리, 밀물에 몰려오며 그 끝에 부딪혀 내는 파도 소리 등 자연의 소리들이 없다면 일상이 밋밋할 것 같다는 생각이 새삼스러웠다. 손에 든 전화기로 통화는 물론 음악을 듣는 등의 인위에서 너와 나의 삶은 자연의 소리에서 멀어져 갔다. 언젠가 지은 「오솔길」이라는 시가 돌아 나온다.

오솔길은 오붓해서 솔깃해진다는
줄임말인 것을 길을 가다 보면 알게 된다
초록빛 나뭇잎들이 흔드는 바람소리
짝을 부르거나 만나서 이야기하듯
달 뜨거나 새들의 정겨운 지저귐
철 따라 들꽃들이 피고 지는 길
사월이라면 붕어의 비늘 같은
산벚꽃잎 지는 소리도
도마뱀이 친구 만나러 가며
작은 발로 마른 낙엽 밟는 소리도
청솔모 씩씩대며 나뭇가지를 건너가는 소리도
오솔길에서는 오붓해서 솔깃해진다
혼자이면 혼자여서 좋고
둘이라면 다정해져서 좋은 길
나란히 길을 가면서
큰소리로 말하거나
얼굴을 붉히는 이가 없다는 것은
오솔길에선 오붓해서 솔깃해지기
때문인 것을
나는 오늘도 오솔길을 간다

파도 소리는 여명의 빛을 안으로 들이며 밖으로 나갔다. 친구는 아직 일어나지 않았으니 다시 망양정으로 향했다. 오가는 이도 없는 한적한 어촌 마을, 지난봄 거침없이 날아다닌 산불의 흔적은 마을 가까이 내려와 있었다. 빛을 품고 오르는 해는 구름에 가려 그 윤곽을 드러내지는 않았다. 다시 숙소로 돌아와 정한 행선지는 불영사였다. 오래전에 다녀갔던 곳이니 기억이 희미했다. 한라산이나 지리산 등의 계곡과 견주는 불영계곡은 금강송과 맑은 물이 흐르는 내로 유명한 곳이었다. 가는 길에 잠시 들른 곳은 주천대였다. 울진은 예부터 아름답고, 울창하고 보배로운 것들이 많다 하여 '울진'으로 불렸으며, 울진으로 불리기 전에는 '선사(仙傞)'라 불렸다고 했다. 글자의 뜻 그대로 풀이하면, '신선이 춤추는 곳', 말 그대로 풍광이 아름다운 곳이었다. 불영계곡이 시작되는 곳에 주천대는 동해 변방 울진 지방의 정신사를 배태시킨 유교적 성소라고 했다. 매월당 김시습 선생으로부터 비롯된 것으로 알려진 울진의 정신사를 이곳 주천대를 중심으로 조선 선조 대에 완성되었다. 물길이 휘돌아가는 소(沼)를 오르는 절벽 위 소나무들, 시인 묵객들은 그에 걸맞은 이름을 붙이고, 자연 풍광을 훼손치 않으면서도 루(樓)와 정(亭)과 대(臺)를 앉혔듯이 주천대도 이와 무관치 않은 곳이었다. 주천대는 불영사 계곡이 시작하는 곳이자, 왕피천과 광천(光川, 빛내)이 만나는 곳에 자리하고 있다. 좀 더 구체적으로 말하면 울진군 근남면 구미 마을에 자리 잡고 있다. 오세신동이라 이름을 떨쳤고 금오신화로 더 알려진 매월당 김시습은 일찍이 앞길이 청청했으나 운명처럼 역사의 시비에 흔들리게 된다. 조선왕조 최초의 반정으로 기록되는 '세조의 왕위 찬탈'은 당시 조선의 지식인 사회에 커다란 충격을 던졌고 이 곡절을 비켜갈 수 없었던 김시습은 현실 정치에 환멸을 느끼고 강산을 주유하기 시작했다. 그렇게 세상을 주유하다가 마침 동해 변방 울진을 들러 이곳 구미 마을에 잠시 머물렀던 적이 있었다. 그러면서 이곳 마을 사람들에게 유교 철학을 전수했다. 당시 울진의 이름 없는 유생들에게는 이보다 더 값진 일이 없었을 터, 척박한 오지에 비로소 학문의 바람이 일었다. 그 후에 우암 송시열이 가까운 황보 마을로 유배를 오면서 그 폭과 깊이가 더했으리라. 이렇게 배태된 울진 정신사는 조선 선조 초 울진현감으로 부임한 만휴 임유후(任有後) 선생과 서파 오도일(吳道一) 선생과 격암 남사고(南師古) 선생에 의해 완성되었다. 바로 주천대는 울진 철학사의 큰 흐름을 완성한 만휴와 서파, 이들을 따르는 유생들이 철학을 논하고 당시의 정세를 진단하던 강론과 사색과 모색의 장이었다는 것, 이들로부터 배태된 기일원론적 철학관은 울진 지방의 정신사의 도저한 흐름으로 이어졌다. 후일 이들의 철학 세계를 이어 온 울진 지방의 후학들이 이곳 구미 마을에 '고산 서원(孤山書阮)'을 세우고 동봉, 만휴, 서파 세 선생을 배향했다. 그 후 대원군의 서원 철폐령으로 지금 고산 서원은 액편만 남은 채 유생들의 강론이 쟁쟁하게 퍼졌을 주천대는 이들의 족적을 기리는 유허비 몇 점만을 안은 채, 오늘날에는 그저 풍광 좋은 모습으로만 흘러가고 있었다. 짧은 순간 그 흔적을 조명하기에는 나의 지식은 너무 미약했다. 다시 길을 돌아 나와 불영사로 가던 길에 보은 법주사로 가는 길가 정이품송과 비슷한 소나무 한 그루, 원래 주변에는 소나무 숲이 형성되어 있었으나 60년대 이후 사라지고 처진 모습으로 보호를 받듯 한 그루만 남아 있게 되었다고 했다. 1999년 천연기념물 제409호로 지정된 수령 360년으로 추정되며, 높이 14m, 가슴높이 둘레는 3m로 수형은 처진 우산형의 수형이어서 특이했다. 마을을 지날 때 오래된 나무를 만나면 꼭 인사를 하고 싶어지는 건 역사의 또 다른 흔적에 추앙하는 마음을 가진다는 의미였으리라. 소나무와 눈을 맞추고 한참을 더 올라서야 불영사 주차장이었다. 이른 아침이었기도 했지만 널찍한 주차장은 텅 비어 있었다. 아침 식사 전이라 식당을 확인했지만 길을 더 가야 해서 불영사를 다녀와 먹기로 했다.

불영사(佛影寺)는 대한불교조계종 제11교구 본사인 불국사의 말사로 천축산 불영계곡 깊숙한 곳에 터 잡은 국내 대표적인 비구니 사찰 중 하나다. 일반적으로 한국의 주요 사찰이 산 위나 중턱에 자리 잡은 게 특징이라면 불영사는 산 밑 계곡 깊숙한 곳에 자리 잡고 있는 게 특징이다. 여성스러운 부드러움이 느껴지는 정적인 사찰의 기운은 그래서 더 자연스러웠다. 주차장에서 20분 정도를 걸어가야 하는 길, 그 길이 월정사 전나무 숲길과는 다른 정감이 가는 길이었다. 소나무 숲으로 너무 넓다 싶은 길이 이어지고 계곡을 흐르는 물길을 만난다. 다리를 건너면 선계로 들어가듯 마음이 평안해지다가 넓은 평지가 펼쳐지니 채전(菜田)이 이어지고 그 길의

끝자락에 넓은 연못이다. 길가로 꽃무릇 붉은빛이 선연하게 줄을
서 있었다. 불영(佛影)은 부처의 그림자가 연못으로도 내려왔다는
의미였다. 연못에는 노랑부리연이 꽃잎을 닫고 있었고 군데군데
수련들은 꽃잎을 열고 있었으니 부처의 그림자는 그 안에 숨은 듯
했다. 산이 내려온 고즈넉한 마을처럼 기와의 건물들이 옹기종기
모여 있었다. 마침 종무소 앞에 나와 계시던 비구니 한 분, 가까이
다가갔을 때 손에 곤줄박이가 앉아 있었고 핸드폰을 들어 사진을
찍으려는데 아쉽게도 바로 날아가 버렸다. 스님은 둥지를 잃었던
아기 새에게 먹이를 공양하기 시작했고 딱 한 입만 먹고 날아간다
고 했다. 부언하듯 '저 애는 절대 과식을 하지 않아요.' 하는 건 나
에게도 들으라 하는 말 같았다. 새를 한 번 더 보겠다고 그 곁으로
가는데 빨간 석류가 진한 립스틱을 바른 여인처럼 도드라지게 열려
있었다. 속세에서 올라온 중생의 눈에 든 그 붉은빛에 한 줄기 시
를 읊었다.

석류

무명초를 베어 내며 다 태워 버렸다고
속세의 지고 온 오욕칠정은
싹 다 지웠다고 속울음을 삼켰지만
아직도 속세의 욕망은 잉걸불로
남았던지 불영사 종무소 앞 화단에
석류라서 저리 붉어진 것일까
작은 골방 속에서 버둥거리듯
버려야 한다고 수없이 굴린
염주알처럼 알알이 들어찬
붉은 알갱이들은 또 무엇인가
꽃도 열매도 부서지는 알맹이도
모두 붉다는 것은

속세를 한참이나 벗어난 듯 숲은 청청하고 물 맑은 계곡이 있는 곳에 위치해서인지 아니면 비구니들의 수행 도량이어서인지 뭔가 차분해지는 느낌이었다. 연못을 돌아 나가면서 꼭 다시 와야겠다고 생각했다. 계곡이 내려다보이는 휴게소 식당에 와 아침을 먹었다. 다음 행선지는 어디일까?

친구는 오지인 울진에서도 오지를 가 보겠다고 했다. 청청한 소나무 숲길을 차가 서로 비켜갈 수 없는 좁은 길이 산을 넘어서고 다시 내려서고 있었다. 한 번 들어가면 어디로든 빠져나가지 못하고 들어간 길로 다시 돌아 나와야 하는 곳, 스스로 그러하듯 산이 흐르고 골짜기로 물이 흐르는 곳. '산은 강을 건너지 않고 강은 산을 넘지 않는다.'라는 '산자분수령(山自分水嶺)'의 의미를 어렴풋이 음미했을 것이다. 내를 건너 더 안으로 들어갔을 때 붉은 벽돌로 연수원 같은 큰 건물이 나타났다. 「한농회」, 생소한 단체명이었다. 자연인이란 프로에 나오는 이들이나 살 것 같은 첩첩한 산중에 공동 주택으로 집단생활을 하는 모습이라니. 농약과 화학 비료로 황폐화된 한국 농촌을 살리겠다는 명분의 간판을 단 종교 집단이었다. 순수한 교파이나 사이비니 하는 잣대를 나는 가지지 못했기에 내가 뭐라 할 수 없었다. 대중적으로 알려지지는 않은 종교 집단이었다. 교주는 박명호, 예장 통합측이 1991년 76회 총회에서 이단으로 규정했다. 그러나 이 단체의 교리적 실체는 감춰져 왔다. 내부적으로 박명호 교주가 '석선 여호와' 등으로 호칭되며 완벽히 '하나님' 행세를 하고 있다는 것은 최근 이탈자들이 나오고 나서야 확인된 것이다. 내가 직접 체험해 보지 않은 내부적인 사정은 잘 모르기에 각자의 입장에서 게재된 자료만 보고 뭐라 할 수는 없다. 교주로서 성적으로 타락한 자로 지목된 것은 그 정당성을 부여할 수는 없다. 종교는 여전히 어렵다. 네팔의 수도 카트만두에서 누군가 목도한 모습, 화장터에서는 넉넉지 못한 장작으로 시체를 뒤저어 고루 태우고 있고 바로 아래 강가에서는 빨래를 하고 물을 긷는다는. 이는 삶과 죽음의 경계를 무너뜨리면서 삶의 찰나성과 영원성을 동시에 보여준다고 했다. 그 특별한 모습을 기억하면서 네팔에 갔을 것이다.

목적지는 안나푸르나였지만 네팔 이곳저곳 여행을 다녀온 적이 있다. 인도가 아닌 네팔도 간다면서 가지가지 기대와 설렘을 큼지막한 빈 자루로 배낭 속에 넣어 다녀왔다. 인도는 너무 많은 사람들이 다녀와 그 다녀온 이야기를 했고 그 선입견으로 너무 버거웠는데 인도와 이웃인 네팔은 상대적으로 가벼웠다. 아니 만만했다. 가벼운 만큼 뭔가 담아 가야 할 빈 자루는 큼지막한 것으로 준비했다. 가까이 설산을 올려다보거나 닿아 보겠다는 것은 명분을 두른 외피였다. 네팔에도 도처에 삶의 원형을 보여주는 거울이 있다고 했다.

인도에 다녀왔다는 이들이 많다. 많은 불자들이 성지 순례로 다녀오기도 하지만 배낭여행으로 몇 달씩이나 뭔가를 탐구하듯 다녀왔다니 인도는 색다른 여행지임이 분명하다. 해외여행이 이웃집 마실 가는 것처럼 일반화된 세상이니 인도에 갔다 왔다는 것이 뭐 대단한 것도 아니지만 다녀온 이들이 한결같이 "꼭 한 번 인도에는 가 봐."라고 말하곤 했다. 세상 물정에 뒤처진 자처럼 자괴감을 가지면서도 그 이유를 묻지는 않았다. 그 말을 하는 이유를 알 것 같다는 건방진 이유가 있기 때문일까? 사람들이 인도에 와서 느끼는 감정은 복잡다단할 것이다. 가지가지 상대적 결핍에 시달리면서 눈으로 하층민들의 삶을 보면서 열악한 환경에 불평을 하지 않고 불평등에 불만을 표시하지 않으며 살아간다고 착각하게 된다. 자신의 처지에 순응하면서 살아가는 것을 자신의 운명에 순응하면서 살아간다고 생각하기 때문에 그들을 보면서 자신의 처지를 비교하여 마음의 안정을 얻고 간다는 이야기이다. 누구든 그렇게 생각할 수도 있는데 인도를 여행했던 한 사람은 그런 생각을 했던 모양이다. 공산주의도 사회주의도 아닌 철저한 1인 독재 체제에 자유 없이 살아가는 북한 주민들의 삶을 보면서 그 체제에 순응하면서 사는 거라는 생각을 생각할 수 있느냐는 것이다. 어쩔 수 없이 자신의 운명에 순응하면서 살아가는 그들을 보면서 마음의 평안함을 느끼는 것과 무엇이 다른가 하는.

뭐 대단한 걸 깨닫거나 충격적인 현상을 목도했다는 의미일 듯도 싶지만 대개는 자신의 관점에서 피상적으로만 그들의 삶을 보고 왔을 거라는 생각 때문이었다. 먼저 갔다 왔던 이도 아직 가 보지 못한 나도 그 중심은 종교 또는 신앙이었다. 거기에 다녀왔던 이들이거나 조금이라도 관심 있는 그 누구도 과연 그들의 종교에 대해 얼마나 알고 있을까? 빈곤과 비위생적인 환경, 무질서 속에서 태연하게 살아가는 그들에게서 뭔가 깨달음이라도 전이된 듯한 이유가 있을 테지만 말이다. 특히 바라나시의 갠지스강 가에서 공개된 의식처럼 주검을 화장하고 그 강물을 마시고 성수처럼 몸을 담그는 의식을 치르는 그들의 모습을 과연 어떻게 보았을까?

인도의 바라나시만큼은 아니지만 카트만두의 파슈파티나트의 화장터 풍경도 그랬다. 인천공항에서 오후 1시 반에 출발한 비행기는 일곱 시간쯤 후에 네팔의 카트만두에 도착했다. 떠나온 곳보다 세 시간 십오 분 해가 늦게 뜨고 저문다. 공항 청사는 시골 소도시의 역사처럼 한산했다. 수하물을 찾아 청사 밖을 나오니 역시 시골 장터의 파장처럼 쓸쓸했다. 대부분 여행객들인 듯 만날 사람을 기다리며 일행을 기다리거나 서성이는 이들뿐이었다.

인도 위에 다시 중국을 그 위로 두고, 실은 티베트 사이에 설산을 길게 두르고 있는 나라 네팔, 험준한 산악지형처럼 그 역사도 산비탈처럼 오르내렸다. 19세기에 영국이 인도를 점령하자 네팔을 지배하던 라나 가문은 위협을 느끼고, 영국과 실질적 자치를 보장받는 협정을 맺었다. 1951년 왕정이 복고되면서 입헌군주제로 전환, 국왕이 직접 통치하는 나라가 되었으나 국민들이 군주제에 불만을 품고 저항하였다. 그러는 과정에 2001년 6월에는 네팔의 왕세자가 국왕 등 왕족 8명을 총으로 사살하고 자살한 비극적 사건이 발생하기도 했는데, 2008년 왕국에서 대통령이 통치하는 공화국으로 바뀌었다. 네팔의 현대사는 오랫동안 전제 정치에 찌든 대지에서 민주주의를 꽃피운다는 것이 얼마나 어려운가를 여실히 보여 주었다. 왕과 총리, 좌파 성향의 정당들은 끊임없이 불화를 일으켰고, 이 와중에 경제 개혁과 같이 중요한 쟁점들은 채택되지 못했다. 왕정 타도와 인민공화국 수립을 목표로 1996년 초부터 준동하기 시작한 마오쩌둥주의 반군의 존재는 정국의 불안을 한층 부추겼으며, 이러한 정치적 불안은 극심한 경제난으로 이어졌다.

　그다지 넓은 않은 땅에 100개의 다양한 종족으로 구분되고 같은 종족들도 다시 여러 집단으로 나뉘는 나라, 부처님이 탄생한 곳이지만 힌두교가 국교였을 정도로 대부분 힌두교를 추종하고 사람 수보다 많은 신이 존재하고 심지어는 살아 있는 어린 소녀를 신으로 모시기도 하는 땅이다. 가파르고 척박한 땅에 많은 사람들이 가난하게 사는 나라, 하지만 행복 지수는 우리보다 훨씬 더 높은 나라, 성인들의 반 이상이 글자를 모르고 바다가 없고 기차가 다니지 않는 곳, 대부분 농사를 짓고 여행자들이 뿌리는 돈과 해외에 나가 일하는 노동자들의 송금으로 국가 예산의 많은 부분을 충당한다는 나라, 평균 수명이 60세를 넘지 못하지만 일반적이지는 않게 여자의 수명이 남자보다 짧은 곳. 그리고 용맹함의 용병으로 유명한 구르카병사들, 구르카족으로 이루어진 영국의 외인부대, 한국전쟁에도 참전하여 지평리 전투에서 구르카 1개 대대가 중공군 1개 사단을 전멸시켰다는 전설 같은 이야기도 전해진다.

　단순하게 지도만 보면 히말라야의 가운데쯤에 포카라가 있고 안나푸르나가 있다. 안나푸르나, 산스크리트어로 '풍요(수확)의 여신'이다. 낮은 곳에서부터 나라꽃인 랄리구라스는 화려하게 피어난다. 해발 2,000m를 넘어서면 영화 〈아바타〉의 배경이라도 되는 듯 원시림이다. 산에는 천리향이 짙은 향기를 날리고 길가에는 앵초도 피어난다. 네팔에서 드물게 벼농사를 지을 수 있는 곳이기도 한데 여신이니 물질적인 수확을 의미하는 것인지 아니면 종족 번식을 의미하는 것인지도 애매했다. 안나푸르나로 오르는 길에 안나푸르나 1봉 또는 주봉의 주변에 세 개의 봉우리가 있고 제1봉의 높이는 8,091m다. 지난 1950년 프랑스의 모리스 에르조그와 루이 라슈날이 안나푸르나의 제1봉 등정에 성공하면서 인류 최초 첫 8,000m급 등정으로 기록됐다. 이후 많은 산악인들이 안나푸르나 정상에 이르기 위해 도전했지만 쉽게 그 뜻을 세울 수 없었던 곳으로 악명이 높다. 세계 최초 16좌 등정에 성공한 산악인 엄홍길도 5번의 도전 끝에 안나푸르나 등정에 성공했다. 그러나 1999년 안나푸르나에서 여성 동료인 지현옥(한국 여성 최초 에베레스트 등정자)을 포함해 총 3명의 동료를 잃은 아픔을 가지고 있다. 히말라야 14좌 가운데 등정자가 가장 적다. 안나푸르나의 정상을 밟은 이는 2009년까지 157명. 이 중 한국인은 9명이다. 또한 안나푸르나 등반 중 60명이 안나푸르나의 숨결에 희생됐다. 이는 가장 높은 산인 에베레스트 등정자가 총 4,500여 명이고 사망자가 200여 명인 것에 비해 매우 높은 수치다. 또한 안나푸르나 사망자 60명 중 한국인 사망자는 총 5명이다. 가장 최근으로는 2009년 9월 충북직지원정대 박종성, 민준영 대원이 안나푸르나 등반 도중 사망했다. 세계 최초로 '산악 그랜드슬램'을 달성한 박영석은 히말라야 14좌 중 하나인 안나푸르나를 이미 1996

년 등정했다. 그러나 안나푸르나에서도 가장 험하다고 알려진 남벽 쪽에 '코리안루트'를 개척하기 위해 등반에 나섰다가 실종됐고 그들은 안나푸르나의 별이 되었다.

랄리구라스는 네팔의 국화(國花)다. '랄리'는 '붉다'라는 뜻으로 노랑이나 보라색 꽃도 있지만 주로 붉은색이다. 네팔은 위도상 우리보다 아래 지역이고 봄은 2월부터 시작된다. 랄리구라스는 키가 큰 교목이지만 우리 땅의 진달래와 비슷하다. 다만 진달래는 낮은 마을의 앞산 뒷산으로 피어나지만 랄리구라스는 해발 1,500m에서 3,500m의 고도에서 주로 서식한다. 안나푸르나로 가는 고래파니나 따라파니로 가는 길에 숲을 이룬다. 동백꽃과 비슷한 듯, 랄리구라스의 꽃은 부케처럼 푸짐하다. 진달래처럼 배고픈 아이들이 따먹을 수도 있고 힌두 의식에서 사용하기도 한다.

집 앞 골목길 간이 욕조에서 엄마와 목욕하던 어린아이는 춥지도 않은 듯 지나는 여행자들에게 '나마스테'를 연신 나눠 주었다.

'내 안에 깃든 성스러운 신성이 당신 안에 깃든 성스러운 신성께 경배합니다.' 또는 '제 안의 빛과 평화가 당신 안의 빛과 평화를 찬양합니다.'이다. 가슴 앞에 두 손을 모으고 눈을 감고 고개를 숙여 만나거나 헤어질 때 그들이 행하는 인사이다. 그들에게 그만큼 종교는 일상이고 현실이랄 수 있다. 신전이나 사원에서만 경배하고 의식을 행함이 아닌 오고 가며 마주치는 이에서부터 구도는 시작된다.

나와 다른 종교를 가진 것에 반목하거나 은연중에 나의 종교를 강요하지 않는 것, 세상의 모든 종교들이 이처럼 서로를 인정하고 서로 배우고 가르쳐 주려 한다면 더 평화를 구가하는 세상이 될 것이다. 내가 믿는 종교를 강요한다면 폭력이 생겨날 것이다. '나마스테' 인사말 속에 나와 다른 종교도 인정한다는 의미도 있을지는 의문이지만 무엇이든 나와 다름도 인정한다는 의미로 받아들여야겠다고 생각했다. 어린아이에게도 신앙은 그렇게 대물림되었을 것이다. 어린아이답지 않게 작은 입에서 나오는 그 인사말은 울림이 있었다.

　왕피천 자연생태공원이라니, 더러는 일반 주민들도 살고 있었다. 농사철만 그곳에 거주한다는 아주머니와 잠깐 이야기를 나누고 마을을 돌아보려는데 순간 발목이 따끔했다. 주위를 살폈을 때 선홍색 장수말벌일까? 모습을 보여 주듯 날아가고 있었다. 잠시 후 닥칠 통증을 예감했다. 차로 돌아가는 10여 분은 별다른 통증이 오지 않았다. 다른 마을로 가려는데 서서히 간격이 촘촘해지는 통증, 배꼽 아래 전후로 불이 붙듯 가렵기 시작하고 가슴이 답답해지기 시작했다. 친구에게 그 통증을 다 전달할 수는 없었고 지나가는 밭일을 하는 아주머니에게 응급 처치를 부탁했다.

　"된장이나 발라야 하는데……." 잠시 어이가 없었지만 궁하니 어쩔 수 없었다. 땅콩을 거두던 일손을 멈추고 아주머니는 이웃의 누군가에게 필요한 무언가를 찾아보러 다니고 있었다. 된장 대신 부황기를 찾아오셨다. 벌에 쏘인 부분에 부황기를 대고 피를 뽑아내기 시작했다. 생소한 민간요법이었지만 최근에 아주머니의 남편이 벌에 쏘였을 때 건부황으로 쇼크에서 벗어날 수 있었다고 했다. 가빠지던 호흡이 평온해지고 통증이 완화되고 있었다. 말로만 감사함을 표하고 그곳을 지나왔다. 그곳은 전부 한농회가 마을을 이루는 듯했다. 차를 세우고 길가에서 꽃밭을 가꾸던 노인 분에게 잠시 이곳에 오시게 된 연유를 여쭈었다.

"개인의 욕심을 버리고 수련하는 마음으로 이곳으로 들어왔고 현재 생활에 만족하고 있다."고 했다. 섣부른 나름의 잣대를 들이댄다는 것은 모순이리라. 사람 사는 이곳저곳 화두는 소통이려니, 과거에 신하로서 군주와 소통한다는 것은 때로는 목숨을 담보로 해야 할 만큼 무거운 것이었고 자식으로서 아비와 소통한다는 것은 일견 불효의 명찰을 달아야 할 만큼 두려운 것이었다. 많은 정보가 소통되는 세상이지만 무언가 꽉 막힌 것 같은 갑갑함은 피할 수 없었다.

산처럼 물처럼 흘러갈 수는 없으니 들어온 길로 다시 나갈 수밖에 없었다. 그렇게 돌아 나와 구수곡 휴양림, 응봉산이 거기 있었다. 아홉 갈래 골로 흐르는 물이 합쳐진다는, 이웃 삼척을 경계로 하는 응봉산(해발 998.5m)이 늘어놓은 골짜기들, 입구는 자연휴양림으로 숙박 시설 등이 만들어져 있었고 산불의 흔적은 한동안 지우기 어려운 상처였다. 계곡을 오르는 길은 험하고 위태로웠다. 그 위태로움을 즐기며 이곳에서 산다는 산양의 배설물은 오지에서 만난 또 다른 반가움이었고. 옮기는 한 발, 한 발에 아슬한 두려움을 딛기도 하며 능선을 향해 오르기 시작했다. 계곡과 능선은 잇대어 있을 것이지만 그 느낌은 확연히 다르게 다가온다는 느낌, 계곡은 흐르는 물처럼 잠겨 젖어들게 하고 능선에 올라서면 한 그루 나무처럼 팔을 벌리고 서 있게도 했다. 능선길에 올라서서는 이어지는 능선과 계곡으로 흐르는 산줄기를 내려다본다. 산은 저마다 엄숙하고 아름다운 것인 게 능선의 정상부에 올라섰을 때 그곳엔 소나무들이 울울창창하게 서 있는 모습. 아직 오르지 못해 더 아름다운 산의 그 이름처럼 금강송들. 인간이 결코 만들어 낼 수 없을 예술 작품이었고 그 한 그루, 한 그루가 위대해 보이기도 하였으려나. 소나무들은 다툼과 시기도 없을 것처럼, 서 있는 곳에 대한 한마디 불평도 없을 것처럼 너와 나라는 별개로 존재하기도 하지만 더불어 살아가는 단순하면서도 진정한 평화와 자유를 품은 이상향 같은 공간이었다. 홍진(紅塵)의 명리(名利)에 찌든 이 우매한 중생도 저들과 더불어 한 그루 나무로 존재하고 싶다는 생각도 하였다. 다시 정상으로 오르는 길, 정상에서 동고비 한 마리가 간식을 탐하듯 손등에 앉았다 날아갔다. 개울을 따라 흐르는 길, 덕구온천에서 잠시 몸을 담그며 나에게서 나를 찾아낼 수 있었던 시간이었을까? 울진에서의 짧은 여정을 돌아보았다.

울진 응봉산에서

길 위에서 만났던 사람도 철 따라 걸었던 길 위의 풍경도 그리운 것이라지만 가끔은 산도 그리움의 대상이었다. 쉽게 다가갈 수 없는 곳이기에 더 그랬던 것일까. 울진 응봉산이 그랬다. 몇 해 전 겨울, 구수곡 휴양림 쪽으로 응봉산 능선에 올랐을 때 울울창창 서 있던 금강송 숲은 자연이 주는 경이로움이었다. 소광리의 정연한 모습하고는 또 다른 위엄이었던 듯. 이 땅에서 원시림의 지표라고 해야 하나, 산양이 살고 있는가로 구별된다면 역시 마찬가지였다.

월송정이 가까운 해변에서 아침 일출을 보고 이른 시간에 나섰지만 온천이 있는 덕구리에 도착한 것은 오전 열 시가 넘은 시간이었다. 어디까지 가겠다는 구체적인 목표나 준비는 없었다. 한 번 다녀간 길이었으나 여전히 낯선 길인데 오늘은 또 혼자였다. 계곡으로 오르는 길, 여러 모습의 다리를 건너면 오르막이 시작되고 차갑지 않은 솔바람이 다정할 뿐 무인지경이었다. 이후, 산을 내려가기까지 5시간 동안 단 한 사람도 마주칠 기회가 없었다. 정상에 올라 사진을 한 장 찍었을 때 동고비가 나타나 손가락을 깨물며 마치 자기 구역임을 내세웠다. 동고비에게 줄 것을 찾으려고 배낭을 뒤졌지만 준비가 없었으니 민망했을 뿐이었다. 잠시 어색한 표정으로 표지석을 곁에 세우고 어디로 가야 하나, 한참을 두리번거리다가 덕풍계곡으로 방향을 잡는다.

한국전쟁 3년 동안 전쟁의 시작과 끝을 모르고 살았다는 오지, 숱한 이무기들이 용이 되어 승천했다는 계곡, 그래서 이름마저 용소골, 덕평마을 이정표를 보고 내려왔는데 내려와서야 용소골 30리라

했다. 아래에서 오르기 시작하면 숨은 계곡의 신비스런 속살을 들 추듯 힘든 관문을 넘고 나서야 볼 수 있는 곳, 전문 산악인들도 이 곳에 혼자서 들어가려 하다가 그 기세에 눌려 발조차 들여놓지 못 하고 되돌아서는 경우가 있다는데, 홀로 그 계곡에 내려선 것이다. 크고 작은 소(沼)로 이어지는 물길이 내려가는 길에 산등성이 낙엽 이 내려 쌓여 가려진 빈 곳에 발을 디딜까 더듬거려야 했다. 속삭이 듯 얼음장 밑을 흐르는 물소리, 가파른 벼랑의 솔바람, 인생길처럼 한 굽이를 돌면 다시 펼쳐지는 비경, 미답의 오지를 탐사해 가듯 설 렘과 두려움이 시시각각 오고 간다. 지난여름 폭우에 안전 시설물 이 희미한 흔적만을 남기고 사라져 간 곳에서 절망하며 가파른 벼 랑을 두리번거리다가 다시 방향을 잡고, 가고 가도 끝이 없는 듯 보 였다. 끝이 보이는 않는 길에서의 절망은 산 아래에 두지 못하고, 딸려 온 근심들을 죄다 가신 것이 또 다른 축복이었을까. 내전으로 고향을 떠난 난민들이 집단으로 모여 사는 난민촌 방문을 목적으로 요르단에 갔던 시간들이 되돌아왔다.

돌아오기 위해서 떠나는 것인가? 긴 비행시간과 줄을 서야 가는 절차의 번잡스러움에서 일탈의 맹랑함이 떨어져 발에 차인다. 시 차, 시간 차이의 줄임말일 테지만 체감할 수는 없었다. 대륙을 건 너는 먼 여행이 드물었던 게 그 이유가 될 것인가. 자정을 지나 출 발했고 늘 그랬던 것처럼 해가 뜨고 아침이 올 것이라고 생각했는 데 아니었다. 해가 뜨는 시간이 지났는데도 여전히 아침은 오지 않았다. 환승 공항은 5시간이 지나서야 아침이 오고 있었으니 시차가 5시간, 새삼스럽게 시차를 체감하는 순간이었다. 시간 차이는 본래 분명한 것이었고 세대 차이는 근래에 들어서 분명한 것으로 자리매김되었고, 시간 차이는 세대 차이와 깊은 상관성이 있는 것이었다.

환승 공황은 두바이였다. 5시간 늦게 그곳에서 아침을 맞았다. 한마디로 그곳은 사막의 신기루와 같은 도시였다. 세계에서 가장 높은 빌딩, 인공섬에 세워진 최고급 호텔, 야자수의 모습으로 느려진 인공섬에는 리조트들이 이어져 있었다. 아직도 유목 생활을 하는 베드윈족들이 남아 있지만 이곳은 아니었다.

목적지는 요르단(Jordan), 성경'에 등장하는 요단강이 바로 이곳에 있고 서구권에서 이름으로도 많이 쓴다고 했다. 장례식장에 가면 가끔 들어야 하는 찬송가라서 왠지 '요단강'이란 말에 꺼림칙하게 느낄 법도 하지만 사실 이 말은 오히려 상식과 반대라는 것. 모세의 인도에 따라 애굽 땅에서 도망친 유대인들이 광야(요르단 땅)에 살다가 요단강을 건너 가나안, 즉 이스라엘에 들어간다는 의미란다. 이스라엘과 사해를 사이에 두고 마주 보는 요르단, 중동 반도 끝머리 가장 기름진 땅에서 오랜 역사를 지켜온 왕국 요르단을 갔다. 도착지는 암만(Amman), 국명은 익숙하지만 수도의 도시명은 낯설었다. 암만 생각해도 그렇다. 중동에서 가장 전략적 요지에 있는 요르단은 구약성경(코란에도 나온다)에도 빈번히 등장하는 '성스러운 땅'이다. 세상에 유일무이한 신이 존재한다는, 유일신교는 이 근방에서 생성되었다. 유대교, 기독교, 이슬람교, 각기 신앙의 형태는 다르지만 그 주체는 동일하다. 예루살렘은 그 상징적인 공간이었다. 유일신을 추종하는 이들은 이교도들을 배척하고 적대시했고 이는 분쟁의 요인이었다. 국경이 없이 유목 생활을 하던 베드윈들은 두 번의 세계대전을 거치면서 강대국에 의해 국경이 나뉘고 오늘날의 시리아 내전도 결국 강대국의 이권이 개입된 산물이었다. 암만 공항에 내려 호텔로 가는 길에 보이는 풍경은 온통 삭막한 광야, 사막도 아니고 그저 광야다. 이보다 요르단 땅을 정확하게 표현할 단어가 있을까. 수도 암만 이름의 기원인 암몬(Ammon)은 '근친의 도시'란 뜻이다. 아브라함의 조카 롯이 그의 딸과 근친해 낳은 자식의 이름이 암몬이다. 암몬은 이들의 역사상 굉장히 중요한 유적이며 성지다. 모세가 묻혀 있다는 느보(Nebo)산 역시 이곳에 있다. 일정을 마치고 잠시 와디 럼에도 갔다. 암만을 출발했을 때 초승달이 떠올랐다가 그곳에 도착하니 지고 없었다. 영화 〈아라비아의 로렌스〉의 무대이고 최근에는 화성에 불시착했던 미국판 삼시 세끼, 〈마션〉을 촬영한 곳이다. 서울에서 보이는 않던 별들이 죄다 그곳으로 흘러온 듯 은하수를 이루고 있었다. 아침에는 바위산을 오르고 베드윈이 살고 있을 것 같은, 잠시 모래벌판을 달려가기도 했다. 그곳은 시간도 더디 흐르고 세대 차이도 없을 것 같아 아예 그곳에 눌러살고 싶었는데, 맨발로 모래 산을 올랐을 때 아무도 보이지 않아 돌아갈 길이 막막했다. 소금 기둥이 되었다는 여인처럼 떠나 온 곳에 두고 온 것도 챙겨야 할 것도 너무 많았다.

척박한 사막이었대도 물이 흐르는 강이 있었기에 인류의 문명은 시작되었던 것일까? 기준점이 없는 사막에서 길을 만들고 물길을 두고 물을 길어 올리기 위해서는 밤하늘의 별과 달을 보아야 했고 강의 범람으로 해마다 허물어지는 경계를 지키기 위해서는 도량형이 필요했다. 모세가 지팡이로 홍해를 가르기 전 종교적 갈등은 미미했다. 때로 왕은 신과 동급이었고 신은 오직 하나라는 강박 관념도 없었다. 로마 황제들에게 극심한 박해를 받았던 기독교는 313년 콘스탄티누스 황제의 밀라노 칙령에 의해 공인되었고, 380년에는 테오도시우스 황제에 의해 로마 제국의 국교로까지 승격되었다. 제국의 황제가 기독교를 받아들인 것은 정치적인 이유가 지배적이었고 그 후 천 년의 로마제국은 그 명을 다했다. 트럼프 역시 정치적인 이유로 이스라엘의 수도를 예루살렘으로 인정한다며 미 대사관을 옮길 것이라고 했다. 팔레스타인 무장 정파 하마스는 '트럼프가 지옥의 문을 열었다'며 분노하며 저항하기 시작했다. 그 뿌리에는 역사적인 두 사건이 웅크리고 있다. 바로 이슬람의 탄생과 발전 그리고 십자군 원정이다.

이슬람은 역사상 가장 빠른 속도로 전파되어 세상에서 가장 강력한 종교 중 하나가 되었다. 어디 그뿐인가. 사막에 갇혀 이름 없이 지내던 아랍인은 이슬람으로 인해 사막 밖으로 나왔고 거대한 제국을 창건한 민족들의 명단에 이름을 올렸다. 낙타를 타고 장사를 하고 양 떼를 몰던 베드윈들은 한 손에는 칼을 들고 한 손에는 코란을 들어 아랍을 뛰어넘어 페르시아인, 투르크인, 아시아인 등에게 전파되었다. 한편 이슬람이 탄생한 지 거의 5백 년이 지나 발발한 십자군 전쟁은 기독교와 이슬람 간의 관계를 영원한 갈등과 대립의 관계로 규정지어 버렸다. 십자군 원정이 있기 전까지만 해도 두 종교가 그리 적대적은 아니었다. 칼리프 국가 시절 아랍인은 점령지의 기독교도에게 종교의 자유를 허용하면서 이슬람 제국의 신민으로 지내도록 했다. 제국의 팽창 시에도 그리고 팽창이 멈춘 후에도 두 종교가 심하게 충돌한 적은 거의 없었다. 이러한 관계는 1096년 십자군 기사들이 콘스탄티노플을 향해 출발함으로써 근본적으로 바뀌게 된다. 사실 십자군 원정은 단순히 종교적인 목적으로 인해서만 발생한 사건은 아니었다. 당시 유럽의 정치적 상황과 중동 정세 그리고 모험가들의 충동과 영토와 부를 차지하려는 일부 야심가들의 탐욕이 복합적으로 작용하여 일어난 사건이었다. 그러나 이유야 어떻든 자부심이 강한 이민족의 영토에 침입하여 2백여 년 동안이나 그들의 심장부를 지배하고 수많은 전투로 많은 인명을 앗아갔으며 이슬람인의 가슴에 깊은 상처를 남긴 이 사건이 세월이 흘렀다고 해서 그들의 뇌리에서 완전히 사라졌다고 볼 수는 없다. 십자군 전쟁이 발발하기 전까지 중동은 자신의 문명에 도취되고 자만과 아집에 빠져 외부와의 타협을 거부했고 유럽은 유연하게 중동의 문명을 흡수하여 이를 발전시켜 나갔다. 이것이 유럽과 중동의 결정적인 차이였다.

척박한 강줄기에서 문명이 시작되었던 것처럼 당시 유럽은 아랍에게 열등한 문명을 이루고 있었으나 봉건적이었더라도 안정적이고 효율적인 정치 환경을 만들어 가는 능력이 있었다. 왕의 권한에도 제한이 있었으며 권력 승계는 힘이 아니라 합의로 이어졌다. 그러나 무슬림은 이와 정 반대의 길을 걸어왔다.

길을 이야기하려다 정치사를 기웃거렸다. 지난달 요르단에 다녀오면서 길의 의미를 다시 생각했을 것이다. 오래전 사막에는 여럿의 상징적인 길이 있었다고 했다. 셋 중에 하나의 길이 향료길이다. 아랍의 남부인 예멘이나 오만에서 생산되었던 몰약 등을 이스라엘 등까지 옮겨가는 길, 물론 인도의 향료와 중국의 비단도 마찬가지다.

실크로드의 저 유명한 부자 도시들, 부카라, 사마르칸드, 머브. 그리고 모로코의 마라카시 같은, 산지에서 100원이었다면 사막의 길을 건너면 그 열 배, 백 배까지 값을 받을 수 있었으니 부자가 되었던 것이다. 그들은 길과 물이 있는 곳을 알던 중개무역상으로 위대한 도시를 만들 수 있었을 것이다. 그중의 한 곳이 페트라이다. 희미한 역사로만 남아 있는 나바티아인들이 만든 도시, 〈인디아나 존스〉라는 영화에서 나치에 맞서 예수의 성배를 찾으러 나선 존스 박사처럼 잠깐 영상으로 보았던 숨겨진 협곡의 도시 페트라를 찾아 나섰던 것인가. 인간의 발상과 공력으로 만들었다는 것을 믿기 어렵다는 새롭게 말하는 일곱 군데 중의 하나인 곳이다. 페트라(Petra)는 그리스어로 '바위, 반석'이라는 뜻이다. 페트라는 고대 에돔의 도시였으며, 나바테아 왕국 수도로 크게 번영하다 로마에 복속되었고, 이제 전설로만 남아 있다. 긴 협곡을 따라 내려가면 정면으로 나타난 알카즈네 신전, 붉은빛이 도는 바위산을 통째로 깎아 기둥을 만들고 기마상을 새기고 독수리를 조각한 것인지? 고대 그리스의 석공들이 사막의 길을 건너 이곳에 왔던 것일까? 나는 말과 글로 표현하는 것에 한계를 가졌을 뿐이다.

  한 마리 산짐승처럼 무심해지듯, 허기에다 갈증까지 물을 마시기 위해 무릎을 꿇는 순간 돌 틈 사이로 끼어 있던 산양의 무참한 흔적, 가파른 벼랑의 바위돌들도 피아노의 음반을 두드리듯 가볍게 건너다니는 짐승이 왜 이곳에 이 모습인가? 옮겨 개울 언덕에 돌무덤이라도 해주고 싶었던 건 마음뿐. 이제 긴 개울 길은 끝나는 것일까. 1용소는 얼음으로 덮여 있었지만 깊이를 가늠하기 어려워 볼수록 물속으로 끌어들이는 듯. 이윽고 넓은 분지가 나타나면서 마을의 흔적이 나타나고 다섯 시간 만에야 외딴집에 노부부를 만났으니 또 다른 반가움이었다. 빈속으로 산을 내려왔으니 문 닫은 산장의 늙은 여인에게 한참을 읍소하여 라면 한 그릇을 부탁했더니 찬밥은 덤이었다. 하지만 아직 가야 할 길은 또 남아 있었다. 가야 할 길이 남아 있다는 것은 때로 짧은 절망이었고 살아갈 날의 축복이었음을.

영월 기행

피서(避暑), 본디 '더위를 피한다'는 뜻이지만 또 다른 의미로 '서울을 피한다.'라는 의미를 가지고도 있다는. 직장 업무상 여름 한철 울어 대는 매미처럼 징징거려야 하니 피서를 위한 휴가를 가질 수는 없었고 서울을 잠시 피하여 떠났다.

영월!

김삿갓으로 더 알려진 김병연의 고향? 그곳이 그의 고향은 아니었고 그가 살았고 묘가 있었으므로, 심지어는 '면'의 행정구역상 명칭(김삿갓면)을 바꾸기도 한 곳이다.

평안도 지방의 차별과 세도 정치 타도를 외치며 봉기한 홍경래의 난에서 김병연의 조부였던 선천방어사 김익순은 반란군에게 투항하여 벼슬까지 받았다. 하지만 관군에 의해 난을 진압 후에는 역적에게 항복한 대역죄인이 되어 능지처참 형을 받았고 조모 전주 이씨는 광주의 관비로 축출되었다. 3족을 멸하는 명이 내려질 무렵, 김익순의 아들인 김안근은 곧 닥치게 될 멸문을 피하려고 세 아들의 맏이인 7살 된 병하와 둘째인 병연은 노복 김성수의 등에 업혀 황해도 곡산으로 피신하였다. 그리고 부친 김안근은 남해로 귀향 갔고 모친은 셋째 병호를 데리고 여주 이천으로 피신하였다. 순조 때 세도정치의 중심에 있는 안동 김씨의 방계 친척인 영안 부원군 김조순의 둘째 아들인 김좌근이 삼족을 멸하는 명을 거두게 하여 폐족으로 감형시켰으나, 부친은 지병으로 죽었고, 모친 함평 이씨는 식구 모두를 데리고 역적 집안이라는 세인의 괄시와 천대를 피해 영월의 산골짜기로 숨어들었던 것이다.

김병연의 모친은 영특한 둘째 병연으로 하여금 학문에 열중케 하였으나, 지방 관아에서는 대역죄를 진 죄인에 대한 감시와 천대가 끝없이 이어졌다. 고을에서도 소문이 퍼져서 생계를 유지할 만한 일을 찾을 수 없어서 장남 병하는 장돌뱅이가 되어 생계를 꾸려 나가다가 결국 산속으로 들어가 밭을 일구면서 농사짓는 일을 하면서 비참한 생활을 이어갔다.

　성인이 된 병연은 영월 동헌에서 실시한 백일장 시제인 '논 정가산 충절사, 탄 김익순 죄통우천(論 鄭嘉山 忠節死, 嘆 金益淳 罪通于天)'에서 정가산의 충절을 기리고, 조부를 호되게 비판하여 장원이 되었으나, 모친으로부터 할아버지가 대역죄인으로 능지처참형을 받았다는, 기막힌 현실을 전해 들어야 했다. 병연은 자신의 한계를 탄식하듯 와석리로 옮겨 은둔 생활을 하다가 아들 학균을 낳은 뒤에 상경한다. 이름도 바꿔 권문인 안응수의 문객이 되어 출세를 도모했을까. 장안의 소문으로 비상한 문객이 병연이란 걸 안 김좌근은 그를 불러 '멸족을 면하게 해 줬으면 이제 근신하면서 죽은 듯이 없는 듯이 살아가라.'며 호통쳤다. 그는 25세에 하늘을 볼 수 없는 죄인이라 자책하며 삿갓을 쓰고 죽장 짚고 방랑길에 올랐다. 그리고 김삿갓(김립)이라는 별호를 얻고서 전국을 방랑하며 여러 기인들과 교우하면서 술 마시고 기생들과 어울리면서 숱한 기행과 더불어 자연 경관이며 세도가를 비판하고 고통과 절망 속에 사는 민초들의 애환을 담은 많은 시를 읊었다. 그렇게 물 따라 바람 따라 흐르다가 철종 14년, 56세로 전라도 화순 땅 동복에서 파란만장한 생을 마감하였다. 몇 년이 지나서 아들 익균은 유해를 영월군 하동면 와석리 노루목으로 이장하였으니 영월하면 김삿갓의 고향으로 연상되기도 하는 연유였다. 결코 끊어 낼 수 없는 운명 같은 천륜에서 절망하고 좌절해야 했던, 삶을 가혹하게 얽어매는 속박 속에서 그 뜻을 펼치지 못하고 간 그 파란만장한 삶을 추모하기 위한 것인지, 그의 이름을 빌려 첩첩한 산으로 둘러싸인 고을을 세상에 알리기 위한 그 무엇이었던지…….

그보다는 비운의 왕이었던 단종의 유배지로도 알려진 곳이다.

그해 오월, 청령포에 도착했을 때 그때의 심경은 아직도 선연한데, 오월이라 연초록 눈부신 신록은 번져 가는데 서강 건너 소나무 숲은 차갑고 음습한 기운이 그곳을 흐르는 강물처럼 맴돌고 있었던 것. 강을 건너기 위해 일행들은 배에 오르는데 나는 한동안 그 자리를 벗어날 수가 없었다. 돌아와서 '슬픈 이별'이라는 글을 지었고 비감함을 돌아보듯 그중 일부를 옮겨 본다.

'청령포에서 서강은 가파른 육육봉의 절벽을 휘감아 돌아서 흐른다. 휘돌아 흐르는 물은 천천히 여유로웠고 너른 둔치 건너로 울창한 소나무 숲이 낯설도록 이채롭게 다가선다. 그 소나무 숲은 원래로 그러하였던 것처럼 자연적인 모습은 아니었다. 화사한 봄볕에도 자지러지는 생명의 환희가 보이지 않았고 주변의 풍경들과 대비되도록 봄날의 들뜸도 보이지 않았다. 그 모습은 전설처럼 음습하고 낯설도록 처연한 엄숙함이었다. 태어나면서 어머니(현덕왕후 권씨)

를 잃었고 병약했던 아버지 문종이 승하하면서 어린 나이에 단종의 칭호로 왕위를 물려받아야 했다. 요즘으로 치면 초등학교에나 다닐 12살 어린 소년이었다. 자신의 의지와는 무관하게 입혀진 곤룡포는 어린 그에게 너무 두렵고 무거운 옷이었다. 주렴으로 발을 치고 자신을 대신해 청정한대도 큰 흉이 되지 않던 시대였지만 조모도 어미도 이미 이 세상 사람이 아니었다. 그러하여 그에게 씌워진 익선관은 권위가 아닌 야만을 부르는 모자였고 그가 입었던 곤룡포는 권세가 아닌 필연처럼 비극을 부르는 옷이었다.

주변 강대국의 눈치를 기웃거려야 했던 역사는 피할 수 없을 숙명 같은 것이었고 그것은 지금도 길게 이어지는 슬픈 역사로 마찬가지였다. 어린 소년에게 입혀진 곤룡포는 본인은 물론 주변국이나 신하들에게도 불안하고 위태한 것이었다. 명은 대국으로 군림하며 간섭까지 할 수 있을 속국으로의 안정된 왕권이 필요했고, 신하들은 자신들의 권력을 보호해 줄 안전한 중심축이 필요했을 것이다. 오늘날도 예외가 아니듯이 권력은 파벌 속에서 흥하고 파벌 속에서 망하기도 한다. 파벌의 견고한 울타리는 권력을 지키고 재생하는 필요악처럼 존재하고 어린 지존은 그 파벌의 중심축에는 결코 들 수 없었다. 역사적인 평가는 차치하고 조카를 대신하여 왕의 숙부 수양대군은 그 중심축으로 나서는 오욕의 길을 자청했다.'

그곳을 가려면 박달재를 지나야 한다. 예전에는 구불구불 긴 산길을 돌아가는 재를 넘어갔는데 이제는 깜깜한 터널로 금세 지나간다. 과거 보러 가던 선비를 챙겨주었던 금봉이라는 처자의 애달픈 사연은, 그 노랫말로 흥얼거려도 보지만 울림도 없이 터널 속으로 묻히어 사라져 간다. 더 많은 시간을 잡아낸다며 굴을 파내고 나무들이며 들꽃 피던 산야를 허물어가는 인간들에 대한 슬픈 응보이기도 할 것이다.

청령포는 언제나 왕이기 전에 한 소년의 비애가 여전히 강물처럼 돌아 흐르고 있다. 그곳을 돌아 나와 일행들은 계곡에 머물렀지만 혼자 산길을 올랐던 건, 가파른 비탈에 불을 지르고 거친 산야를 일구며 살았던 옛 산골 사람들의 흔적을 찾아보기 위한 마음도 있었다. 아직 경작되고 있는 공간으로 잠시 그 척박한 삶을 기웃거려 보기도 했지만 흐르는 땀에 마음은 기운 밭고랑처럼 가파르기만 했다. 산을 내려와 개울물에 발을 담그고 배낭에 넣어 온 책을 읽었다. 얼마 전에 회사에서 가까운 식당에 들렀을 때 기다리면서 책꽂이에서 빼내 그곳에서 다 읽지 못하고 빌려 온 책이었다. 실크로드 1만 2천km를 걸어서 여행했던 프랑스인 베르나르 올리비에가 쓴 『여행』이라는 제목의 책, 오래전에 읽었던 책이었지만 많은 독자들이 '이미지를 풀어 놓아라.'는 요청에 다시 시작한 여행의 후기 같은 내용이었다. 그는 '다른 사람들처럼 여행하는 것'은 자신의 취향에 맞지 않았다는, 모터가 달린 차가 싫고, 주유소가 싫고, 기계, 속도, 소음, 무관심과 익명성이 떠도는 커다란 도로가 싫다. 숨을 쉬고 살기 위해 네게 필요한 것은 느림이고, 무엇이든 스스로 결정할 수 있는 능력이고, 풀 길을 따라 어슬렁거리며 몽상에 젖는 것이다.

탁족이라는 말의 의미를 생각하지는 않았을 것이다. 탁족(濯足)이란 굴원(屈原)의 <어부사(漁父辭)>에 "창랑의 물이 맑거든 갓끈을 씻고, 창랑의 물이 흐리거든 발을 씻는다(滄浪之水淸兮 可以濯吾纓 滄浪之水濁兮 可以濯吾足)."는 말에서 유래한 것으로, 세속의 모든 근심을 잠시 내려놓고 자연의 품에 안겨 안일의 여유를 즐긴다는 의미라지만 산을 내려온 계곡의 개울물은 발을 담그는 것이 부끄럽도록 맑고 차가운 느낌이었기 때문일 것이다. 강물처럼 흐르는 하늘이 시원처럼 흐르는 물에 들어왔고 쉬리들이 살갗을 간지럽히는, 미움과 두려움, 원망이 없는, 이 세상의 온갖 평화와 충만이 작은 웅덩이를 돌아가듯 느리게 우주에 가득한 시간처럼 흐르고 있었다.

나의 자리가 중심에서 벗어난 변방임을 받아들이는 것, 그 중심의 의미가 무엇이든 간에 중심에서 멀어진다는 것은 견디기 어려운 것이다. 중심에 있는 듯, 중심에서 멀어지지 않기 위하여 일부러 배를 곯는 이를 목도하면서도 그른 것을 그르다 말하지 못하는 것도 마찬가지, 나의 자리가 중심에서 벗어나는 것을 받아들인다는 것은 세상의 중심이 내 안에 있다는 결기가 잡힐 때 가능한 일이다.

다음날 새벽 강가에 나갔을 때 간밤에 비가 흩뿌리고 지나간 가을 하늘은 깨끗이 닦은 유리창처럼 맑고 투명했고 강물은 순하게 흘렀다. 천천히 강을 거슬러 달리기 시작했다. 아무도 없는 길을 달리는 것, 중심에서 벗어난 변방과는 무관한 행위이다. 성취감이라든가 하는 의미를 찾아내려고 달리던 때도 있었지만 이제 무의미로 빠져들어 간다. 의미는 중심성과 깊은 상관이 있는 것일까. 여지없이 불의와 누추함이 점철된 세상이 물레방아처럼 돌아가는 것도 끊임없이 중심에 도달하려는, 삶의 의미를 추구하려는 자들이 세상의 중심을 이루고 있기 때문이기도 하다. 뜬금없지만 유일신론을 주창하게 된 것도 중심성과 깊은 상관이 있을 듯싶다. 중심성은 인간의 본성과도 같은 욕망과 깊은 상관을 이룬다.

세상을 떠돌던 공자와 제자들이 오랫동안 굶주려 길 위에서 일어날 기력도 없는데 그 와중에 조용히 거문고를 뜯고 앉은 공자에게 자로가 따졌다.

"스승님, 군자도 궁할 때가 있습니까?" 배고픔에 지친 제자의 공격적인 질문에 공자는 지극히 짧고 담담하게 대답한다.

"군자는 원래 궁한 법이라네. 소인은 궁하면 흐트러지는 법이지." 궁한 내 모습은 군자였으나 다리를 절룩거리며 흐트러지는 내 모습은 별수 없이 소인이었다. 그러나 내가 서 있는 곳이 변방임을 받아들이는, 그런 소인이기를 염원하는 가을날이었다.

검룡소에서

산골짜기에서 모이거나 들에서도 모인 작은 물줄기도 아래로 아래로만 흘러내려 강을 이룬다. 우리네 삶도 그런 게 아니던가. 손을 맞잡고 어깨를 맞대고 흘러가는 게 인생인 거다. 강물은 흘러야 하는 숙명이어서 거슬러 오르거나 한 눈으로 샛길을 더듬을 수도 없었을 거다. 언제일지 바다를 만나는 것만은 예정된 우연이었듯 우리네 인생도 바다는 생의 종점이리라. 너를 만났던 것도 그랬던 것일까? 하지만 아래로만 흐르는 물줄기와는 달랐으니 가끔은 거슬러 오르려 했고 샛길을 찾아 한 눈도 팔았을 거다. 어두운 밤길에 길을 더듬거나 두 갈래 길에서는 한 곳을 정하는 데 소리도 요란했고 잡았던 손을 내려놓기도 했던 듯.

  태백(太白)은 태백성, 매우 밝은 별이라는, 금성을 의미하기도 한다. 그 연원처럼 태백에는 천제단이 있는, 삼신산의 하나로 예로부터 영산(靈山)으로 추앙받았던 태백산이 있고 낙동강의 발원지인 황지연못 그리고 한강의 발원지인 검룡소가 있다.
  한겨울 태백에 갔던 길, 낙동강의 시작인 황지에 들렀다가 남한강의 발원지인 검룡소에도 다다르고 싶었기에 한적한 눈길을 올랐다. 인적도 없는 길, 눈을 밟으며 경쾌한 소리가 나도록 오르는 길이 천진한 아이처럼 가벼웠다. 물박달나무며 이깔나무 숲이 봄을 기다리며 눈밭에서 차가운 발돋움을 하고 있었다. 검룡소로 가는 길, 검룡은 공룡의 일종이라지만 이무기라 하고 이무기가 살고 있다는 소(沼)이다. 소(沼)는 못과 비슷한 모습이지만 인위가 아닌 흐르는 물에 자연스럽게 생겨난 것이라 해야 하나. 검룡소는 여름이면 야생화로 유명한 금대봉골에 있는 소(沼)로 흐르는 물이 만든 소가 아닌 물이 솟아오르는 곳이다. 금대봉 기슭의 여러 샘들이 다시 스미어 이곳으로 모이고 하루 2천 톤 이상의 물이 석회암반에서 용출되는 곳. 이곳에서 천삼백 리로(515km) 이 골, 저 골의 물과 만나 서해까지 흘러든다. 오랜 세월 한강 발원지는 오대산 우통수로 알려져 왔으나, 인공위성으로 촬영한 지도상의 거리를 측정한 결과 우통수보다 약 27km 상류임이 확인된 태백의 검룡소가 1987년 국립지리원으로부터 한강 발원지로 공식 인정받은 곳이다.

전설 따라 삼천 리, 옛날 서해에 살던 이무기가 용이 되고자 한강을 거슬러 올라왔다고, 이무기는 가장 상류의 소를 찾아 이곳에 이르러 그 연원임을 확인하고, 이 소에 들어가 용이 되어 승천을 위해 몸부림을 친 흔적이라고도 한다. 이곳의 물은 사계절 섭씨 9도 정도이며 주위의 암반에는 겨울에도 물이끼가 푸르게 자라 신비한 모습을 자아낸다. 이 물은 정선의 골지천, 조양강, 영월의 동강, 단양, 충주, 여주 남한강으로 흘러 양수리에서 북한강과 합류하여 서울을 지나 김포에서 다시 임진강과 합류한 뒤 서해가 된다.

잠깐의 틈으로 나선 길이니 주차장에서 오리가 안 되는 짧은 눈길이 다소 멀다고 느꼈지만 소(沼)에 이르렀다. 소(沼)에서 솟아오른 물이 시작되는 곳에서 흐르는 물소리가 맑고 천진했다. 노자의 도덕경에서 상선약수(上善若水)라 했듯이 세상에서 으뜸으로 선한 것이 물이라는 것을 다시 한 번 느끼고 체감하기도 했다. 눈을 헤치고 차가운 겨울을 즐기듯이 푸른 물이끼로 먼 태고의 신비를 마주하면서 물소리처럼 잠시 천진한 아이가 되었을까. 미세먼지의 뿌연 암울한 하늘도 잠시 지우고 자연의 신령과 신비, 생명과 존재의 근원을 생각하며 침입자에 사라져 간 인디언들이 가졌었다는 자연의 의미를 생각했다.

'자연은 정복의 대상이 아닌 잠시 빌려 쓴다'는, 언젠가 돌려주어야 하는 신의 선물이라고 생각한다면 어떠할까. 처음 아메리카 대륙에 이주했던 이들은 야생의 자연에 적대적이었고 정복의 대상으로 삼았다. 그러니 자연 속에 사는 인디언들도 그러했을 것이다. 개인의 소유가 아니었던 광활한 대지는 인간의 노동을 통해 생산적인 사유 재산으로 바뀌었고 주인이 마음대로 사용하고 처분할 수 있는 물질로 전락하였다. 이때 자연은 신비와 성스러움이 사라지고 효율성의 가치로만 존재할 뿐이다.

사람도 자연의 일부라는, 언제나 살아있는 게 대지라는 생각으로 검룡소의 신령함과 신비에 빠져 언젠가의 이무기처럼 잠시이지만 검룡소의 샘솟는 물에 빠져들어야 했다.

남도 기행(3)

고흥은 옛 지명이 흥양, 판소리 단가인 호남가 중에도 나온다.

"흥양(興陽)의 돋은 해는 보성에 비춰 있고" 이처럼 고흥은 해가 일찍 뜨고 햇살도 좋아 넓은 바다와 들녘의 산물도 풍부한 곳, '흔들리지 않고 피는 꽃이 어디 있으랴'라는 단지 관념적인 시의 한 구절이 아니라 힘세고 순결한 원형들의 본질, 본성을 말하는 것이리라. 그 본성은 소리, 신명. 흥으로도 피어나는 꽃일 게다.

판소리가 문학이고 음악이고 연극이라면 이야기와 소리, 흥을 따라 판을 펼쳐보겠다는 힘세고 순결한 신명과 흥을 따라 배우던 시절, 고흥과 판소리 성지가 있는 보성 일원의 먼 남도로 나선 길이었다. 삶의 희로애락을 걸머지고 중년의 고개를 넘어가는 이들이 여전히 고된 일터의 시간을 마무리하고 함께 모여서 따라 부르고 어두운 밤길 집으로 돌아가면서도 흩어지는 소리들을 불러 모았을까. 남도로 가는 먼 길, 버스 안에서도 소리들이 내내 따라왔으니 점심나절 고흥 땅이었다.

"싸게싸게 가지 말고 싸목싸목 살펴 가세요.", 언젠가 고흥에서 내건 현수막의 내용이었을 듯, 남도의 푸짐한 밥상을 받고 먼저 도착한 곳은 나로우주센터 우주과학관이었다. 불과 며칠 전인 지난 6월 21일 순수 국산 기술로 만들어진 우주 발사체 누리호(KSLV-Ⅱ)가 우주로 날아오른 역사적인 현장이었다. 이로써 우리도 '뉴스페이스(New Space)' 시대에 독자적 발사체를 우주로 쏘아 올린 7번째 나라로서 미국·러시아·유럽 등의 우주 강국과 어깨를 나란히 하게 됐다. 이제 고흥은 우주항공산업의 중심지로 도약할 수 있게 되

었으니 나의 표정도 먼 우주를 향하듯 야외 공원에 서 있는 누리호
와 과학 로켓 등 모형 앞에서 사진을 찍고 과학관 내부에서 아이들
처럼 호기심 어린 눈빛으로 각종 전시물과 영상물들을 관람했다.
너울거리듯 울창한 해송 숲을 따라 청정한 몽돌해변, 울안으로 익
어가는 노란 열매는 살구인 듯 그러나 낯선 비파 열매를 촌노에게
서 한 바구니를 선뜻 사서 나누었다. 살구인 듯 아닌 게 조롱조롱
익어간 비파 열매, 사철 푸른 이파리의 모양이 중국의 현악기인 비
파를 닮았다는 듯 천자문에는 이렇게 '枇杷晚翠(비파만취)하며 梧桐
早凋(오동조조)이라'고 쓰여 있다. 비파나무는 겨울이면 꽃이 피고
푸르며, 오동나무는 가을이면 제일 먼저 잎이 떨어진다는. 울안으
로 낯선 비파가 익어 가던 마을에 들러 사진을 찍는다며 열매도 두
어 개 땄다. 처음 맛본다는 기대였을까? 향긋함에 달착지근함도 베
어 물었지만 매혹적이던 모양을 기억에서 물리치듯 밋밋했다.

　고흥군 도화면 가화리 화옥 마을, 판소리를 지도하는 이의 고향
마을, 산굽이를 돌아 옴팍한 포구를 품은 아늑한 마을은 예전에는
배를 타고 오가야 할 정도로 외딴 포구였다고. 포구까지는 버스가
닿을 수 없어 마을을 걸어 내려가는데 그의 노모인 듯, 멀리서 아
들의 제자들이 찾아온다는데 아무 치장도 없이 숨기듯 피어나는 미
소를 머금은 채 멀리서 온 손님들을 맞아 주셨다. 오래된 팽나무
아래 평상에 마을 사람들의 손님 대접처럼 투박하게 수박 접시를
나뉘고 한바탕 판을 펼쳤다. 북채를 잡은 선생의 손은 나비처럼 나
풀거리고 수련생들이 펼치는 판은 신명과 흥이 가득했으니 오랜만

에 마을의 노인들이 어깨춤에 점잖은 평상도 흥이 나서 삐걱거리듯 소리를 냈고 잔잔했던 파도도 소리를 냈다. 소리를 향한 꿈은 언제부터 피어나기 시작했을까? 아버지로부터 내려 받듯 어린 시절부터였다고, 판소리의 성음을 강조하며 하셨던 한마디는 그랬다고 했다.

'하단전에 모여진 기세를 독맥을 따라 끌어올려 검투사가 칼을 등에서 뽑아내듯 소리를 뽑아내고 그 기세를 정확한 입 모양과 발음을 만들어 소리로 쏟아 내되, 다른 한편으로는 올라온 기운을 임맥을 통하여 하단전으로 내려 주어 기운을 축적시켜야 한다.'고 하지만 그 날 그곳에서는 의식하지 않아도 되었다.

고향 포구를 지키는 팽나무처럼 선생의 어머니가 오래오래 건강하시기를 염원하며 마을을 돌아 나왔다. 저녁 식사는 참장어 무침이 주메뉴였다. 대부분 낯선 메뉴였지만 깔끔하고 알싸한 맛이 일품이었다. 다시 수련회 저녁 일정이 남아 있었다.

첫째 날의 일정을 마치고 숙소로 도착한 곳은 너른 벌판이 펼쳐진 마을의 민가였다. 판소리 공부방에서 겨우 '화초장', '진도아리랑'이나 따라 부르다가 이사하면서 그마저도 그만두었으니 수련회의 여정에 적응하기가 그랬을까, 저녁 공부가 시작되었는데, 들판 길을 따라 뚝방 길로 나왔을 때 너른 폭을 가진 수로의 물이 민물인지, 짠물인지도 구분이 가지 않았다. 수로에 머문 듯 흐르는 물과 서걱거리는 갈대가 숲을 이루며 바람에 흔들렸다. 저무는 석양빛에 윤슬이 나풀거리는 물결에 그 서정적인 풍경이 섬뜩할 정도로 음습한 낯선 이질감이었으니 돌아와서도 가끔 그 풍경들이 돌아 나오곤 했다.

건너편의 마을은 무인도였던 오마도, 지금은 뭍이 되어 오마리였다. 이청준의 소설 「당신들의 천국」 이야기의 무대. 5·16 직후인 1962년 소록도 병원장으로 부임한 주인공 조백헌 대령은 소록도 앞바다를 메워 300만 평의 간척지를 조성한다는 야심 찬 매립공사에 착수한다. 예산이나 장비가 있는 사업이 아니었다. 모든 것을 수용자들의 노력 봉사에 의존한 무리한 계획이었다.

"형식만 있었을 뿐 원생들의 진정한 선택이 있을 수 없었던 그 마지막 정착지로서의 천국, 그것은 원생들의 천국이 아니라, 일방적으로 그것을 점지해 주고 싶어 하신 원장님이나 그런 생각을 가진 분들의 천국일 뿐입니다." 천국 건설에 협조할 수 없다고 섬을 탈출한 부하 직원의 편지 형식을 통하여, 작가는 그것이 왜 소록도 사람들의 천국이 될 수 없는지를 역설하였다.

바로 그곳이었다. 한센인들이 가진 작업 도구란 손과 손수레가 전부, 이들은 맨주먹으로 돌멩이를 날라 바다를 메우는 작업을 했다. 바다는 유난히 펄이 깊었다. 만조 때는 수심이 8m나 됐고 30m짜리 철근이 다 들어갈 정도, 흙과 돌을 퍼다 붓고 하룻밤 자고 나면 밀물이 그 흙을 육지 쪽으로 몰아붙이면서 해안선 앞쪽에 작은 산이 생겨났고 그러면 허물어서 다시 바다에 퍼붓고, 또 허물어 바다에 퍼붓고를 반복했다. 시린 바다를 달려온 바람에 겨울이 가장 힘들었고, 손이 다 터져서 손가락을 구부릴 수도 없었을 정도였다. 하지만 뭍의 사람들은 한센인들이 소록도에서 나오는 것을 결사반대했고 당시 정권은 선거를 의식해 이를 수용했다고 해야 하나, 작업이 진행되어 가는 중에 태풍이 와 허물어지고 정치가 개입되면서 공사가 중지되고 한센인들의 꿈도 허물어졌다. 사회에 아무런 해도 끼치지 않고 자립해 보려던 한센인들에게 정부와 성한 사람들이 도와주기는커녕 그들의 마지막 삶의 희망을 빼앗았기 때문이었다.

그 피맺힌 역사의 현장도 제대로 기억하지 못하는 무뢰한 여행자에게 그 서정적인 풍경이 섬뜩할 정도로 낯선 이질감을 주었던 것은 무엇이었을까? 수로의 갈대들도 서걱거리며 항변하듯 그랬을까, 그래, 당신들은 천국에서 행복하십니까? 그렇게 되물으면서 완도에서 군 생활하던 중 소록도에 다녀갔던 생각이 돌아 나왔다.

행정구역상 고흥군 도양읍, 지금은 연륙교로 섬을 건너가지만 당시는 친근한 지명인 녹동포구에서 배를 타고 5분 정도 건너가야 하는 했던 곳, 지금도 옛 소록도 포구에는 그 기억을 상기시켜 주려는 듯 배 한 척이 뭍에 올라와 있었다.

푸른 바다와 축복 같은 연초록 대지, 우거진 송림의 풍경을 담은 작은 사슴을 닮은 듯 아름다운 섬, 그러나 그보다는 저주 같은 天刑이 내린 가엾은 인간들이 내쳐진 모양으로 더 알려진 섬, 지금은 관광지처럼 병사(病舍) 지역을 제외하고는 자유스럽게 드나들지만, 그 당시는 일 년에 한 번 개방하는 곳이었다. 그것도 일정 지역을 제외하고는 들어갈 수 없는 곳이었는데 유니폼에 각을 준 모자를 내려 쓰며 때를 쓰다시피 눈부신 햇살 속으로 걸어 들어갔던 길, 그곳에 중앙 공원이 있었다. 일본 등 외국에서 들여다 심은 나무들로 너무나 아름다운 공원이지만 환자들을 강제 동원해 만들어진 공원, 그곳의 돌 하나까지도.

'이 더러운 문둥이 새끼들, 썩어 문드러진 몸을 아껴선 뭘 할 테냐?' 주변의 섬에서 배로 옮겨온 돌들을 더 갈 데도 없을 것 같은 저주 같은 욕설을 들으며 '메도 죽고 냐도 죽는' 극단의 고통을 감내하며 어깨에 피멍을 새겼을 가엾은 이들. 과연 누구를 위하여 아니 누구를 위한 지상의 천국을 꿈꾸며 성치 못한 이들을 짐승처럼 내몰며 이곳에 이토록 아름다운 공원을 만들어 낼 생각은 하였는지. 서 있지 못하고 누워 있는 한하운의 시비. 가늠할 수 없는 좌절과 절망을 그리고 채 피워 내지 못한 인생의 꽃숭어리를 씹으며 절규처럼 시인은 보리피리를 눈물로 지어내었을 것이고…….

"보리피리 불며 봄 언덕/ 고향 그리워 피-ㄹ 닐리.//보리피리 불며 꽃 청산(靑山)/ 어린 때 그리워 피-ㄹ 닐니리.//보리피리 불며 인환의 거리/인간사 그리워 피-ㄹ 닐리리.//보리피리 불며/ 방랑의 기산하(幾山河) 눈물의 언덕을 지나 피-ㄹ 닐리리."

('보리피리' 전문)

한 자 한 자를 읽어 내리며 나는 한동안 무릎을 꿇어야 했다. 얼마간의 사치스런 감정이었을지라도.

　하늘이 내린 벌(天刑)이었으니 소록도 섬에 갇혀야 했을까? 녹동항에서 배를 타면 5분이었으나 다시는 돌아 나올 수 없을 위리안치(圍籬安置)였을 거다. 인간이 인간에게 내리는 잔인한 형벌이었다. 이제는 뱃길이 끊긴 포구에서 발길을 돌려 1시간여를 걸어 높다란 소록대교도 건넜다. 이제는 국립 소록도병원 문전에서 한갓 여행자처럼 무심코 발길을 돌려야 했을까. 진달래 피는 봄날이면 어른들이 정색을 하며 '꽃 따러 산 너머 가지 마라, 용천배기가 간을 빼먹는다.'던 편견의 말들이 뱃길이 없어지고 다리를 건너는 지금도 가지고 있는 듯해 다시 돌아오는 길에 주머니에 챙겨온 한하운의 시 한 구절을 서럽게 암송했다.

　가도 가도 붉은 황톳길
　숨막히는 더위 속으로
　쩔름거리며 가는 길
　버드나무 밑에서 지까다비를
　벗으면 발가락이
　또 한 개 없어졌다.

초록의 너른 들판이 펼쳐진 대지의 아침 공기는 신선했고 녹동항으로 더 알려진 도양읍으로 이동, 아침 식사를 했다. 수련회였으니 다시 녹동항에 조성된 인공섬, 바다 공원으로 향한다. 다소 더위를 느끼기도 했으나 한 시간여 소리 공부는 푸른 바다처럼 청청했다. 이어서 행정구역상 고흥군 금산면, 거금도로 가는 길은 소록대교를 지나 들어가야 한다. 박치기왕 김일 선수가 태어난 곳으로 알려진 곳이지만 동초 김연수 대명창이 태어난 곳, "창극 발생 초기부터 창극단에 들어가 창자, 연기자, 대본가, 연출가, 기획가로 맹활약하고, 창극의 인기가 급격히 낮아져 존멸의 위기에 처했을 때, 국립창극단을 주창하여 초대 창립단장으로서 창극의 맥을 이어 현재까지 전승, 발전시킨 공로"가 있으며 제자 오정숙을 가르쳐 '동초제'가 오늘날 판소리계에 가장 큰 영향력을 미치는 유파로 성장시킨 업적으로 인정받고 있으니 그를 기리며 선생의 묘소를 참배하러 가는 길, 유년 시절 유성기를 통해 소리 공부를 했고 당대 최고 라이벌이던 임방울 명창과의 일화까지 동편제의 호탕함과 서편제의 애잔함을 섞은 동초제라는 산맥을 이루어 냈다는 설명을 듣고 묘소 앞에서 잠시 머리를 숙였다. 스승의 소리를 계승 발전시키고 묘를 고향으로까지 옮겼던 수제자 오정숙 명창은 그 아래 스승을 올려다보며 누워 있었다.

이제 수련회의 마지막 여정 보성 판소리 성지를 만나러 가는 길, 점심은 가는 길에 벌교 지방의 겨울 별미인 꼬막 정식이었으나 제철이 아니어서 그저 그랬다. '보성' 하면 빼놓을 수 없는 판소리. 보성 판소리 성지는 조선 시대 명창이자 서편제 창시자인 강산 박유전 명창을 비롯해 정재근·정응민·조상현 선생 등 서편제 계보를 이은 명창들을 기리기 위해 만들어졌다. 판소리 산실인 회천면 영천리 도강마을 일원을 주 무대로 박유전 선생 기념비, 정응민 선생 생가, 득음정 등이 자리한다. 보성 소리의 살아 있는 신화 박유전 명창은 동편제의 고장 전북 순창에서 태어나 1852년 이곳 보성 강산 마을로 이주해 서편제를 창시했다. 이후 동편제와 서편제의 장점을 조화시킨 강산제도 만들었다. 한가로운 시골 마을 산자락에 자리한 판소리 성지, 전수교육관이 있고 성지 곳곳에 적벽가·수궁가·춘향가·흥부가 등을 상징하는 캐릭터와 조형물이 재미있게 설치되어 있어 또 다른 볼거리를 제공하고 있었다. 전시관에서 관장이 북채를 잡고 한바탕 판이 또 펼쳐졌다.

악보가 없이 소리로 전해진 판소리, 문학이고 음악이고 연극이었으니 그러했을까?

미국이라는 나라

여전히 남아 있던 비행시간을 지루하게 보내다 책 제목 하나가 생각났다. 『로마는 하루아침에 이루어지지 않았다』는. 한나절을 넘게 날아가야 하는 먼 거리에 있는 미국이지만 나에게는, 아니 우리에게는 너무나 익숙한 나라 중의 하나였다. 책 속의 로마인들처럼. 한 번도 가 보지 않았으면서 잘 알고 있다고 확신하거나 착각하는 나라. 고향도 땅이 아니라 사람이라 듯, 일본을 '가깝고도 먼 나라'라 하지만 미국은 '멀지만 가까운 나라'였다. 중국이나 동남아권의 나라는 어렵지 않게 가 볼 수 있는 나라였지만 미국을 갈 기회가 쉽게 주어지지 않았다. 단순히 여행을 가기에는 부담스러운 점이 있었고 일정도 마찬가지였다. 퇴직 후에 미뤄 두었던 숙제를 하듯 한 번 다녀오려고 했는데 팬데믹으로 실행할 수 없었고 현지에서 얼마간 도움을 받을 수 있는 여건도 마찬가지였다. 모든 사물에는 이중적인 요소가 잠재되어 있거나 드러나듯이 잘 알고 있다는 확신에도 긍정과 부정이 한데 엉켜 있었다.

미국이라는 나라, 대한민국이 오늘날의 번영과 자유민주주의 국가로 존재할 수 있게 해 준 고마운 나라라는 긍정의 인식과 함께 넓은 땅에 풍요로운 나라라는 부러움의 대상이기도 했다. 철천지원수라는 원색적인 비난을 던지며 끊임없이 대화를 갈구하는 북한의 입장에서 보듯 국제질서를 주도하는 패권 국가로 미국은 이중적인 인식 또한 강한 나라인데. 지난 2002년 대통령 선거 기간 중 미군 장갑차에 의한 효순, 미선 여중생 교통사고가 큰 이슈가 된 적이 있었다. 당시 월드컵 4강으로 한껏 고조된 국가적 자존심과는 달리 미군의 교통사고에 대한 대처 미흡으로 민족적 자긍심을 훼손당했다며 반미 분위기가 확산됐다. 그때 다른 후보들과 달리 노무현 후보는 "반미면 또 어떠냐?" "사진 찍기 위해서는 미국에 가지 않겠다."라고 해서 민족주의적 경향이 강한 사람들에게 어필했고 이는 선거 결과에 분명히 영향을 미쳤을 것이다. 하지만 막상 대통령이 되고 나서는 관점이나 입장이 바뀌었던 것일까? 그는 첫 미국 방문길에 "미국이 없었다면 자신은 북한의 정치범수용소에 있었을 것이다."라는 말은 후보 시절의 말과 대비되듯 혼란스러웠다. 혈맹 관계가 중요하다고 생각하고 있는 이들에게도 마찬가지였다. 아무튼 미국은 멀리 있지만 가까운 나라라는 것은 분명했다.

퇴직 후 어렵게 재취업하여 다니던 회사에 사표를 내는 것도 쉽지 않았고 몸이 불편한 아내가 두 어머니를 모시고 있는 상황에서 장기간 집을 비운다는 것이 쉽지 않았다. 미뤄 둔 숙제라고 생각했다. 잊을 만하면 보도되는 총기 난사 사고에 많은 사람들의 염려가 귀가 따가웠다. 첫 여름이 시작되는 유월 중순의 이른 새벽, 미국 조지아의 주도(州都) 애틀랜타행 비행기에 올랐다.

내가 미국이라는 나라를 인식하게 된 건 언제부터였을까? 충청도 내포 땅, 내가 태어난 마을에서 천수만이 가까웠으나 무엇 하나 내세울 게 없는 벽촌이었다. 6.25 한국전쟁 후에 주둔하게 되었을 듯싶은데, 마을의 뒷산 정상에는 미군의 반공포부대가 주둔하고 있었다. 단순히 '미군 부대'였지만 반공포부대였다는 것을 알게 된 것은 미군이 철수한 뒤였다. 정상의 기지는 넘겨다 볼 수 없었으니 견고한 2중의 철조망 울타리 안의 레이더는 대부분의 시간을 멈추지 않고 돌아갔다. 깜깜한 밤에 그림자를 만들 정도로 경계등의 불빛은 마을까지 내려왔고 아이들은 철조망 밖으로 미군들이 던지고 버린 물건들을 주우러 가곤 했다. 콜라병과 빵, 때로는 야한 사진이 박혀 있는 잡지를 주워 오기도 했다. 가족과 떨어져 멀리 해외에 파견된 우방국의 군인으로 인식하기보다는 우리와는 급이 다른 특별한 국가의 국민으로나 인식하게 되었을 것이다.

자유의 벗이라는 잡지, 한국전쟁이 끝나고 미 극동군사령부에서 계도용으로 발간했던 잡지였다. 당초 목적은 한국 국민들에게 자유 우방으로 미국을 널리 홍보할 목적이었다. 당시 글씨를 쓸 반반한 공간이 있다면 채워지던 구호들처럼 학교 교실에도 사람들이 시선이 모일 만한 곳이면 잡지가 걸려 있었다. 55년 6월, 창간호로 하여 72년 6월, 종간되었다. 요즘의 기준으로 치면 단순히 잡지였지만 3년여의 전쟁과 분단의 상흔으로 불안했던 민심을 수습하는 데 기여했다는 평을 얻었다. 국내외 동향과 전쟁 후의 재건 모습, 수필과 시사만평, 천연색 사진을 곁들인 세대를 아우르는 종합 교양 잡지였다. '코주부'로 유명했던 김용환 화백이 그린 만화나 삽화는 인기 있는 코너였고 산업 발전을 소개한 기사나 후면에는 베트남전 파월 장병들의 대민지원 모습 등이 소개되기도 했다. 70년대가 지나면서 영상 매체나 활자화된 매체가 대중화되면서 영향력이 감소하면서 종간되었다. 반공이라는 강력한 계도 성격을 부인할 수 없지만 삭막했던 전후 상황에서 우리나라 국민들에게 정서적으로 위안을 주고 희망을 불어넣었던 든든한 벗이었다. 자유를 누리고 민주적인 정치체제를 이루는 데도 마찬가지였을 것이다.

  역시 초등학교에 다니던 시기였다. 3년여의 전쟁으로 가난하고 황폐화된 땅에서도 아이들은 잘도 태어났으니 벽촌의 초등학교에도 200명 가까이 한 학년을 이루고 있었다. 형편에 따라 차이는 있었지만 다들 배고픈 시절이었다. 70년대가 지나 마을에 한두 대 TV 수상기가 들어왔다. 그 시절 인기있는 프로그램은 대부분 미국에서 제작된 것이었다. 특히 기억나는 드라마는 〈초원의 빛〉, 우리와는 전혀 다른 가정의 분위기로 개척 시대 그들의 논리적 사고와 상대적으로 이상적인 부모의 모습 등이 돋보였으니 당시 가부장적 척박했던 삶에 상대적인 열등감은 피할 수 없던 것이었다.

  1956년부터 미국은 한국에 잉여 농산물을 무상 원조했다. 전후 어려운 이웃 나라를 도와준다는 명분이었지만 자국 내의 사정도 있었으니 미국 내에서 남아도는 농산물의 소비를 위한 것이기도 했다. 1948년 이후 잉여 농산물이 계속 쌓여 자국 내의 농업에 짐이 됐기 때문이었다. 전후 황폐화된 땅에서 굶주림에 시달리던 이 땅의 국민들에게 이러한 잉여 농산물 원조는 한국의 식량 문제를 해결하는 데 많은 도움을 주었다. 물론 순기능만 있었던 것은 아니다.

읍내에 있는 중학교에 입학한 후 얼마 지나지 않은 영어 시간, 영어 선생님은 한 미국인과 함께 들어왔다. 젊은 미국인은 평화봉사단원이었다. 멀리 미국에서 파견되어 작은 소읍의 중학교까지 봉사단원을 맞게 된 것에 의미를 생각할 수 없던 시절이었다. 예술과 미술을 옹호했고 인권 운동 등에도 관심이 많았던 케네디 대통령 시절, 뉴 프론티어[New Frontier] 정책의 일환으로 "인생의 2년을 개발도상국에서 봉사해 세계 평화에 기여하자" 캠페인을 하면서 평화봉사단(Peace Corps)을 1961년에 설립했다. 미국의 청년들에게 각종 기술을 배우도록 하여 그들을 2년 기한으로 동남아시아·아프리카·중남미 등으로 파견했다. 개발도상국의 생활 수준 향상에 기여토록 하자는 취지였고 일명 평화군단(平和軍團)이라고도 한다. 1961년 설립된 이래 2015년까지 약 220,000명의 미국인이 평화 봉사단에 가입하여 141개국에서 봉사했다. 기록에 의하면 1966년부터 50차례에 걸쳐 봉사단원과 직원 2천여 명을 우리나라에 파견했다. 그들은 평균 2년 정도 머물며 영어를 가르치고, 보건소에서 결핵 퇴치 사업을 벌였다. 지난 2008년 주한 미국대사로 근무했던 캐슬린 스티븐스(한국명 : 심은경)는 1975년 평화봉사단으로 한국에 와 2년 동안 충남 예산의 중학교에서 영어를 가르쳤다. 내가 중학교에 다녔던 비슷한 시기였다. 한 학기 동안 발음 위주로 영어를 배웠지만 멀리서 온 벽안의 선생님에게 감사한 마음을 가졌다거나 호의적인 학습 태도를 보이지 않았던 것 같다.

12.12 군사쿠데타가 있은 다음 해의 대학 생활은 물론 나라 전체가 혼란스러운 시기였다. 그해 오월, 교문엔 장갑차가 교문을 막아서고 운동장엔 야전 천막이 줄지어 서 있었다. 대학 생활을 만끽하기도 전에 데모 대열에 끼었다가 고향에 돌아가 모를 심고 보리를 베었다. 9월에 교문이 열리고 개강이 되었지만 제5공화국이 출범하며 야만의 세월은 여전했다.

  요즘엔 사정이 조금 달라졌다 해도 당시 대학교수들 대부분은 미국 유학파였다. 유학 시절 그들이 접한 것은 당시 우리와 비교할 수 없는 선진화된 문물과 질서의식 등이었을 것이다. 그들은 미국에서 공부한 것을 선민의식으로 치장하며 자랑하듯 알게 모르게 열등의식을 주입하였고 우리 스스로 비하하도록 하였을 것이다.

  여전히 남아 있던 비행시간을 지루하게 보내다 떠올렸던 로마제국의 흥망성쇠, 천 년도 훨씬 더 지난 오늘날에도 그것을 말하고 기억하는 것은 결국 로마는 망했다는 것 이상도 이하도 아니었다. 아무도 알아차리지 못하는 사이에 로마는 그렇게 스러져 갔다. 그럼 미국도 그럴 수 있는 거 아닌가? 내가 미국이라는 나라를 직간접으로 체감했던 이야기들이 그쳤을 때 비행기는 한나절이 그대로 머문 채 애틀랜타 공항에 도착하고 있었다.

거긴
가지 말았어야 했다

'잃어버린 공중 도시' 등으로 전해 들은 그곳의 소문은 굉장했다. 잉카 문명이 남긴 찬란한 문화유산으로 유적 전체가 하나의 도시를 이루고 있다는 곳, 세상을 유람하는 기회가 주어진다면 반드시 가 봐야 할 1순위로 오를 만큼이었다. 사방이 절벽과 골짜기 그리고 밀림으로 덮여 있는 오지 중의 오지였다. 그러니 산자락에서는 그 모습을 볼 수 없고 오직 하늘에서만 도시 전체의 모습을 볼 수 있다 하여 '공중 도시'라고도 했다. 원인도 불분명하게 역사에서 지워졌 으니 오랫동안 가시덤불에 덮여 있다가 1911년 미국의 고고학자이 자 예일대학 교수였던 하이럼 빙엄에 의해 세상에 그 모습을 드러 냈다. 얼추 400년 만이었다. 세상에 모습을 드러낸 신비로운 옛 도 시에는 태양의 신전과 궁전, 주거 지역, 계단식 밭 등 자족기능을 두루 갖춘 모습이었고 하늘을 포함한 자연의 변화를 감지할 수 있 는 장치와 콘도르 모양의 형상 등 수많은 유적으로 가득했다. 잉카 인들은 콘도르를 죽은 자의 영혼을 날라 주는 존재로 여겨 신성시 했다. 건축물 안에 있던 유물들이 무엇이었든지 거대한 바위를 정 교하게 다듬어 신전과 집을 지었으며 또한 완벽한 배수 시설을 만 들어 농사에 사용한 모습은 경이로움 그 자체였다. 하지만 도시를 만든 어떤 단서나 건축 과정 등이 어디에도 남아 있지 않았고 가파 른 벼랑에 육중한 돌을 움직인 장비며 도구의 흔적도 찾지 못했다. 그보다 훨씬 앞선 시대의 로마인들이 도르래 등을 이용했지만, 그 들은 도구나 기계의 도움을 받지 않고 말이나 소를 이용한 동력의 흔적도 없었다. 손발과 원시적인 도구만으로 수십 톤의 돌을 옮기고 또 그 돌을 세웠다. 눈비를 가렸을 지붕이 삭아 내린 지 오래지만 흔적도 없는 징키스칸을 앙모하는 몽골인들처럼 그곳은 잉카인의 자긍심 그 자체인 곳이었다. 구심점이듯 하나로 묶는 성지 역할까지, 체 게바라, 네루다 등 걸출한 인물들이며 많은 이들이 이곳을 순례한 후 새로운 지평을 꿈꾸었다고도 했다.

　여전히 해결할 수 없는 수수께끼라는 의미가 따라다닌다고 해야 하나. 세상 사람들이 불가사의(不可思議)라고 정한 것들이라는 게 눈으로 보고도 믿을 수 없다며 사실을 둘러댄 듯했다. 불가사의의 사전적 의미는 '원뜻을 헤아리는 것이 불가능하다.', '생각할 수조차 없다.'는 의미이기 때문이었다. 고대 그리스나 로마 시대에 이미 신기한 건축물을 기준으로 '7대 불가사의'도 정했다고 했다. 경이로운 사실은 지금도 마찬가지인데 일본을 통해 번역된 말이 우리에게 들어오면서 신비의 개념을 보탠 듯했고 우리에게 그렇게 인식하게 되었을 것이다.
　한 시대를 풍미했던 재벌 총수의 자서전 제목처럼 세상은 넓고 할 일은 많다던 게, 여행도 그 할 일의 범주에 포함될 수 있을 것이려나? 요즘 젊은이들이 취업을 위한 스펙이란 걸 고단하게 만들어 가듯이 요즘 해외여행을 떠나는 풍조로 비유한다면 삐딱한 시선일 듯싶었다. 팬데믹 상황으로 퇴직 후에 꼭 떠나고 싶었던 예정된 여행을 떠나지 못했었다. 하지만 반드시 하지 않아도 되는 여행이었다면 해야만 하는 일보다 우선순위에 두는 걸 나 자신도 이해시키기 어려울 것이다. 퇴직 후에 재취업한 회사를 그만두고 미뤄 두었던 여행을 떠나는 것은 나름의 용기가 필요했다. 그렇게 미국으로 떠났는데 갑자기 어머니가 위독하시다는 기별에 돌아와야 했고 남미(南美)로 가는 길은 숙제로 남겨 두어야 했다.

　페루의 수도 리마까지 가는 길은 멀고도 멀었다. 직항 노선이 없으니 L.A를 경유하는 게 최단 코스인데 환승 대기 시간까지 포함하면 꼬박 30시간을 갇힌 듯했다. 스페인의 정복자들이 잉카 제국을 무너뜨리고 쿠스코를 떠나 바닷길이 가까운 리마에 식민지 거점 도시를 건설했다. 강이 있었기에 사막에 도시를 건설할 수 있었다는데 외곽에서 본 풍경은 삭막했다. 부자와 빈자는 어느 곳에나 존재하는 것이지만 중심가와 외곽으로 그 구분이 확연해서 당황스러웠다. 이튿날 아침 사막에 주거지를 두고 살아가는 모습을 보여 주며 남태평양 해변을 따라 남쪽으로 달리다가 휴게소에 1번 들린 후 4시간 만에 파라카스에 도착한다. 파라카스는 물개섬으로 알려진 바예스타 제도로 가는 배(쾌속선)를 타기 위한 작은 항구이다. '모래 폭풍'이라는 뜻의 파라까스는 정오가 되면 모래를 가득 품은 바람이 불어오기 때문에 붙여진 이름이다. 파라까스의 선착장에서 배를 타고 해안을 조금 벗어나면 나스카 문양과 비슷한 이 지역의 상징 '칸델라브로, 촛대지상화'를 볼 수 있다. 모래 언덕에 새겨진 폭 70m, 길이 189m, 깊이 1m에 달하는 거대한 그림이다. 바람이 심한 파라카스 지역에서 대형 촛대 지상화가 오랜 시간 동안 온전히 그 모습을 유지해 올 수 있었던 것은 훔볼트 해류의 영향으로 생성된 염도 높은 안개 덕분이라고 했다. 거친 파도에 깎인 여러 개의 바위로 이뤄진 섬은 '작은 갈라파고스'라고 불린다. 조류학자들에 따르면 최소 3억 마리 이상 수백 종의 대규모 물새 군락이 바예스타섬에 있으며 '물개섬'이라는 별칭답게 수천 마리의 물개와 훔볼트 펭귄 등 다양한 종류의 바다 생물을 만날 수 있는데 섬은 눈이 내린 듯 허연 게 새들의 배설물이다. 최근 우리나라에서도 가마우지 개체 수가 증가하며 문제로 드러났다. 새들의 배설물이 퇴적되어 만들어진 천연비료 구아노, 이 구아노 때문에 페루, 칠레, 볼리비아 사이에 1879년~1883년까지 전쟁을 벌이기도 했다.

섬에서 처음으로 본 것은 사뿐사뿐 바닷속으로 빠져드는 훔볼트 펭귄이었고 물개섬이라는 게 무색하게 섬으로 올라 모습을 보여주는 물개는 소수였다.

섬에서 나와 해변의 식당에서 점심을 먹고 향한 곳은 이카의 와카치나 사막이었다. 마을과 사막이 멀지 않은 듯, 하지만 오아시스가 있는 사막의 모습은 하나의 장치처럼 완벽했다.

천진스럽기를

포근하거나 뜨거운 햇살만으로는
지상에 존재할 수 없다는 것을
사막에 닿아서도 알 수 없었다
그 황량함에 목이 메었을 뿐
어디를 가든 따라붙는 욕망의
잔해들이 바람에 소리를 냈고
바람이 지워버리는 모래언덕
에서도 길을 찾아 두리번거렸다

욕망은 늘 나를 무겁게 했으니
꿈은 꿈으로나 걸어두었을 뿐
포근하거나 뜨거운 햇살만을
기다렸던 것일까
이제는 좀 더 천진스러워지기를
그게 그렇게 쉬운 일인데

다음날은 나스카였다. 경비행기를 타야 했기에 공항으로 이동했
다. 구름 속으로 날아간 비행기는 지상에 그려진 문양을 보여 주려
좌우로 기울었기에 내 속은 뒤틀리듯 어지러웠다.

흔적

지상에서는 그 모습을 그려볼 수
없어 하늘로 올라가서야 그려지는
아주 오래전 사람들이 지상에 자국으로
새겨놓은 문양들
하늘을 향한 어떤 희구였을까
가벼운 비행기 흰 구름 위를 흐르다가
고도를 낮추어 구름 아래로 내려갔을 때
비로소 그려지는 지상의 형상과 선들
작은 종이에다 그리려 해도 지상의
형상처럼 단순하면서도 천진스럽게
기하학적 모양으로 그릴 순 없으리라

지구별로 여행을 왔던 이들이
지상에 남긴 흔적이려나
언제 누가 무엇 때문에
새겨진 지상의 흔적이었을까
숱한 시간들이 대지 위를 흘러가건 말건
빗줄기가 그림을 지우지 않으리라는

하늘을 향한 간절한 기원이었을까
신나는 놀이였을까
기울어야 내려다볼 수 있으니
속이 울렁거리며 오래된
멀미가 되돌아오고

멀미는 다시 리마로 돌아올 때까지 계속되었다. 리마의 한식당에
서 저녁을 먹고 쿠스코행 비행기를 탔다. 남미에 그렇게 다다르고
싶었던 건 단 한 가지 이유였다. 한 시간여 만에 쿠스코에 도착했고
아미라스 광장 근처에 짐을 풀었다.

엘로라도의 저주

프란치스코 피사로
한때 스페인의 용병이었다는 그는
화려했던 잉카제국을 역사 속으로
지워버린 불한당의 인물로
여전히 불려 나오곤 했다

쿠스코
매우 고상하고 위대한 도시
피사로 그가 붙인 이름이었을까
하늘과 가까운 대지여서 희박해지는
바람으로 어지럼증은 통과의례였다
태양신을 숭배하던 신과 신전을
무너뜨리고 그 자리에 촘촘하게
성당을 세워 절대자를 찬양하게
했더라도 말과 문자를 지워버리고
순정한 족속의 흐름도 섞어버렸더니
엘도라도의 저주였을까
그의 말로는 비참했고

아르마스 광장의 차가운 밤바람에
파는 처자의 미소가 슬프게
돌아 나왔다

지독한 고산증에 시달리다가 구원처럼 고원 지대를 내려갔다. 한
가로운 모습이었다. 다음날 기차를 타고 다시 버스를 타고 그렇게
도 그리던 마추픽추에 올랐다.

꿈이나 꾸었으면 싶던

세상엔 더 이상 탐험의 여지가 사라진 듯 했지만
소문으로 전해진 탐험의 대상은 여전히 남아있었다
과거는 강물처럼 흘러가버렸지만
더러는 오늘로 돌아 나왔으니
그렇게 돌아온 과거는 다가올 미래처럼 막연했다

인생의 길을 잃고 방황할 때 마추픽추
거기에 가보라던 건 누구의 권유였을까
허공을 향해 우뚝 솟아오른 봉우리
가파른 절벽을 헤치고 인간이 만든
흔적이라는 게 이유조차 막연했으니
마법에 걸린 듯 상상의 나래의 펼 뿐
삶에서 죽음으로 가는 길은 단 하나
외길이었지만 감히 또 다른 길을
갈구하듯 절실함이었을까
영원한 생명의 근원인양 태양을 향한 신화와
죽은 자의 영혼을 물어간다는
콘돌의 고독한 비상의 흔적이

완고한 석축과 형상으로 남아있었다

하늘 길로 가는 시간을 다 합치면
하루가 꼬박 저물고 만년설을
올려다보며 안데스 산록을 넘던 길
놀이패를 따라 기차를 타고
물길을 따라가다 버스를 구불거리며
공중으로 올라서고야 펼쳐진 풍경
오래 갈망했던 불가사의에 경도와
온당치 못한 과거의 지나친 공력이
풀석거리듯 허망함이 돌아나왔다
과거의 시간 속으로 걸어 들어가
꿈이나 꾸었으면 싶던
그냥 거기에 가지 말았어야 했다

백령도 기행

바다에서 눈으로 보이는 섬은 외로움과 단절로 존재하지만 마음으로 보이는 섬은 소통과 일상의 도피처로 흐르기도 한다. 망망한 바다는 섬의 외로움을 달래주고 단절을 이어준다. 섬은 소통의 공간으로 존재하고 바다의 무료(無聊)를 완화(緩和)한다.

백령도,
분단의 상흔으로 우리 땅의 서쪽 끝이면서 북쪽 끝, '우리는 조국의 창끝 칼끝'이라는 살벌한 해병대 구호가 흐르는 섬이다. 섬으로 가는 길이라 하니 뭔가 어색하다. 그럼 섬으로 건너가는 물길? 백령도 그곳으로 가면서 그런 생각이나 했다. 사람들 저마다는 섬처럼 살아간다는 것, '너와 나 사이에는 섬이 있다 그 섬에 가고 싶다'라는 시는 다시 낯설다. 너와 나 사이에 섬이 있는 게 아니라 너와 내가 섬이라는, 섬과 섬 사이로 바다가 흐른다. 그 흐름은 섬과 섬을 이어 놓는 다리가 되기도 하고 이어질 수 없는 단절이 되기도 한다. 너라는 섬과 나라는 섬도 마찬가지가 아니던가.

인천에서 서북쪽으로 191km, 인천항에서 쾌속선으로 4시간의 뱃길이다. 섬의 크기로는 14번째, 거주하는 주민은 5천 명 정도, 또 그만큼의 군인들이 근무한다. 섬이면서 바다보다는 뭍에서의 농업이 주업이다. 한국전쟁의 상흔이 마르지 않는 바다처럼 흐르고 있는 곳, 북한 땅과 맞닿아 있고 뭍에서 멀리 떨어져 있는 외딴 섬에 속하다 보니 독특한 자연과 문화가 남아 있지만 짧은 거리를 두고 남북이 대치하고 있는 곳이다 보니 눈으로 보이지 않는 긴장감이 흐른다.

따오기가 흰 날개를 펼치고 공중을 나는 모습과 닮았다고 해서 붙여진 이름 백령도(白翎島), 본래 황해도에 속했던 섬은 해방 이후 대청도, 소청도와 함께 38선 이남의 인근 옹진군에 편입되면서 경기도 옹진군으로 재편됐다가 1995년 인천광역시로 편입됐다. 지금은 화동과 사곶 사이를 매립해 면적이 늘어나 이제는 8번째로 큰 섬이다. 지리적으로 서울보다 북한이나 중국과 가까운 백령도는 군사·문화적 요충지다. 특히 6·25전쟁 당시 군사 요충지로 주목받았던 탓에 휴전을 앞둔 전쟁 막바지에는 치열한 전투가 수시로 벌어진 곳이기도 하다. 이렇듯 전쟁의 상흔의 남은 곳이지만 백령도는 종교적으로도 의미가 깊은 섬이다.

1832년 최초의 내한 선교사 귀츨라프가 백령도를 찾았고, 1898년 설립된 중화동교회는 국내에서 두 번째로 세워진 장로교회로 백령도에 있는 모든 교회의 모교회(母敎會)다. 연화리 무궁화나무는 높이 6.3m, 수령 100년 안팎으로 우리나라에서 가장 큰 무궁화나무로 알려져 있다. 백령도는 한국 천주교 역사에서도 중요한 곳이다. 한국인 최초의 사제 김대건 신부는 1846년 백령도를 통한 선교사 입국 루트를 개척하다 관군에게 잡혀 새남터에서 순교했다. 그가 개척한 루트로 프랑스 선교사 17명이 입국하기도 했다. 1984년 한국 천주교 창립 200주년을 맞아 내한한 교황 요한바오로 2세는 김대건 신부와 당시 선교사 6명을 성인품에 올렸다. 백령성당에는 김 신부의 유해 일부가 안치돼 있다.

개발과 자연은 조화를 이루기가 어려운 듯, 일상의 흔적들이 그랬지만 시간과 자연이 빚어낸 신비로움을 몸소 느낄 수 있는, 두무진(명승 제8호) 일대는 '신들의 조각품'이라고 추켜세울 정도로 절경을 자랑한다. 다양한 기암괴석들이 늘어섰는데 이 거대한 암석들을 보고 있노라면 마치 장군들이 서로 모여 회의를 하는 것 같아 두무진(頭武津)이라고 불린단다. 또한 서해의 해금강이라고 불릴 정도로 웅장하고 아름다워 백령도 관광의 백미로 꼽히는데, 서쪽 하늘을 붉게 물들이는 노을을 보며, 우리 민족의 통일과 진정한 평화를 염원해 본다. 두무진은 황해도의 서쪽 끝인 장산곶과 불과 12km밖에 떨어져 있지 않다. 해안가의 바위 위에 오른 물범을 볼 수 있는데 물범은 백령도에만 사는 보호 동물이다.

해수욕장이랄 수도 없는 사곶해변으로 간다. 모래알이 작고 모래 사이 틈이 좁아 여느 해안과는 달리 단단한 바닥을 가진 사곶해안(천연기념물 제391호). 단단한 백사장 덕에 전 세계에서 단 두 곳밖에 없는 천연 비행장으로 유명하다. 이곳은 4km에 이르는 고운 모래 사장과 완만한 수심이라 해수욕장으로 각광받고 있지만 물길을 막으면서 유실되고 있다. 남포리 콩돌해변(천연기념물 제392호)에서는 동글동글 작은 자갈들이 파도를 맞고 있다. '사그락 사그락' 파도와 자갈이 어우러져 만들어 낸 자연의 소리를 듣고 있노라면 어느새 마음이 평온해졌다.

백령도 용기포 신항과 마주하고 있는 용기원산 전망대에 오르면 섬의 전경을 한눈에 볼 수 있을 뿐 아니라 날이 좋으면 북한의 장산

곳도 육안으로 확인할 수 있다. 식상한 표현을 빌리자면 '손만 뻗으면 닿을 수 있는 곳'이건만 분단과 휴전이라는 시대적 상황이 만들어 낸 비극이 가슴을 뭉클하게 만든다. 2010년 천안함 폭침으로 목숨을 잃은 천안함 46용사의 넋이 깃들어있기 때문인지 이곳의 애잔함이 더해졌다. 백령도 서쪽 약 2.5km 지점에서 1999년 6월 15일 제1차 연평 해전에 참가했던 역전의 초계함 천안함이 2010년 3월 26일 21:22경 북한 잠수함의 어뢰 공격으로 침몰했다. 당시 북한 잠수정의 어뢰 공격으로 이창기 준위를 비롯한 46명의 젊은 용사들이 희생되었으며, 구조 과정에서 한준호 준위가 순직한 끝나지 않은 전쟁을 알려 준 큰 사건이다. 잠시 숙연한 마음으로 고개를 숙였다.

　효녀 심청이 앞 못 보는 아버지의 눈을 뜨게 하려고 공양미(供養米) 삼백 석에 몸을 던졌다는 인당수(印塘水). 백령도와 북한 황해도 장산곶 사이의 바다를 인당수로 보는 견해가 힘을 얻고 있다.
　바다를 건넌 안개가 산을 오른다. 골목길을 따라 민가를 따라가는 벽에는 심청, 그녀의 전설이 그림으로 흐르고 산길을 오른다. 산 너머로 인당수가 흐른다고 했다. 그 건너로 장산곶, 몽금포타령도 따라 흐른다. 어릴 적 고전 소설 〈심청전〉에서 심청이가 치마 덮어쓰고 뛰어내렸다던, '인당수' 바다는 짓궂고 무서웠다. 산길을 오르니 멋도 운치도 없는, 심청각이 섬처럼 떠 있다. 인당수는 짙은 해무를 피워 올리고 안개는 뭍으로 적군처럼 기어오른다. 심청각 마당에 치마를 펴든 그녀의 낯빛이 슬프게 서 있다. 심청전은 겉으로는 유불 양교의 윤리 가치관인 효를 주제로 했다고 하지만 새삼스럽게 음모가 느껴졌다. 인당수 깊은 바다 아래 용궁이 있다는 반전의 미학? 불편한 효의 왜곡을 선으로 미화하려는, 그 속의 윤리 가치는 조선 후기 사회, 정치권력을 장악했던 썩어 빠진 지배 계층과 20세기 초 침략자인 일본 제국주의 이익에 부합하는 문학으로 이용되었을 것이다. 그 마당에 서 있는 시비는 물론 시어 또한 생뚱스러웠다.

다시 떠나 온 곳으로 돌아가기 위하여 섬을 돌아 나오면서 바다 건너 고향을 두고 온 이들을 생각했다. 그렇듯 너와 나, 저마다는 섬이었다.

흐르는 달

달도 기다림의 대상이었을까? 생각해 보지만 막연하다. 정월 대보름달이나 추석 한가위 보름달은 그랬을까 싶은 건 가난했던 시절 먹을거리의 풍요로움과 다양한 놀이 등의 기대로 그 날을 더 기다렸지 싶기 때문이다. 그렇듯 달이 기다림의 대상이 아니었지만 나이를 더할수록 더 자주 달을 마주쳤으면 하는 마음이 새록새록 생기는 게 새삼스러웠다.

일 년이라는 시간의 부피, 그 시작의 기준은 네 가지. 밤과 낮의 길이로 재는 동지(冬至), 해를 기준으로 양력설, 달을 기준으로 하는 음력설, 태양을 기준으로 하면서 봄의 시작으로 첫 번째 절기인 입춘(立春)이다. 그러면 양력으로 새해를 지나 다시 맞는 음력으로 새해는 새해가 아닌 새달을 맞는 듯, 달은 변화를 상징처럼 여성성과 밀물과 썰물, 삶과 죽음으로도 쉼 없이 흐른다.

해가 지면서 서쪽 하늘에 초승달이 나타나는 건 그믐을 지나 초하루, 삭(朔)을 지나 초사흘쯤이다. 삭은 달이 태양과 지구 사이에 위치해 지구에서는 달을 볼 수 없는 상태, 빈손으로 왔다가 빈손으로 돌아가는 우리네 인생사와도 닮아 있는 듯, 음력으로 한 달은 삭에서 시작해 삭으로 끝난다. 스스로 빛을 내지 못하는 달은 어두운 밤에 태양 빛을 반사하여 밝게 빛나 지상에 빛을 내린다. 계절이 흐르고 숱한 생명들이 다양한 방식으로 존재하는 지구별을 동경이라도 하는 것일 듯싶은데, 태양의 거대한 반사경인 셈이다. 새벽녘에 떠오르듯 보이는 그믐달이 지나면 지구 주변을 돌던 달이 태양과 지구 사이에 들어가 지구 쪽을 향한다. 그러니 달 표면은 태양에서 온

빛을 반사하지 못하기 때문에 지상에서는 달을 볼 수 없게 되는 것이다.

특별한 이유가 있을 것처럼 달은 지극히 지구를 동경하는 마음을 표현하듯 사라졌다가도 다시 나타난다. 초승달은 떠오르는 게 아닌 나타난다는 게 맞는 말인 게 석양에 태양 빛이 무디어지면 모습이 드러나기 때문이다. 초승을 지나 상현달로 커지면서 태양과 같이 동쪽에서 떠오르는 모습을 보이고 망(望)으로도 표현하는 보름달이 된다. 보름이 지나면 하현달로 기울면서 그믐으로 간다.

직장인의 퇴근 시간인 오후 6시를 기준으로 초승달은 도심의 경우 건물 등으로 시야가 가려지거나 하늘을 올려다볼 여유가 없으면 쉽게 볼 수 없다. 초승달은 초생달로도 불렸는데, 여러 단어 중 하나가 더 널리 쓰이면, 그 한 형태만을 표준어로 삼도록 규정한 때문이다. 옛 속담에 '개똥밭에 굴러도 이승이 저승보다 낫다.'에서 '이생'이나 '저생'에서, '이승'이나 '저승'으로 말하고 적는 것도 그런 연유다. 구름이 없는 날씨가 좋은 날이라는 것을 전제로 음력 초사흘쯤을 기억하고 있다가 서쪽 하늘을 주목하듯 초승달을 바라보기는 힘들다. 우연히 달과 눈을 마주치고 '아 초승달이네.'하고 반가워도 하는 것이다.

태양은 계절과 낮과 밤을 구분하게 하지만 달은 소멸에서 생성으로 충만의 과정을 거쳐 여백과 소멸로 순환의 모습을 반복적으로 보여 준다. 그러니 바다도 여자의 몸도 이에 반응하게 되고 이는 생성과 소멸을 이룬다. 바다(海) 속에 어미가 있는 것도 새삼스럽게 그러한 것일까도 싶다. 바다는 달의 기운으로 밀물과 썰물로 높낮이를 이루며 흐르고 생명을 품는 여성들도 주기적인 몸의 변화를 겪는다.

달은 보는 사람의 심정과 위치에 따라 각기 다른 감흥을 일으키기도 하니 형상이 전설로 전해지기도 했고 시나 수필, 소설 등으로 표현되기도 했다. '반달' 등의 동요로도 마찬가지였다. 나도향의 '그믐달'과 김동리의 '보름달'은 보는 이의 마음을 애절하거나 사모하듯 표현했다. 영국의 작가 섬머싯 몸의 '달과 6펜스'는 인간 욕망의 본질을 6펜스로 도달하고 싶은 이상을 달로 표현했다. 나도 '달님과 나눈 이야기'라는 제목으로 글을 쓴 적도 있다. 동지가 지난 겨울밤이면 하현달이 기울어져 창문을 기웃거리며 두드리고 가는 듯, 차가운 겨울밤이지만 문을 열고 이야기를 나눈다는 상상이었다.

"홀로 밤길을 가는 것이 외롭기도 하거든. 너도 외로운 것 같아서 잠시 말이라도 건네어 보려고 문을 두드렸어."
"바람도 차가운데 너는 자정이 지난 늦은 밤길을 가는 거니?"
"초승에서 꽉 채워지는 보름까지는 설렘으로 외로움도 모르게 초저녁에 오기도 하는데, 내 모습을 조금씩 감추면서부터는 제풀에 외로워져서 설움처럼 자정이 지나서야 다니기도 해. 아마 모습을 지워가면서 비운 곳에 그리움을 채우는 것이 아프기도 하고 외롭기도 해서 그럴 거야."

"너도 그런 적이 있어?"

"그럼 그리움은 너처럼 내가 작아지면서 더 커지는 것 같았어. 그리움은 그리움 자체로만 존재하지는 않아. 이 골 저 골의 빗물이 모여 외줄기 강물이 되고 강물은 흘러 바다로 가고 바다에서 강물은 짠물과 섞여져 다시 구름으로 피어올라 비를 만들어 내리듯이, 그리움은 한줄기 외로움으로 흐르다가 외로움에 짠물에 섞여들 듯이 괴로움으로 흐르기도 하지. 그리고 다시 구름처럼 그리움으로 피어오르는 거야. 그래서 그리움은 순환처럼 처음의 그리움으로 다시 돌아가기도 하는 거야. 그래도 너는 네 이름처럼 달이 바뀌면 다시 커지기도 하잖아?"

"그래서 더 외로운지 몰라. 그러니까 밤으로만 다니는 거지. 너와 내가 외로운 것은 세상에 단 하나뿐이기 때문일 거야. 어둡던 일제 강점기 시절 이 땅의 한 청년은 자기가 여자로 태어난다면, 그믐달 같은 여자로 태어나고 싶다고 했거든. 멋지지, 이름도 멋졌거든, 나는 이름이 멋진 사람을 좋아해. 달처럼. 그 멋진 남자는 너를 보는 사람들에게 짧게 이야기를 했는데 한번 들어 보아. '정 있는 사람이 보는 중에, 가장 한 있는 사람이 보아 주고, 또 가장 무정한 사람이 보는 동시에 가장 무서운 사람들이 보아 준다는. 그렇다고 한 있는 사람만이 보는 것이 아니라 늦게 돌아가는 술주정꾼과 노름하다 오줌 누러 나온 사람도 보고, 어떤 때는 도둑놈도 본다고 했어. 근데 작아진 너를 보는 사람들이 그렇기도 하네. 그리고 어쩌면 산중에 홀로 있는 이보다 도심의 무리 속에 있는 이가 더 외로울

거야. 누구나 빈 곳을 채우고 싶어 하지만, 채우면 채울수록 그만큼 외로움의 부피는 더 커지기도 하거든. 그래도 너는 한 번 죽으면 다시 살아오잖아."

"아냐, 나는 작아지면서 그믐날 새벽녘에 와서 해가 뜨면 작은 조각마저 다 태우고, 작은 씨앗 하나가 떨어져 새로 생겨나면 새달이 오는 거야. 그래서 바다는 여인이 새달을 잉태하듯 하루에 두 번씩, 한 달에 한 번씩 드나들기도 하고. 오늘 너를 만나 이야기를 나누면서 외로움이 조금 가셔졌어. 다시 잘 자."

가슴속에 기억된, 달을 보듬었던 풍경들을 돌아다본다. 이른 새벽 방배동에서 과천으로 출근하던 시절, 계절에 관계없이 오전 6시쯤 집을 나가던 시간은 일정했다. 겨울날의 아침에 우면산을 넘어서면 여명이 오는 청계산의 연봉들이 어깨를 잡은 듯 이어지고 하현달이 검푸른 하늘을 건너가고 별 하나가 등대처럼 빛나곤 했다. 그믐으로 가는 달이면 금성이 가까운 곳 다정하게 빛나곤 했던 모습들. 깜깜한 산을 넘어 여명이 오는 능선 위로 보이는 달은 신비롭기만 했다. 과천 청사에서 퇴근 시간이면 서쪽 하늘에서 볼 수 있었던 초승달은 언제나 새롭고 반가웠다. 내가 존재하는 곳이 지구만이 아닌 우주 속의 일원이라는 생각이 새삼스러웠고 가슴이 따뜻해지곤 했다.

군에서 나와 새로운 곳에서 직장 생활을 할 때 국토 종단을 시도한 적이 있었다. 연휴에 휴가를 하루 보탠 것이었으니 기간이 절대적 부족이었다. 게다가 시대성의 착오처럼 지갑을 가져가지 않는 무전을 도모했다. 물론 해남 땅끝마을까지는 대중교통을 이용했다. 자정에 출발했다. 준비되지 않은 무모한 도전이었을까 싶을 정도였다. 이동 구간조차 지도에 표시하지 않은 채 주머니에 현금이나 카드가 없이 이동한다는 것은 공기가 희박한 고산 지대를 오르는 것처럼 고통스러운 것이었다. 오월이었으니 물을 채운 논에서 개구리 울음소리가 밤의 적막을 흔들었다. 아침까지의 목표는 대흥사, 정확한 거리도 계산되지 않은 상태였다. 지친 몸으로 외딴 산길을 넘어섰을 때 갑자기 스무엿새 하현달이 갑자기 바로 눈앞에 나타나듯 가까이 있었다. 머리가 쭈뼛 서고 소름이 훅 돋을 정도로 음험했다. 자정부터 걷기 시작했으니 심신이 지칠 시간이었을 테니 환각처럼 나타날 수도 있을 것이었다.

  가끔 친구들을 만나면 '사막에 뜨는 달을 보러 가자.'며 외치곤 했다. 전설처럼 위대한 칸이 존재하였던 거대한 평원, 내 땅이라는 소유 개념이 없이 바람처럼 구름처럼 초원을 따라 흐르는 그네들의 삶! 그곳에 가는 것은 가지가지 이유가 필요했고 그러고도 또 다른 이유를 찾아 두리번거렸을 것이다. 황량한 사막에 비치는 달빛은 어떤 모습일까? 우연히 기회가 주어졌다. 몽골 고비 사막에서 개최되는 마라톤대회에 참가할 기회가 주어졌다. 6일 동안 225km를 달리는 울트라마라톤대회였다. 수도인 울란바토르에서 대회 장소로 출발했던 하루는 나무 한 그루, 바위 한 개를 볼 수 없는 초원지대였다. 북반부 고위도에 위치한 고비 사막의 여름밤 하늘은 은하수가 흐르는 듯 별이 가득했다. 꿈꾸던 사막에 닿았을 때 처음 만난 것은 낙타였다. 낙타는 지구별에 살던 짐승이 아니었던 듯, 하늘을 날다가 무슨 이유가 있어 지구별에 불시착한 것 같았다. 시간이 지나면서 날개는 등 위로 혹이 되었다. 낙타는 나를 만났을 때 경계는커녕 무척 반가워했다. 그 반가움의 표현이 너무 거칠어 한동안 목을 잡기도 했다. 고향을 떠난 삼촌을 오랜만에 다시 만난 것처럼 말이다. 그랬다. 나는 전생에 왕자가 아니라 낙타였을 모를 일이었다. 거대한 평원과 사막 길을 달리면서도 마찬가지였다. 살아있음에 감사하고 거친 호흡을 내뱉으며 내 남루한 삶의 잔해들도 토해 내었다.

몽골 고비사막 울트라마라톤대회!

차량으로 2,000km를 넘게 달리고 두 다리로는 200km를 넘게 달렸다. 잠시라도 숨어들 그늘을 만들 나무 한 그루가 없었다. 그곳에서는 그늘이라는 말이 필요 없을 것 같았다. 모래 언덕을 넘었을 때 신기루로 거대한 호수가 펼쳐지고 쌍무지개가 떴다. 장딴지는 화상으로 따끔거리고 발가락은 물집이 터져 진물이 나왔다. 사막이 아름다운 건 어딘가에 우물이 있기 때문이라고도 했지만 시원한 샘물 한 바가지가 간절했다. 누군가에게 길든다는 것은 눈물을 흘릴 일이 생긴다는 것이라 했지만 달리는 순간 나는 자유였다. 전생에 낙타였을지도 모르니 달리고 또 달렸다. 살아오면서 漠漠했던 순간은 어떤 순간이었을까? 고비의 모래 언덕에서 초원으로 난 길을 달렸을 때 행운이 날 기다리고 있었다. 분명 온전한 실력은 아니었으니 순전히 행운이었다. 울트라는 감히 넘보지 못할 또 다른 영역이 었기 때문이다. 2등으로 확정되어 메달을 받았다. 그러나 주최 측의 꼼수가 있었을 것처럼 다시 1등으로 메달을 받았던 것은 그 거대한 평원처럼 오래 두어도 될 행운이었다. 그날은 그믐으로 가는 하현달이라 새벽에나 달을 볼 수 있었다. 숙소로 이동하는 길을 찾지 못한다고 사막의 비포장도로를 밤새워 달렸다. 네비게이션을 보는 게 아니라 별을 보고 방향을 잡는다고 했다. 그대로를 믿을 수 없는 말이었지만 뱃사람들이 별자리를 보고 방향을 정한다는 말이 새삼스러웠다. 새벽에 숙소인 게르에 도착했을 때 달이 떠오르고 있었다. 어디에서든 달을 볼 수 있다는 것이 내가 서 있는 곳이 지구별의 모습이었다.

'매일 이별하고 살고 있구나.'라는, 애절한 노랫말처럼 흐르는 듯 달과의 만남도 그랬던 듯, 어느 날은 볼 수 없다가 불쑥 서쪽 하늘에 초승달로 오고 한밤에 하늘을 올려다보다 만나고 헤어지기도 한다. 새털구름이 가는 밤하늘에 달은 '구름에 달 가듯이'라는 시구를 생각하게도 한다. 마음속에 있는 누군가도 그랬을 것이다. 한 번도 같은 분량의 그리움이 아닌, 전혀 생각하지 않는 날도 있었다. 늘 변하는, 우연히 볼 수 있는 달의 모습이듯 그랬다. 기다리지 않아도 그 모습이 보이고 보고 싶다고 볼 수 없는 존재, 우연히 올려다본 하늘에 늘 변하면서도 변하지 않고 그 자리에 있는 달의 모습이 그의 모습이었을 것입니다.

욕지도,
폴리 이야기

일부러 찾아가거나 우연히라도 바다를 만날 때면 마음이 설레거나 포근해지는 건 바닷속(海)에는 생명의 근원인 어머니가 있기 때문인 걸까. 바다에서 눈으로 보이는 섬은 외로움과 단절로 존재하는 듯하지만 바다는 섬의 외로움을 달래 주고 단절을 이어 주었다. 바다는 어디론가 떠나고 싶어 바람을 만드는 듯했고, 마음으로 보이는 섬은 소통과 일상의 도피처로 흐르기도 했고 때론 바다의 무료를 달래 주기도 했다.

존재하는 개체들은 저마다 의미를 가지듯 이름을 갖는 것이지만 욕지도(欲知島)라는 이름은 낯설고 의아스러웠다. 타자에 의해 의미를 부여받았다기보다는 스스로가 정한 듯 퉁명스러웠다. 흘러내린 여러 갈래의 설이 있지만 '알려고 하는 의욕'이라는 문자적인 해석으로 풀어내야 했다.

별스럽게 여행의 의미를 생각하고 먼 이곳까지 오지는 않았지만 섬에 간다니 파시(波市)의 전설이나 떠올렸을 것이다. 파시는 이제 까마득히 잊힌 바다의 풍경이다. 바다 그대로의 장터, 자연 파생으로 열리는 활력 넘치던 자연의 현장이었다. 포구 인근의 어시장과는 다르게 성어기의 한시성에 있었으므로 파시는 어획량에 따라 자연 발생적으로 형성되었다. 그 시공간 역시 역동적이었을 정도로나 알고 있는 것이었다. 직접 목도한 풍경도 아니면서 파시라는 말을 떠올릴 때마다 나 자신이 당시의 어부였던 듯 가슴이 뜨거워지며 잠잠하던 심장이 퍼덕거리는 심정이곤 했었다. 한때는 섬에 거주민이 1만이었다는데 이제는 2천여 명이 남았다. 바다의 물고기만큼 사람들도 복작대던 시절이 파시의 잊혀 가는 이야기가 되었다.

일행들은 안양에서 자정에 출발하여 첫 배를 타고 섬으로 들어와서는 숙소에 짐을 풀고 산행을 시작했다고 했다. 나는 구례에서 섬진강을 따라 흐르다가 오후가 되어서야 통영의 포구에 닿았고 배에 올랐다.

바다 위를 떠가면서도 가슴에는 뭍에서 가져온 바다를 여전히 품고 있는 듯했다. 물결에 와 닿는 바람에 모습을 바꾸어 가는 바다를 보며 자신의 모습을 바꾸게 하는 바람이 어떤 모습을 하고 있는지도 생각해 보았을까? 떠나온 곳을 회상하듯 뒤를 돌아다보거나 미지의 세계를 건너가듯 앞의 먼 풍경을 응시하기도 했다.

사람이야 오고 갔어도 이제는 무거운 짐을 진 차들도 배에 실려서 간다. 이곳은 아니지만 뭍에서 섬으로, 섬에서 섬으로 다리를 연결한 곳들이 많아졌다. 주거 환경은 물론 삶의 모습도 뭍과 차별성을 갖지 못하게 되었다는 것은 한낱 여행자의 투정일 거라고 생각했다. 아무튼 섬이라는 격리된 공간의 자연성을 무력화하듯 이동의 편리를 위한 수단이 번잡스럽다는 생각이 다가왔다.

포구는 떠나는 이들을 위해 존재하는 듯, 도착하는 이들은 이내 포구를 벗어나곤 했다. 나도 섬에 도착하여 마을을 지나 근처 산으로 들어갔다. 연초록 모밀잣밤나무와 초록이 짙어지는 숲으로 난 오솔길은 청량하고 싱그러웠다. 한동안 혼자 오르기 시작했는데 중턱을 지나면서 앞서가는 이가 하나 있었다. 걸음을 빨리해 앞서가는 이를 만났다. 그는 제복을 입은 경찰관이었다. 동행도 있었는데 작은 발바리로, 얼굴과 다리는 까맣고 몸체 일부와 다리는 흰색인 말끔한 몸매의 개였다. 내가 부르는 소리를 냈을 때 경계하는 모습 없이 스스럼없이 다가왔다.

제복을 입고 있는 그에게 "어디까지 가느냐?"고 물었을 때, "순찰 겸하여 정상까지 갈 예정이다."라고 말했다. 초면에 어색했지만, 이런저런 이야기를 나누었다. 그는 이곳의 파출소에 근무 중인데, 가족들은 통영에 있고 이틀 근무하면 쉬는 날에 집에 다녀온다고 했다. 섬을 좋아해 자원해서 이곳에 근무한다고도 했다. 개의 이름 은 '폴리스'에서 줄여 '폴리'라고 했다.

지난가을 뭍에서 온 누군가가 버리고 간 듯, 파출소 앞에 와 여러 날을 머물러 있었다고 했다. 주인을 기다리는지, 아니면 주인을 찾아 달라는 것인지 몰라 안타까웠고 결국 파출소에서 거두게 되었다고 했다. 이제는 파출소에 근무하는 한 일원처럼 함께하게 되었다고 했다.

'폴리', 그 이름을 불러 가까이 다가왔을 때 폴리의 눈이 조금 슬퍼 보인다는 생각을 했을까. 아마 그건 유기견이었다는 이야기를 들어 그랬을 것이다. 그렇게 만난 셋은 작은 암자를 지나 이런저런 이야 기를 나누면서 걸었다. 그에게도 파시의 전설을 목도했느냐고 물었다. 그도 전설 같은 이야기만으로 그 풍경을 돌아다본다고 했다.

정상은 군사 시설이 있어 오를 수 없었고 청정 지역이라는 이곳까지 날아든 미세먼지로 조망은 좋지 않았다. 눈으로 보이는 바다를 떠도는 섬이 몇인지 세어 보며 내려오는 길에 등산객들 몇이 간식을 먹으며 휴식을 취하고 있었다. 폴리는 스스럼없이 그들에게로 다가갔고 그들에게 뭔가 의미 있는 눈빛을 보내는 듯했다. 등산객들은 폴리의 표정을 읽었는지 먹고 있던 간식을 폴리에게 건넸다. 폴리는 간식을 두어 차례 받아먹고는 다시 돌아왔다.

묻지 않았는데 그는 나에게 그 정황을 설명해 주었다. "사람들이 모여 있는 곳이면 폴리는 다가가서 뭐라도 챙겨 먹는다."고. 그 말에 반문했다. "파출소에서 밥을 제대로 주지 않는 거냐?"고. 그는 아니라고 했다. "제때 밥도 잘 챙겨 주는데도 사람들이 간식으로 먹는 것을 더 좋아하는 것 같다."고 말했다. 더 이상 반문하지 못했고 내려와서는 파출소에서 차도 한 잔 나누고 나오면서 폴리도 한번 안아 주고 작별 인사도 했다. 배를 기다리면서 시간이 남아 폴리를 한 번 더 만나러 갔지만 다시 순찰이라도 나갔는지 보이지 않았다.

우산도 세우지 못할 정도의 사나운 비바람으로 날씨는 나빠지고 있었다. 폭풍주의보가 내려지면 배도 떠나지 못할 텐데, 조바심 속에 여객선이 들어왔으니 너무 반가웠다. 돌아가기 위해 이곳에 왔을 것처럼 여행자들은 안도하며 배에 오르고 있었다.

파란 하늘에 바람도 잔잔해지면 바다는 파란 하늘빛을 담고, 구름에 해가 가려지고 바람이 거세지면 바다는 검은 하늘빛으로 변하는 듯했다. 멀어져 가는 섬을 돌아다보며 다시 폴리를 생각했다.

외지에서 온 여행자들이 배낭을 내려놓고 앉아 있는 곳이면 언제든 달려간다는 폴리, 폴리는 단순히 여행자들의 간식을 얻어먹기 위하여 가는 것이 아닐 거라는 생각을 했다. 파출소에서 일용할 밥이야 충분히 준다고 했기 때문이다.

주인이 버리고 간 것이 아닌, 길이 어긋나 주인이 찾지 못해 돌아갔을 것으로 폴리는 알고 있을 거라는, 그래서 폴리와 같이 살던 주인을 알거나 그 주변에서 폴리를 아는 이가 있다면 주인에게 "잘 지내고 있다."고 전해 주었으면 싶은 마음일 거라고 생각했다.

뭍에서 온 여행자들이 모인 곳이면 말끔한 표정으로 간식을 핑계로 찾아다니는 것도, 배가 들어오는 시간이면 선착장을 한 번씩 돌아온다는 것도 마찬가지였다. 설령 버리고 갔더라도 유기견이 되어 떠도는 게 아닌 순찰 임무도 수행하면서 잘 지내고 있다는 기별을 전해 주기 위한 것이라고, 더하여 주인을 다시 만났으면 하는 마음으로도 말이다.

폴리는 섬이 되었지만 바다로 흐르고 있었다.

망각의 미학

찔레꽃이 피어나는 오월의 오솔길은 달콤하고 향기롭다. 찔레꽃보다 이르게 피었던 팥배나무는 개펄에 사는 게의 더듬이처럼 열매를 매달기 시작했고 숲에서 제일 먼저 노란빛으로 봄을 알렸던 생강나무는 넓은 잎으로 그늘을 만들어 간다.

잣나무 숲길을 지나면 주말농장으로 이어지고 순환 도로변의 인도로 내려서야 했다. 지방 출장길, 집에서 조금 일찍 나와 5리쯤 산길을 걷고 전철역에 가려던 참이었다.

그를 만난 건 잣나무 숲길이 끝나는 곳이었다. 그는 혼자였고 가까이 다가왔을 때 낯익은 얼굴이었다. 이내 고향 선배라는 걸 알았고 반갑게 인사를 했다.

"형님 오랜만이네요. 아침 산책 나오셨어요?" 전혀 만나리라고는 생각할 수 없었기에 반가웠는데 그의 표정은 데면데면 나를 알아보는 듯했다. 그가 묻지도 않았는데, 나는 말을 이어갔다.

"지방 출장길인데 전철역으로 가고 있어요. 그런데 여기는 웬일이세요?" 친구의 형님이었으니 친구를 통해 가끔 근황을 들을 수 있었고 서울 근교의 신도시에서 살고 있다고 들었기 때문이었다.

"응 이곳으로 이사한 지 몇 년 되었어. 반갑네." 짧게 말을 나누고 다시 돌아섰다. 가던 길로 서너 걸음이나 옮겼을까, 다시 그를 돌아다보아야 했다. 처음 만났을 때는 반가운 마음뿐이었는데 잊힌 듯 한동안 그에게 가졌던 서운했던 기억이 갑자기 앞을 막아섰기 때문이었다.

고향에서 보낸 유년 시절의 이야기들을 모아 산문집을 엮었을 즈음이었다. 이제 돌아다보면 아릿하면서 그립고 정겹던, 한편으로는 조금은 애달픈 이야기들이었다. 물질적인 것보다는 정신적으로 궁핍한 사람들에게 가끔은 그 이야기들을 꺼내어 반추하면서도 현실을 견디며 살아 나가야 한다고 나름의 의미를 부여하고 싶었던 이야기들이었다. 그것은 땅속에 묻힌 보석을 꺼내는 것이라고도 생각했었다. 그 보석 같은 경험과 정서의 기억을 햇빛 속으로 끄집어내어 현재와 미래를 살아 나가는 지혜와 삶의 여유를 발굴해내야 한다며 미욱하지만 욕심을 담아 만들었었다.

70년대에 벽촌이었던 고향 마을에서는 드물게 서울에서 대학을 다녔고 공부를 위해 일찍 고향을 떠났으니 그가 얼마만큼 공감을 할 수 있을까도 생각했지만 정성스럽게 편지글도 담아 책을 한 권 보냈었다. 그는 당시 대기업 계열사의 대표로 있었으니 몇 권이라도 직원들에게 소개해 주면 좋겠다는 부탁이었는데, 그는 끝내 아무런 반응이 없었다. 크게 부담을 준 것이라고 생각하지 않았기 때문에 한동안 그의 기별을 기다리며 서운해했던 기억이 앞을 막아섰던 것이다.

만나리라고 전혀 생각할 수 없었던, 반가움과 기쁨뿐이었는데 돌아서면서 그 서운했던 기억이 돌아오면서 나는 한동안 그 자리에 멈춰 서 있었다. 그 서운했던 것을 잊은 나 자신에게 잠시 화가 치밀었다. 그를 반갑게 마주했던 게 미련한 짓이었고, 뭐 대단한 것을 주기라도 한 것처럼 아깝기까지 한 것이었다고, 후회스럽기도 했다. 그가 올라간 길을 돌아다보았을 때 그는 보이지 않았다.

나 자신의 변덕스러움에 부끄러움을 느끼며 새삼스럽게 망각의 미학을 생각했다. 백사장에서 모래성을 쌓으며 노는 아이는 정성껏 만든 모래성이 파도에 휩쓸려 흔적도 없이 사라져도 아쉬워하거나 애태우지 않는다는, 그것은 파도에 사라진 모래성을 기억하지 않기 때문이라는 말이 새삼스럽게 다가왔다. 그래도 서운한 마음은 잣나무 사이로 난 길이 끝날 때까지도 뒤를 따라왔다.

오솔길은 잣나무 숲이 끝나고 주말농장으로 이어졌다. 봄 가뭄으로 채소들은 풀이 죽은 듯 시들거렸다. 그 모습을 보며 채소며 곡식들은 주인의 발걸음 소리를 들으며 자란다는 이야기를 생각했다. 발걸음 소리는 채소며 곡식들에게 다가가는 몸짓이고 일방적이고 단순한 행위이다. 그러나 나 이외의 타인은 그와 경우가 다른 것이었다. 단순히 물을 주고 거름을 주는 것으로 충족될 수 없는 경계를 이루는 것, 거기에는 망각이 필요하다는 것이다. 아이가 허물어진 모래성을 다시 쌓으면서 이미 허물어진 것에 아깝거나 서운하다고 생각하지 않듯이 말이다.

번잡한 대로변의 인도를 걸으며 처음 그를 마주쳤을 때의 반가움과 돌아서서 서운했던 기억 속에서 망각의 소중함을 새삼스럽게 생각했다. 또 다른 방향으로 나를 돌아보면서 나 때문에 서운했을, 부탁이기보다는 무언가를 나누고 싶다는 선의를 외면했던 것들도 돌아다보았다.

고향 친구 석순이는 말씨도 어눌하고 행동도 굼뜬 편이었다. 초등학교까지는 같이 다녔지만 정상적인 학습도 어려웠고 늘 놀림과 따돌림의 대상이었다. 성인이 되어 결혼도 했지만 결국 부인이 집을 나갔다는 안타까운 소식도 전해 들어야 했었다. 그래도 그의 노모가 살아계실 때는 이것저것 챙겨 주어 괜찮았던 것 같은데, 돌아가시고 나서는 다시 외톨이처럼 생활했다. 그가 사는 마을에도 여느 농촌 마을처럼 대부분 노인들만 남아 있으니 그가 마음을 나눌 친구는 드물었다. 더구나 요즈음 아이들까지 가지고 있는 휴대 전화도 없으니 어른이 되어서도 마찬가지였다. 지난해 봄, 모교의 체육 행사에서 그를 만났을 때 손을 오래 잡으며 나에게 말했었다.

"가을에 고구마 캐면 한 번 댕겨가." 하고, 내 몫으로 한 자루는 따로 남겨 두겠다는 의미였다. 그의 말이 고마웠지만 가을이 지나 이듬해 봄까지 그곳에 가지 못했었다. 그의 마음을 생각하기보다는 돈으로 치면 왕복 차비만큼도 되지 않을 고구마 한 자루를 가지러 거기까지 가는 것이 번잡스럽거나 귀찮은 일이라고 생각했다. 얼마 전에 다시 그를 만났을 때 서운한 듯 나에게 말했었다.

"3월이 지나도록 너를 기다리던 고구마가 다 썩어서 버렸어."라고.

전철역이 가까워지고 있었다. 살아오면서 알게 모르게 선의로 나누고 싶다는 마음마저도 외면하거나 묵살한 적이 많았을 것이다. 그러면서 일방적인 부탁이면서 반응이 없었다고 서운했다는 것은 나의 미욱함이었다. 타인에게는 망각이 필요하다는 것을 생각했다. 망각이 없다면 과거의 서운했던 기억과 미래의 불확실함으로 삶은 비틀거릴 수밖에 없다.

오늘 아침 그를 처음 만났을 때 느꼈던 반가움만큼 그는 내게 참회의 기회를 주었고 망각의 소중함을 일깨워 주었다. 장자가 말한 '도행지이성(道行之而成)'은 누군가에게로 가는 길의 의미도 담아 이야기한 것이었으리라. 속을 비워야만 피리가 소리를 내듯 서운함과 원망의 마음을 비워야만 누군가에게로 다가갈 수 있다는 것도 마찬가지였다.

친구에서
직속상관으로

자전거는 강물과 함께 흐르는 바람을 밀고 나간다. 바람의 방향
은 강물을 따라 흐르기도 했고 강물을 거슬러 불어오기도 했다. 마
주 오는 바람을 맞을 때는 그 위력이 심각한데, 등 뒤에서 밀어주는
바람은 있는 듯 없는 듯 가볍기만 했다. 자전거로 출퇴근을 시작한
지 3개월째, 계절은 봄에서 여름으로 달려가며 초록이 무성했다.
강 둔치의 습지 정원에 노랑꽃창포가 노랑나비처럼 나풀거리더니
수련이 꽃대를 올리기 시작했다. 갈대밭에는 개개비가 돌아와 뜨거
워지는 여름을 목청껏 찬미하듯 노래하기 시작했다. 작열하는 태양
아래 개개비가 부르는 반복되는 노래는 뜨거워지는 태양만큼 강렬
했다. 모래톱에는 오리며 민물가마우지, 쇠백로, 왜가리 등이 서로
거리를 두고 휴식을 취하듯 정겹게 모여 있었다.

　푸른 제복으로 젊음을 보내고 새롭게 직장 생활을 시작한 곳이 과
천이었다. 집이 사당역에서 가까운 곳이었으니 대중교통 이용이 편
리하였으나 도보로 출근하기 시작했다. 마라톤에 입문하고 열중하
던 때였으니 자연스러운 선택이었다. 이른 아침 시간, 날마다 변화
하는 자연 속에서 생동감을 얻을 수 있었고, 잊고 있었던 나무며 들
꽃들의 이름을 부르면 그리운 기억들도 돌아 나오곤 했다.
　그렇게 십여 년, 아침 출근길을 날마다 변화하는 자연을 만끽할
수 있었던 호사를 누리다가 퇴직 후에 새로운 일을 시작한 곳이 청
계산 등산로가 있는 옛골이었다. 그곳은 대중교통 이용이 불편한
곳이었으니 자전거로 출퇴근하기로 했다. 두 다리로 페달을 밟아가

는 게 좋았다. 철 따라 풀꽃들이 피고 지는 자연과 접하면서 구불구불한 길을 따라 걸을 때보다 생각할 여유가 없는 아쉬움은 있었지만, 강물처럼 흐르는 듯한 여유를 가지기도 했다.

늦은 오후의 퇴근길, 움푹 파인 길을 넘어섰는가 싶었는데 자전거는 속도를 내지 못하고 바퀴의 바람이 빠져 가는 듯했다. 갑자기 바람이 빠졌다는 것은 튜브에 구멍이 난 게 분명했다. 시내에서 멀리 떨어진 강 둔치 길이었으니 난감했다. 자전거 수리점을 찾을 때까지 자전거와 같이 걷는 것 외에 다른 방법이 없었다.

오랜만에 자전거와 나란히 걸었다. 빠르게 내 앞으로 지나치는 이들을 보며 불쾌한 감정을 가지기도 했는데 걸어가면서는 아무것도 의식되지 않았다. 자전거와 나란히 걷기를 한 시간여, 내 몸을 돌아다보았다. 젊은 시절 내 몸은 내가 원하는 대로 거칠게 산을 오르고 마라톤을 하며 아주 만만한 벗이었는데 이제 자주 삐치듯 여기저기가 고장 나기 시작했다. 다정한 친구에서 이제는 잘 모셔야 하는 직속상관이 되어 가려는 게 역력했다.

사람은 누구나 죽음을 두려워하며 동시에 장수를 갈망하는 존재다. 그러나 기대수명 등을 고려할 때 60년 후반에서 80대 중반까지 기대 수명의 5분의 1을 각종 질병에 시달리다 말년에는 요양 시설로 간다고 한다. 게다가 요양 병원이나 요양원은 한 번 들어가면 살아서는 나오기가 힘들다고도 하니 현대판 고려장으로 비하하기도 한다.

자전거 수리점은 한 시간을 더 걷고서야 지친 몸으로 찾을 수 있었다. 자전거는 수리를 하면 다시 나를 태우고 굴러가겠지만 나는 언젠가 바람이 빠진 상태가 될 것이니 궁극적으로 죽음을 어떻게 맞을 것인가를 생각해 보게 된다. 노후에 병원에 드나든다는 것이 회복을 도모하기보다는 죽음의 과정을 늦추는 과정이라고 해야 하나, 연명 치료가 나름대로 존엄하게 세상과 이별할 기회를 빼앗긴다고 봐야 한다. 병원이라는 게 환자와 그 가족들의 존엄을 추구하기보다는 의학의 능력을 앞세운 의료 집착을 보여 때로는 비극적 연명 치료로 이어지는 경우를 목도하기도 한다.

안락사와 관련된 문제는 여전히 우리 곁에 있고 그 일단으로 '조력존엄사법'이 국회에서 발의됐다. 극심한 고통을 겪는 말기 환자가 원할 경우 담당 의사의 도움을 받아 스스로 생을 마칠 수 있는 '의사조력자살'을 허용하는 내용이다. 의사가 직접 환자에게 약물 등을 투입하는 적극적·직접적 안락사와는 차이가 있다고 했다. 당연히 반대 의견도 만만치 않다. 가뜩이나 최고 수치를 나타내는 부끄러운 자살률을 생각하지 않을 수 없으니 생명 경시 풍조를 조장하거나 남용도 우려되는 사안이다. 결코 쉽지 않은 문제이나 노령 인구가 증가하는 이상 실질적으로 문제에 접근해야 한다는 게 이 시대를 살아가는 이들에게 주어진 숙제라고 해야 하나.

혼자 사는 1인 가구가 나날이 늘어 가고 노부모들만 사는 가구가 느는 것도 생각해 볼 문제다. 따로 생활할 만큼 건강하지 않은 노부모들은 대부분 요양원이나 요양 병원으로 간다. 장모님은 한동안 혼자 살고 계셨고, 고향 근처에서 사셨던 어머니는 아버지가 돌아가시면서 집으로 모시게 되었다. 두 분을 함께 모시고 살게 된 건 우연이었다. 늘 고향과 함께 그리워하던 두 어머니를 모시고 산다는 게 너무나 좋았으나, 날마다 새로운 숙제를 받듯 이런저런 문제에 직면해야 했다.

처음 두 분이 오셨을 때는 아주 조심스러운 사돈 관계였는데 점점 편한 사이가 되어 가는 듯 서로에게 상처가 되는 말을 건네기 시작했다. 비교하며 서로를 시샘하는 것도 마찬가지였다. 두 분의 다툼이 부부 사이의 갈등으로 비화되기도 했다. 많은 사람들이 '노년의 친구처럼 두 분이 의지하며 살면 좋겠다.'며 쉽게 말하지만 말처럼 쉬운 게 아니었다.

두 어머니를 곁에서 지켜보면서도 젊은 시절 다정한 친구에서 이제는 심술궂은 직속상관이 되어 가는 나의 몸을 돌아다본다. 어떻게 노년을 보낼 것인가도 마찬가지다. 나야 부모님을 모시는 걸 당연하게 생각하지만 내 자식들은 또 다를 것이다. 내가 원하는 대로 잘 놀아 주었던 내 몸이 이제 내가 잘 모시듯 받들어야 한다는 건 변할 수 없는 현실인 듯싶다. 팔뚝에 주삿바늘을 꽂고 간병인에 의지해 살 것인가, 아니면 아프지 않고 건강하게 살 것인가를 내가 주관할 수는 없을 테지만 이제부터라도 내 몸을 잘 돌보아 줘야 한다는 건 분명한 일이다.

세상에 이름을 알리듯 멋진 삶을 살았더라도 노후의 삶이 신산스럽다면 무슨 의미가 있단 말인가. 이제부터라도 내 몸을 잘 관리하여 타인의 도움을 멀리하면서 의미 있는 삶을 사는 길, 그보다는 내 곁에 있는 사람들에게 짐이 되지 않도록 하는 것을 생각한다. 이른바 인생 노년기의 4고(苦), 외롭고 아프고 돈 없고 일 없는 것에서 벗어날 수 있는 기반을 갖추는 것이 노년의 새로운 숙제인 듯싶다.

자전거는 수리를 마치고 나를 태우고 다시 굴러가기 시작했다.

사랑의 배터리

'나를 사랑으로 채워줘요. 사랑의 배터리가 다 됐나 봐요' 경쾌한 리듬이 느껴지는 대중가요의 시작이다. 연인을 향해 사랑의 배터리를 채워달라는 원초적인 호소를 담은, 노랫말을 만든 이는 사람의 몸에도 배터리가 있다는 발랄한 상상의 나래를 폈다. 모바일 시대를 살아가는 현대인들에게, 특히 인공 지능 시대가 가까운 미래로 성큼 다가오면서 배터리의 가치는 날로 커지고 있다. 가끔 그 유행가 가사를 흥얼거리기도 했지만 정작 내 몸 안에 배터리가 있다는 생각을 해 본 적은 없다.

옛사람들은 '동지가 지나면 노루 꼬리만큼 해가 길어진다.'라고 표현했다. 노루의 꼬리는 흔적만 남아 있기 때문에 매우 짧은 것을 형용할 때 쓰는 것이고 이는 시각적으로 체감하기 어렵다는 의미가 담겨 있다. 그러나 정월이 시작되고, 첫 번째 절기인 입춘절이 지나면 해가 길어짐을 체감할 수 있을 정도가 된다.

나는 아침마다 도보로 사무실까지 출근한다. 남부순환로를 건너 우면산을 넘고 양재천을 거슬러 오르는 조금 먼 거리이다. 계절에 관계없이 내가 집에서 나가는 시간은 늘 일정하니 우면산을 넘는 시간도 마찬가지이다. 가로등 불빛을 포함하여 인공의 빛 때문에 산길에 접어들어서야 자연의 빛을 느낄 수 있고 그러니 산길을 지나며 계절마다 다른, 변화하는 빛의 밀도를 느낄 수 있다.

절기상 입동쯤이 지나면서부터 날이 밝아지기 전, 어두운 시간에 집을 나가게 되고, 1월 하순이 지나면 청계산 너머로 붉은 기운이 오르며 여명의 빛이 번진다.

숲길을 가면서 시선의 방향은 계절마다 조금씩 다르다. 봄에는 생강나무 꽃과 연둣빛으로 피어나는 나뭇잎들을 보지만 겨울철에는 하늘을 더 많이 올려다본다. 보름이 지나면 푸른 바다를 떠다니는 조각배처럼 하현달이 서쪽으로 흐르고 별은 등대처럼 멀리 빛난다. 별들과 달은 날마다 자리를 바꾼다. 그믐달을 보는 날이면 나도향의 「그믐달」에 나오는 이야기도 떠올리고 한동안 이별의 아쉬움을 갖는다.

입춘이 지나고 산언덕을 올라 능선 길에 오르면 먼저 저 건너로 청계산을 바라본다. 옥녀봉과 매봉을 지나 망경봉까지 높고 낮은 능선들이 서로 정답게 어깨를 감싼 듯, 산을 넘어오는 빛으로 새날을 맞는 설렘을 전해 준다. 지난밤으로 눈이 내리거나 비가 그친 날의 아침은 선명한 붉은 기운의 여명이 가슴이 뛰게 한다. 지난겨울은 눈 오는 날이 드물었다. 그래서 눈 오는 아침 출근길은 선물을 받은 기분 좋은 하루의 시작이었다, 어느 곳에 있든지 이른 새벽의 여명은 어둠 속에서 빛의 의미처럼 설렘과 감동을 갖는다. 그래서 지리산 등 쉽게 오르기 힘든 산에서 일출을 보려면 '삼대가 덕을 쌓아야 한다.'는 말이 회자되는 것이다.

그처럼 붉고 환한 여명을 볼 수 있는 기간은 일주일 정도였다. 그것도 날씨가 좋은 날이어야 하는데 겨울에는 아침 해가 게으르게 산을 넘는 이유로 일출 모습을 볼 수 없고 그 후에는 빛이 다 쇠해 여명으로 붉은 기운이 사라졌다. 대신 산수유며 생강나무 꽃이 노란빛을 퍼트리며 피기 시작한다.

  능선 길에서 맞는 붉고 환한 여명을 며칠 더 지나면 볼 수 없을 것이라는 생각을 하면서 사랑의 배터리라는 노래를 흥얼거리며 내려오던 아침 출근길, 산에서 맞는 여명은 멀리 있지만 그 환한 빛은 내 몸 어딘가에 있을 배터리를 채우는 강력한 힘과 같다는 생각을 했다. 또 내가 아침 출근길에 만나 인사하는 동물 친구들, 외딴집에 사는 주인이 있는 개들과 다람쥐, 청솔모들도 마찬가지로 내 몸 안에 있는 배터리를 채워주는 귀한 존재들이었다.

  많은 사람들이 직장에서 '일'보다는 사람들과의 '관계' 때문에 힘들다는 말을 한다. 심지어는 한솥밥을 먹는 가족들 사이에서도 이는 마찬가지다. 그러니 마음에는 늘 타인들과의 갈등이 버섯처럼 피어 있거나 아직 피지 않은 포자처럼 숨겨져 있다. 욕망도 마찬가지다. 보이지 않던 버섯의 포자들이 더운 여름날 비가 내려 습도가 높아지면 불쑥불쑥 솟아오르듯이 마음 한 귀퉁이 숨겨져 있던 갈등이 말로나 행동으로나 불편한 상황에 처하면 분노와 갈등은 불쑥불쑥 몸집을 불려간다.

  저마다의 삶은 관계를 바탕으로 한다. 관계는 나 이외의 타인을 필요로 한다. 한자로 어질 인(仁)에도 두 사람이 있다. 혼자 있을 때는 굳이 어질 필요가 없다는 의미가 숨어 있을 것이다. 일찍이 공자께서 인(仁)을 그토록 강조한 것은 어진 마음과 행동이 그만큼 어렵다는 의미이리라.

아침부터 저녁까지 만나는 사람들 대부분은 나에게 기쁨과 즐거움을 주지 않는다. 그보다는 불쾌하게 하고 우울하게 하고 고민하게 한다. 이런 상황에서 마음속의 갈등으로 독버섯을 마음대로 자라게 할 수는 없다. 우선은 내가 힘들고 타인도 힘들게 한다. 내 마음속에 자라는 독이 든 버섯은 마음의 빛을 가린다.

언젠가 먼 지방으로 답사 여행을 갔다가 돌아오는 버스 안, 차가 밀리면서 지루한 시간이었을 때 앉은 자리에서 돌아가면서 노래 한 곡씩을 불렀다. 대부분이 50대로 대중가요를 주로 불렀는데 어느 한 분이 초등학교 때 배웠던 동요를 한 곡을 불렀다. 제목은 '파란 마음 하얀 마음'이었는데, 처음에는 어색해서 몇 사람만 따라 불렀는데 두 번째는 전부 따라 불렀다. 동요의 마지막 구절 '파랗게 파랗게 덮인 속에서 파아란 하늘 보며 자라니까요.'는 큰소리로 따라 부르면서 정말 파란 마음이 되는 것 같았다. 지루하고 피곤한 상태로 배터리가 전부 소진된 것 같은 귀로에서 다시 배터리가 충전되는 기분이었다. 장마철의 집안처럼 눅눅한 집안에서 잠시이지만 밝고 환해지는 느낌이었다.

내 몸 안에는 배터리가 있다. 없다면 있다고 생각만 하면 될 것도 같다. 내 몸 안에 있는 배터리에 내가 만나는 그 누군가가 충전의 기운을 보태주는 일은 없다. 어린 시절에는 할머니며 부모님들이 충전도 해 주었지만 이제는 아닌 것이다. 내가 만나는 사람들 대부분은 내가 따뜻한 말 한마디라도 배려를 베풀어야 하는 대상들이다. 내 몸 안 배터리가 충전이 되어 있지 않으면 내가 만나는 누구에게도 좋은 표정은 물론 말 한마디도 해 줄 수 없다.

사람들이 체감하는 만족도의 분량이 많아지지만 가족은 물론 주변 사람들과의 정서적 친밀감은 자꾸만 멀어져 간다. 저마다 몸에 지니고 다니는 최첨단의 스마트폰은 다양한 방법으로 소통의 수단이 되어주기도 하지만 자꾸만 그 안에 머물게 하고 더 많은 소외감을 갖게도 한다. 혼자 사는 이들이 늘어나고 혼자 활동하는 것도 늘어나는 세상이 되어간다. 혼자 있는 시간, 고독이나 외로움을 즐기거나 견딜 줄 알아야 한다고 이야기하는 책들이 인기를 얻는 작금의 풍토이지만 그것은 말처럼 쉽지 않다. 최근 정부의 정신질환 실태 조사 결과 국민 네 명 중 한 명(24.7%)은 불안·우울증 등 정신질환을 앓고 있거나 한 번 이상 앓은 적이 있다. 본인 스스로가 견디거나 몰입할 무언가를 스스로 만들어가는, 그 한 가지 방법은 자기만의 배터리를 만들고 충전하는 수단을 찾아내야 한다. 짬을 내어 독서를 하고 운동과 산책을 하고 곁에 있는 사람들과 만나 이야기를 나누어야 한다.

이른 아침 산을 넘으며 나는 내 안의 배터리를 충전한다. 자연과 교감하면서 내 몸을 움직일 때 충전량의 눈금은 더 빠르게 올라간다. 존재하는 것에 감사한 마음도.

깜씨

개 팔자가 상팔자라는 말은 속담처럼 오래전부터 전해진 말이다. 개는 그저 개일 뿐인데 개를 사람에 비유까지 하며 자조 섞인 말을 한 이유는 무엇일까? 사람들 곁에서 여유로운 모습을 보고 희화화한 것일 테지만 이제는 그 말이 실감나도록 반려라는 존재감의 변화도 계속될 듯싶다.

농경 사회에서 개는 가축의 범주였고 마당을 포함한 주거의 외부가 사육 공간이었다. 그럼 개를 마당에서 방안으로도 들여놓게 된 이유는 무엇이며 언제쯤부터였을까? 일반적인 이유로 경제적 여유와 1인 가구의 증가로 표현되는 인식의 변화이다. 또한 전통적인 가족공동체에서 개인적 삶의 추구가 이유이기도 하겠고 마당이 없는 아파트 등 공동 주택이 늘어나면서부터였을 것이다. 새삼스럽게 개에 대한 관심과 사랑이 넘쳐나서라기보다는 저마다 사정이 다르겠지만 또 다른 측면으로 그만큼 사람과 사람과의 관계가 소원해진다는 반증이기도 한 듯싶다.

개는 야생의 늑대를 길들였다는 것이 정설이다. 몽골의 유목민들이 태어난 지 얼마 안 된 늑대 새끼를 길들이는 모습을 볼 수 있듯이 말이다. 수렵 채취로 생을 영위하던 시절에 사람들이 가장 먼저 길들인 동물이 개의 조상이라는 늑대였다. 「축산물 위생관리법」상 가축에 해당하지 않는 개가 「축산법」에서는 가축으로 규정되어 있다. 즉, 축산법에 따르면 가축으로 개를 기르고 축산물로 취급하는 건 합법이나, 「축산물 위생관리법」에 따르면 개의 도축 행위는 위법에 해당한다. 그러니 이도 저도 아닌 비위생적인 불법 도축의 민낯이 드러나곤 한다. 오래전 이를 법제화하자는 국회의원이 있었지만 찬반이 극명하게 갈리는 사안이었으니 쉽지 않은 일로 여전히 흘러가고 있다. 정치적인 의미도 부여하듯 북한의 지도자가 보낸 풍산개의 존재가 대중들에게 주목의 대상이 되기도 했고 키우는 일이 논란이 되기도 했다. 대통령 부부가 자신들이 키우는 개를 안고 집무실에서 사진을 찍어 대중들에게 내보이는 것은 낯선 듯 다분히 이를 주목하는 이들을 의식한 정치적인 행위이기도 했다.

우리말의 앞에 '개'가 붙으면 원래보다 질이 낮은 것, 개살구, 개두릅, 개떡 등을 이르는 말이 되었다. 상스러운 욕으로도 마찬가지였다. 그랬는데 몇 년 전부터 이 '개'가 전혀 다른 뜻으로 쓰이고 있다. 다른 것보다 월등히 크거나 맛이 좋거나 한 것에 '개'를 붙이기 시작한 것, '개 크다', '개 맛있다', '개 예쁘다' 등인데 이 말은 접두어가 아닌 부사였다. 지난 대선 후에는 낙선한 후보를 중심으로 "개딸"이라는 말이 회자되곤 했다. 개딸을 사전에서 찾아보니 '뱀딸기의 방언'이라고 나와 있지만 이와는 무관하다. '개딸'이라는 거북스러운 듯 낯선 명칭은 대선 직후인 3월 10일 여성시대 등 친여성향 커뮤니티에 동시다발적으로 등장했다. 드라마 '응답하라 시리즈'의 아버지 역 배우가 극 중 성격이 드센 딸을 부르던 애칭인 '개딸'을 자처하며 특정 후보 지지에 나선 것이다. 일부 여성들이 대선에서 '여성가족부 폐지' 등 친(親)남성 전략을 펼친 국민의 힘에 대한 반감이 유희적으로 발현된 측면이 있었다. 소위 팬덤 정치의 일단으로 해야 하나.

사계절이 뚜렷하고 유목이 아닌 농경민족이었던 이 땅에서 오랫동안 개고기는 보양식으로 자리매김했다. 이 땅에도 일찍이 불교가 들어왔지만 개고기가 일반 대중들에게까지 금기의 음식은 아니었다. 개의 식용을 금기시하는 지역과 나라는 대개 종교적인 이유였다. 유대교와 이슬람교, 불교에서는 특히 인간으로 환생하기 직전 단계가 개의 존재로 식용을 철저하게 금기시한다. 동남아를 여행하다 보면 개들은 어디 장소에서나 너무나 자유스러운 이유가 거기에 있다. 이와는 다른 측면으로 가축을 유목하는 입장에서는 개가 가축을 몰아 주는 등의 노동력이 고기로 전환되는 가치보다 높다는 이유로 개고기가 금기시되었다. 일례로 유목 민족인 몽골족이나 만주족 등은 개고기를 금기시하는 문화가 있었는데 이는 개가 가축을 몰아 주고 사냥을 하는 데 중요한 역할을 수행했기 때문이었다. 굳이 개를 식용으로 하지 않아도 키우는 가축을 취할 수 있었던 이유도 있었을 것이다. 반면 서구에서는 환경적 영향으로 개고기가 터부시되고 있다. 일찍이 사냥견, 썰매견, 목축견 등으로 쓰이며 사람과 반려로서 가까이 지낸 역사가 길기 때문이다. 개는 늑대처럼 후각과 청각이 뛰어나고 민첩하며 턱이 강하다. 이러한 장점과 더불어 개는 인간에 대한 신뢰가 강하기 때문에 쉽게 훈련 가능한 동물이며, 사회의 많은 분야에서 인간과 상호 작용을 주고받는 동물이다.

　기록상으로는 20세기 초반까지 프랑스 파리의 정육점에서도 개고기가 일부 팔렸다고는 하나 대중적인 식재료로 사용된 것은 아니었다. 그들은 목축이 발달하여 소, 돼지, 양, 말, 토끼 등의 고기를 구하기가 쉬워 주식으로 활용되었기 때문에 군이 개고기까지 먹을 필요가 없었다. 그러니 '상대적인 경제성'과 환경적인 이유, 그리고 무엇보다 반려동물 문화 때문이었다. 상당수의 가정이 개를 키우는 서구권에서는 어린 시절부터 정서적으로 의지하며, 친구로 지냈던 동물을 한 끼 음식으로 먹는다는 것에 당연히 거부감을 가질 수밖에 없다. 종 내부에서 특성 변화가 몹시 쉽고 한 번 개량하고 나면 간단히 길들어 친근함을 느끼게 되었을 수도 있다. 우리도 경제 사정이 좋아지면서 애견 인구가 늘어나며 그런 추세를 따라가고 있다. 개가 집안으로 들어오게 되면서 귀여움의 애완이었다가 이제 가족처럼 반려의 반열에도 들게 되면서 사람들과 개의 관계에서 숨겨져 있던 문제들을 드러나기 시작했다.

내가 처음 개를 키웠던 것은 어린 시절이었다. 시골에서 키우는 개는 대부분 똥개라고 했고 황구나 백구로만 구분했고 지금처럼 작고 귀여운 개들은 대부분 서구식 종의 이름을 지녔다. 궁핍했던 어린 시절 개고기를 먹는 것도 쉽지 않았지만 특별히 금기시하는 이들도 드물었다. 가축을 잡아 고기를 먹을 수 있는 것이 명절이나 제삿날에나 맞볼 수 있는 특별한 음식이었기 때문이었다. 사회 활동을 하게 되면서 일부러 보신탕이라는 메뉴를 선택하는 경우는 드물었다. 서로 흉허물이 없는 관계에서 선택할 수 있는 메뉴이기도 했고 공간적으로 식당이 특정한 곳에 위치한 이유도 있었다. 가야 할 경우 군이 피하지는 않았다. 어려서 개를 키울 때는 당연히 마당에서 키웠고 요즘처럼 특정한 사료가 있었던 게 아니었다. 가마솥에 밥을 했기 때문에 밥을 퍼내고 바닥에 붙어있던 눌은밥이나 주방에서 나온 음식찌꺼기 등을 먹이로 주었다. 그러나 이마저도 군식구처럼 부담이 되는 존재였기에 집집마다 키우던 것은 아니었다. 당시 시골 오일장에 가면 닭이나 오리, 토끼 등과 함께 강아지는 꼭 있었다. 그러나 이제 오일장에서는 보기 힘들고 도심의 거리를 지나다 보면 쇼윈도를 통해 판매되는 강아지들을 볼 수 있다. 농촌 마을의 마당에서 키우는 개들은 더 이상 상품으로의 가치가 없어졌다는 것을 의미했다. 하지만 내가 어린 시절엔 그러하지 않았다.

사월의 대지는 눈이 부시도록 푸르고 싱싱한 빛으로 피어나고 있었다. 하굣길, 어머니는 아지랑이 피어오르는 긴 보리밭 이랑 사이를 한나절 기다시피 김을 매고 있어 집안은 텅 비어 있었다. 그래도 내가 돌아왔을 때 늘 달려 나오던 깜씨가 보이지 않았다. 묶어 두었던 가는 쇠줄은 깜씨 집 앞에 그대로인데. 어디로 갔는지 대수롭지 않게 생각하며 뒤꼍으로 돌아가며 깜씨를 불렀다.

"깜씨, 깜씨." 온몸이 검은 털로 덮여 있어 내가 지어준 이름이었다. 장독대를 돌아 굴뚝 옆을 지나는데 이상한 소리가 났다. 볕도 들지 않는 구석진 곳에 깜씨가 입에 거품을 물고 사지를 뒤틀면서 버둥거리고 있었다.

'웬일이지?' 깜씨 옆에는 죽은 쥐 한 마리가 내장을 들어내고 있었다. 순간 사태를 파악한 나는 순간 정신이 혼미해졌다. 깜씨를 안고 부엌으로 달렸다. 억지로 입을 벌리고 구정물을 입안으로 흘려넣었다. 그러나 깜씨는 기도를 열지 못했고 구정물은 그대로 부엌 바닥에 흘러 아궁이로 흘러들고 있었다. 그 당시 사람이 아파도 쉽게 갈 수 없었던 병원이었으니 벽촌에서 동물 병원에 간다는 것은 생각할 수도 없는 일이었다. 응급처치로 알고 있는 상식은 그것뿐이었다. 가쁜 숨이 들고 나는 깜씨의 작은 몸을 두들기며 필사적으로 구정물을 넘기려 했지만 허사였다.

봄 방학이 끝나갈 무렵 이웃집에서 키우던 발발이 메리가 새끼를 다섯 마리 낳았었다. 강아지를 갖고 싶다는 마음은 무엇보다 강렬했다. 꼭 강아지를 하나 갖고 싶었다. 그러나 그 강아지를 돈 주고 살 수 있는 형편은 아니었고 다른 방법을 찾아야 했다. 마침 그 집에 돼지도 새끼를 낳았고 개구리가 필요할 것도 같았다. 들판에 봄바람이 들고 독사풀이 푸릇해지면 땅속에서 겨울잠을 개구리들이 잠을 깨고 세상 밖으로 나와 존재감을 갖듯 울기 시작했다. 운다는 게 짝을 부르는 수컷만이 낼 수 있는 구애의 수단이었다. 잔인하다는 생각은 할 수 없었다. 제초제 사용이 연례화하면서 이제는 볼 수 없는 참개구리들이 물을 채운 논에 가득했던 시절이었다. 철사에 다리나 목을 꿰어 개울가에 간이 화덕을 설치하고 삶아 닭이나 돼지의 먹이로 주었다. 새끼돼지에게도 마찬가지였다. 그래서 이웃집 아저씨에게 스무 꿰미 정도 개구리를 잡아다 주고 강아지 한 마리를 얻어오기로 어렵게 약속을 받아냈던 것이다. 지금 생각해보면

잔인했다는 생각이 들기도 하지만 무논에서 개구리를 잡는 것은 어려운 일은 아니었다. 약속한 것만큼 개구리를 잡아다 주었을 때 강아지들은 젖을 뗄 만큼 자라있었고 제일 똘망한 깜씨를 집으로 데려올 수 있었다.

그 깜씨를 데려오던 날을 잊지 못한다. 얼마나 갖고 싶던 강아지였던가. 아침에 일어나면 먼저 화장실 가는 것도 참고 깜씨를 먼저 찾았고 비린 갈치구이가 나오면 어머니 몰래 한 쪽을 숨겨두었다가 깜씨에게 줄 눌은밥에 섞어 주기도 했다. 싸움을 잘하라고 된장이며 고추장도 어머니 몰래 섞어주기도 했다. 된장이며 고추장을 먹이면 사나워진다는 속설이 있었기 때문이었다. 학교에 다녀와서는 깜씨를 데리고 온 동네를 돌아다니기도 했다. 된장이며 고추장을 먹인 깜씨가 언젠가는 동네에서 제일 싸움 잘하는 개로 키우고 싶었기도 했다.

깜씨는 눈자위는 물론 목덜미까지 눈물로 젖은 채로 입 주변에 거품이 말라가며 숨을 멈추었다. 헌 옷 하나를 깜씨 집 바닥에 깔고 깜씨를 뉘어 두었고 날이 저물도록 깜씨 집 앞에 쪼그리고 앉아 있었다. 어두워져서야 어머니는 돌아오셨고 엉엉 울면서 어머니를 원망해야 했다.

"쥐약 놓지 말라고 그랬잖유, 다 엄마 때문이야." 온종일 들일을 마치고 돌아오신 고단한 어머니의 마른 먼지나 날리는 무명 치맛자락을 잡아 흔들며 서럽게 한참을 울었다. 어머니도 답답하셨는지 부엌으로 들어가셨다. 저녁도 먹지 않았다. 누워 있다가도 일어나

밖으로 나와 깜씨 집안을 들여다보았다. 행여 다시 살아날지도 모른다는 기대감도 있었다. 몸을 만져보았다. 깜씨의 몸은 차갑게 굳어가고 있었다. 배도 고프고 너무 슬퍼서 잠도 오지 않았다. 아침에 일어나 습관처럼 깜씨 집 앞으로 갔을 때 헌 옷은 그대로인 채 깜씨가 보이지 않았다.

"엄마, 깜씨 오디 갔대유? 어머니는 눈길을 외면하시곤 말씀하셨다.

"감나무 밑에 묻어 주었다." 너무나 가슴 아팠던, 태어나서 처음으로 슬픈 이별이었다.

사람의 길

태고로부터 자연은 강을 만들었고 사람은 길을 만들었다. 자연이 만든 강을 따라 흘러간 강물이 다시 돌아올 수 없는 것과 같이 우리네 인생도 그렇게 흘러가는 것이리라. 흐른다는 것은 생과 사, 순환의 숨겨진 또 다른 의미였지만 사람이 만든 길은 한 번 지나갔더라도 그곳에 다시 돌아갈 수도 있었다. 그러니 여행이란 자기에게로 걸어가는 시간적인 이동이라는 의미를 갖는 듯했고 사람과 사람 사이에도 길이 있었다. 가파른 언덕을 오르듯 보릿고개라는 춘궁기를 지나며 자란 세대들 대부분에게는 가족과 함께 낯선 곳을 찾아가는 요즘과 같은 여행이라는 개념 자체가 없었다. 여름과 겨울방학을 맞으면 외갓집을 가거나 하는 등의 친척 집 나들이가 전부였다. 그러했으니 학창 시절의 소풍이나 수학여행은 잊을 수 없는 시간들로 다시 생각나곤 했다.

초등학교 시절은 늘 기다려야 할 것들이 많아 시간이 더디 가곤 했다. 봄가을로 가던 소풍날을 앞두고도 마찬가지였다. 소풍날이 정해지면서부터 설렘으로 잠을 잘 이루지 못했으니 수학여행을 앞두고는 말할 것도 없었다. 처음 가는 수학여행의 목적지는 아산 현충사였다. 현충사는 이순신 장군의 영정을 모신 사당이 있는 곳으로 알고 있었고, 교무실로 가는 복도 좌우측에 장군에 대한 자료들이 잘 정리되어 있었다.

당시에는 복도며 교실 환경 정리가 담임 선생님은 물론 반 아이들에게도 부담스러울 정도였다. 교실 내의 환경 정리는 반 아이들의 몫이었지만 교무실이 있던 복도는 선생님들의 손길이 가야 했는데,

자주 그곳을 지나친 때문인지 지금까지도 또렷이 기억나곤 했다. 장군이 태어나신 곳은 당시 수학여행 목적지였던 아산이 아니라 오늘날의 서울 중구 인현동인 당시 건천동에서 태어나셨다는 것에서 부터 청소년기에 외가가 있는 충남 아산으로 이사했다는 것도. 27살에 훈련원 별과에 응시했으나 실기시험 중 말에서 떨어지는 사고를 당했을 때 주변의 버드나무 껍질을 벗겨 다리에 동여매고 끝까지 최선을 다했다는 그림과 설명으로도 기억한다. 이제 기억이 흐릿하지만 당시 목적지에 대한 관심은 크지 않았던 듯싶다. 같은 반 친구들과 함께 낯선 곳으로 기차도 타고 여행을 간다는 것만으로도 가슴 벅차게 신나는 일이었기 때문이었다.

당일로 다녀오는 여행이었지만 새벽잠을 설치며 일어나 아껴 두었던 운동화를 꺼내 놓고 하늘도 올려다보았다. 김밥은 기대할 수 없는 것이었으니 새벽부터 준비해 주신 멸치볶음이 든 도시락 가방이 고소했다. 언제나 열차를 타 볼 것인가? 여러 날 어머니를 졸라 따라 나섰던 장날, 읍내 철도 건널목에서 지나가는 열차 안의 사람들이 부러움의 대상이었는데, 직접 그 열차에 타게 되었다는 것도 크나큰 기쁨이었다. 열차 안의 좁은 공간에 많은 아이들이 들어찼으니 소란스럽고 차창 밖을 내다보기도 어려웠지만 한 시간여 정겨운 간이역들을 지나 온양온천역에 도착하였다.

역 광장으로 나와 버스를 타고 현충사로 이동하는 길, 열병을 하듯 은행나무 가로수에는 5월의 신록이 나비처럼 나풀거렸다. 넓은 주차장엔 먼저 도착한 차량들로 가득했고 들고나는 사람들도 마찬가지였다. 충무문을 지나 잘 정돈된 잔디밭과 조경수들, 연못 속 먹이를 기다리는 비단잉어들의 모습도 이채로웠다. 여러 계단을 올라 사당에 도착하였고 선생님의 지도에 참배의 절차를 마치고 기념사진도 찍고 유물 전시관에서 장군이 남긴 흔적도 살펴보았다. 현충사를 돌아 나와 단체로 입장했던 온천 체험은 복잡했던 열차의 객실처럼 소란스러웠던 기억으로만 남아 있고, 다양한 놀이기구 등이 이채로웠던 신정호에도 들렀다. 졸업하면서 헤어진 친구들의 모습을 찾아보듯 가끔 현충사에 다녀온 모습을 졸업 앨범에서도 찾아보곤 했다.

다시 현충사에 가게 된 것은 고등학교 시절이었고, 정확하게는 충무수련원이었다. 당시 학도호국단 간부 학생들을 대상으로 수련원에 입소하여 집단생활을 통해 사회에 봉사하고 협동 단결, 반공 안보 교육 등의 과정이 있었다. 초등학교 시절의 수학여행과는 비교할 수 없는 부담스런 교육 일정이었고 억지스러움도 있었다. 그 후에 아산 하면 현충사, 현충사는 충무수련원의 현판처럼 '나라 사랑'의 상징적인 장소로 각인되었을 것이다.

어린 시절과 청소년기에 한 번씩 다녀갔던 특별한 기억으로 현충사가 있는 아산은 가끔 나에게 돌아가고픈 길이 되었던 걸까. 직업 군인으로 오랫동안 근무했던 것으로도 은행나무 가로수를 지나 충무문을 들어서면 생각이 많아지곤 했다.

우리는 세계사의 중심에 있는 것처럼 여러 분야에서 두각을 나타내며 널리 그 이름을 알리고 있는데, 정치적인 현실은 너무나 참담하다. 민주주의 사회에서는 다양한 의견이 표출되면서 갈등을 겪기도 하지만 그와는 다른 심각한 분열의 강을 마주하고 있는 것이다. 이러한 분열의 강은 과거에서부터 시작되었다. 일본의 침략 음모를 살폈으면서도 당파에 따라 사실을 왜곡 보고하고 이를 확인하지 않고 무시한 결과는 참담한 것이었다. 당시 군주는 거듭되는 일본의 야욕에 대한 확실한 징후를 접했으면서도 되레 분열을 부추기다가 전쟁이 발발하자 백성과 도성을 버리고 도망치기 바빴다. 백성의 안위를 염려하기보다는 권력의 유지하는 데에만 급급했던 위정자들의 모습이 분열의 시작점이었다.

문제는 언제나 있게 마련이고 정치라는 게 이런 문제를 해결해 가는 과정이라면 우리의 모습은 여전히 부끄럽다. 본질적인 문제에 천착하기보다는 내 편이냐 네 편이냐로, 옳고 그름의 잣대를 들이대는 세태 속에서 정치인들은 제 편 감싸기에만 몰두하려는 모습을 보인다. '정파'라기보다 도리어 '떡고물 챙기는' 데 더 집중하는 모습, 사회적 약자보다는 자신을 지지하는 집단과의 눈치 보기에 급급한 것이다.

모함의 함정에 빠져 나락으로 떨어지는 위기를 겪으면서도 중심을 잃지 않았고, 백의종군하면서도 국가에 대한 충성심의 끈을 놓지 않으신 분, 무엇보다 오늘을 사는 우리가 이순신 장군에게서 배워야 하는 본보기는 '통찰의 리더십'일 것이다.

현충사를 다녀온 날엔 『난중일기』를 꺼내 읽는다. 생과 사를 넘

나드는 전장에서도 어머니 걱정에 늘 고향 소식을 기다리던 장군의
모습, 사람으로 가야 할 길을 건너다본다.

아버지의 해방일지와
런던에서 온 평양 여자

이런저런 풍문에 귀를 열고 읽어야 할 책을 마음에 두기 시작한 건 무엇에서 기인한 것일까. 이순(耳順)의 나이가 지났으니 귀가 순해진 때문이라 생각했지만 그건 아니었다. 탐구의 방향성 대신 시류에 흔들리는 모습이었다고 해야 하나.

정치적이라는 게 작위적이기도 하다는 말과 궤를 같이한다면 전직 대통령이라는 특별한 이력을 가진 이가 추천하는 책도 그런 류일까? 그렇게 구입해서 읽었던 한 권의 책은『아버지의 해방일지』, 저자는 오래전에『빨치산의 딸』이라는 소설을 발표했고 실제로 빨치산의 딸이기도 했다. 다른 한 권은『런던에서 온 평양 여자』, 저자를 인터뷰한 일간지 기사에 대한 독자들의 반응 때문이었다. 저자는 북한의 최고 금수저라 할 수 있는 '항일 빨치산' 가문 출신이었다. 부연하자면 저자의 작은할아버지는 김일성의 빨치산 동료로 노동당 군사부장을 지냈고, 부친은 고위 정치 장교를 양성하는 김일성정치대학 총장을 역임했다.

두 저자의 공통점이 있다면 두 가지, 여성이라는 점과 선대에서 '빨치산 가족'이었다는 이력 아닌 이력이었다. 같은 듯 다른 점이 있다면 한 권은 소설, 다른 한 권은 회고록이라는 점, 그보다는 이야기 속 주인공이 남과 북이 추구했던 체제와 정반대로 다르게 살아왔다는 것이다.

세상에 공표하듯, 아버지가 빨치산이었다는 것을 세상에 까발리는 것은 철저한 반공 국가에서 신산한 삶을 피할 수 없었던 항변의 일단이기도 하였을 것이다. 작가의 아버지는 한국전쟁 전부터 지리산에 입산한 빨치산이었고, 어머니 또한 그러했다. 소설이었지만 이 땅에서 금기시된 빨치산의 특별한 이력을 지닌 아버지의 딸로 살아야 했던 특별한 경험과 평생 사회주의자로 산 부모의 모습이었으니 자전적 에세이에 가까운 글이었다.

『아버지의 해방일지』라는 제목, 그 의미는 무엇일까를 생각하며 책을 펼쳤을 때, 어느 날 갑자기 아버지가 "삶을 마감"했음을 선포하는 것으로 이야기는 시작됐다. 젊은 시절 아버지가 추구했던 이념적 방향은 이 땅에서 또렷이 새겨진 원죄와도 같은 것이었고, 이 땅에서 빨치산이었다는 이력은 딸에게도 지울 수 없는 불편한 삶을 살아 내야 했을 것이다. 그런 아버지와 아무런 이별의 의식도 치르지 못한 채 장례식장의 유일한 상주가 된다. 경황이 없는 상주로서 문상객들을 접하며 새로운 듯 아버지의 삶을 만나게 되었다고 해야 하나. 그것은 마치 다큐 프로그램의 한 장면처럼, 이타적인 삶을 살았던 아버지의 발자취를 부각시키며 장례 기간의 이야기는 흘러 간다.

『런던에서 온 평양 여자』는 한 일간지 인터뷰 기사의 댓글에 대해 언급한 내용이 마음을 끌었다. 북한의 외교관이었다가 탈북했다는 것도 특별했다. 게다가 국회의원까지 된 특이한 이력을 가진 남편을 둔 아내가 회고록 형식으로 쓴 책은 당연히 주목의 대상이었을 것이다.

그러니 한 일간지에서 저자를 인터뷰했을 테고 독자들의 관심도 많았을 터, 댓글 중에 저자 남편의 탈북을 '조국에 대한 배신'이라 비난하는 댓글이 넘쳐났다는 기사 내용 때문이었다. 사실인 것처럼 '북 정권에 호의적인 이들이 대한민국에 이토록 많을 줄 몰랐다'는 기자의 주목은 나의 호기심을 자극했다. 앞서 언급한 책이 자전적인 소설의 외피였다면, 이 책은 평양과 외교관으로 살았던 저자의 이야기로 흘러간다.

북한에 대해 관심을 가진 사람이라면 무엇보다 '토대'의 의미를 알고 있을 것이다. 노동자가 우선인, 계급을 타파하겠다는 명분을 내걸었지만 철저하게 계급 사회인 북한, 그런 북한에서 '금수저'인 항일 빨치산 가문 출신 엘리트가 왜 탈북했을까 하는 의문을 의식했듯 저자는 말했다.

"그렇기 때문에 오히려 어릴 때부터 권력이란 한순간의 춘몽(春夢) 같다는 걸 알았다. 평양외국어학원(한국의 중·고등학교) 6년 과정을 마칠 때쯤 수많은 친구들이 소리 소문 없이 사라지고 없었다. 다들 권세가의 자녀들이었는데 아버지가 숙청당한 거였다. 권력은 그 힘의 높낮이와 상관없이 누구에게도 안전하지 않았다."

그보다는 두 아들을 둔 어머니로서의 이유가 더 또렷한 듯했다.

"내게 한 번도 만난 적 없는 이복 언니가 있다. 아버지가 소련 유학 시절 만난 고려인 아내에게서 낳은 딸이다. 아버지가 유학을 마치고 평양에 왔는데 아내가 고려인이라는 이유로 당의 불신을 샀다. 선택의 기로에 섰을 때 아버지는 충신의 삶을 택했다. 아내와

딸을 소련으로 다시 돌려보냈다. 평생 그 딸을 그리워하며 후회하며 사셨다. 그런 아버지의 삶을 봐 왔기에 내 삶은 충성이 아니라 자유를 향한 것이어야겠다고 생각했다. 아버지와 달리 내 아이들을 지키고 싶었다.”

'빨치산'이라는 역사의 흔적이 서로 다른 대척점에 서듯 두 권의 책을 읽으면서 나는 또 다른 생경한 대척점을 대면해야 했다. 『아버지의 해방일지』는 자본주의 사회에서 이타적이라고 함의되는 사회주의적 삶을 표방했다는 것이고, 『런던에서 온 평양 여자』는 철저하게 돈에 종속되는 자본주의적 삶을 살았다는 것이었다.

1947 보스톤

1인 가구가 늘어 가면서 명절의 의미도 변해 가는 듯했다. 조상을 추모하고 공동체의 결속을 다지기도 했던 명절이 만나고 헤어짐으로 번잡하고 오가는 데 시간만 보낸다고 해야 하나.

추석의 오래된 추억을 소환하는 것 중의 하나가 영화관이었을까? 이제는 한적한 소읍으로 퇴락한 고향 근처, 광천읍내에 극장이 있었다는 사실은 오래된 전설처럼 아득하다. 중학생 시절 '증언'이나 '잔류첩자' 등 반공 영화를 단체 관람하려고 극장에 갔을 뿐, 당시 개인적으로 극장에 갔던 기억은 없다. 명절에 용돈을 받아 극장에 가는 것은 벽촌의 아이들에게 큰 호사였으니 동네방네 소문을 내고 갈 정도였다. TV도 없던 시절이었으니 극장에서 영화를 본다는 게 그랬다. 나는 한 번도 그 소문을 퍼트리지 못했으니 이루지 못한 희망 사항이자 쓰린 추억이다.

긴 추석 연휴가 시작되고 집에 친구들이 찾아와 점심을 같이 먹었다. 저녁 시간에 같이 공연을 보러 가기로 했기 때문에 오후 시간에 여유가 있었고 영화를 보러 가는 걸 제안했다. 저녁 시간을 맞춰야 했기 때문에 선택할 수밖에 없던 영화가 〈1947 보스톤〉이었다. 자긍심의 과대 포장 혐의가 있을 법한 소위 국뽕영화일 거라는 예단과 시간이 맞아 선택한 영화여서 별 기대는 없었다.

"마라톤 대회 한번 나가 봅시다."

인접 학군단에 근무하는 후배의 제안은 당황스러웠지만 달콤한 유혹이었다. 후배는 하프코스를 두 번쯤 달린 경험이 있었다. 초급 장교 시절 무리한 행군을 하다 관리가 부실했던 무릎 관절에 통증이 시작되었고 군 생활 내내 그 지독한 통증에서 벗어날 수 없었다. 구식 화장실에서는 벽을 짚어야만 자리를 잡을 수 있을 정도였다. 당연히 군 통합병원에 입원하여 치료를 받아야 할 상황이었지만 쉽게 선택할 수 없었던 게 직업 군인의 한계였다. 결국 전역을 앞두고서야 입원 수속을 하고 시술을 받을 수 있었다. 퇴원하면서 경과를 예단하기는 어려웠지만 퇴원 시 군의관은 "무리한 운동은 절대 금물이다."라고 당부하듯 말했었다.

하프코스에 신청서를 내겠다고 후배에게서 다시 전화가 왔을 때 풀코스를 신청하겠다는 나의 선언에 후배는 뭐라 할 말을 잊은 듯했다. 그렇게 40대에 무모하게 나의 마라톤 역사는 시작되었다. 아무리 급한 성격이라도 단번에 풀코스를 달리는 사람은 없을 것이었다. 취미나 여가 활동으로 하는 운동의 범주이지만 42.195km를 달리는 것은 신체에 무리가 될 수밖에 없으니 계단을 오르듯 단계에 맞춰 거리를 늘려가는 게 일반적인 마라톤의 입문 과정이었으니 그랬다.

대회까지는 한 달여 남아 있었다. 마라톤은 철저하게 혼자여야 하는 고독한 운동이지만 동호회 등을 통해 시작하는 경우가 많다. 나는 혼자 시작했다. 아침저녁 출퇴근 시간을 이용하여 거리를 달렸다. 하루에 전철역 한두 구간을 늘려가며 달렸고 주말에 한강 둔치 길을 달렸다. 발톱 두 개가 까맣게 죽어 가더니 잇몸이 부르터 밥을 제대로 씹을 수가 없었다. 아내는 볼 때마다 핀잔을 던졌다.

'하는 일이나 똑바로 하지 쓸데없이 무리하면서 뛰어다니느냐.' 했지만 안쓰러운 표정이기도 했다. 아무래도 무리일 것 같다는 시험에 빠지기도 했지만 포기할 수는 없었다. 가는 비에 몸이 젖어들 듯 그렇게 마라톤의 매력에 빠져들었다.

영화관은 한산했다. 영화의 시공간은 1947년, 미 군정의 신탁 통치를 받던 시절이었으니 광복은 되었지만 우리의 국호를 가질 수 없었다. 가난과 굶주림도 피할 수 없는 현실이었다. 운동에서 두각을 나타내 개인의 명예는 가질 수 있었지만 먹고 사는 문제를 해결할 수 없었다. 영화 속에 주인공은 아니지만, 주인공만큼 중요한 인물로 감독 배역의 손기정이 있었다. 일제 강점기에 일장기를 달고 베를린올림픽에 참가했고 당시 세계신기록으로 우승했던 선수. 그가 올림픽에 참가할 당시에 베를린까지 가는 이동 수단은 기차였고 이동 시간만 한 달이 훨씬 넘는 먼 길이었다. 이런저런 곤경과 차별을 극복하여 쾌거를 이루었지만, 부상으로 받은 월계수에 일장기를 가린 죄목으로 더 이상 달릴 수 없었던 슬픔이 있었다. 그때 함께 참가해 3위를 한 남승룡은 후에 보스턴에서의 영광을 주도한 주인공이었다. 피식민국은 아니었지만, 대외적으로 국호를 가지지 못한 나라에서 성조기 대신 태극기를 가슴에 품으려는 절실함에 눈물이 흘렀다. 까맣게 지워졌던 꿈의 한 조각, 마라톤에 심취했던 시절 보스턴대회에 참가하겠다던 꿈을 키워가듯 적금을 부었던 기억이 돌아 나왔다.

드디어 대회 당일, 출발선에 선 많은 사람들은 마치 소풍이라도 가듯 밝은 표정이었지만 나는 왠지 긴장하고 있었다. 드디어 출발 신호와 함께 무리에 떠밀리듯 출발했다. 반환점까지는 많은 주자를 따라잡으면서 뛰기도 했는데 반환점을 지나고부터는 발이 천근만근이었다. 앞서가는 주자들의 발걸음이 지축을 흔들 듯 크게 들렸고 그들을 앞세우는 괴로움이 달리는 고통보다 몇 배 더한 듯 했다. 반환점을 오래전에 지난 것 같은데 골인 지점은 아직 멀었다. 완주하는 것도 자신 없는 일이었으니 기록에 대한 관심은 없었다. 초급 장교 시절 철야 행군을 마치고 주둔지로 복귀하던 내 모습이 떠올랐다. 부대에 도착하면 목욕탕에 몸을 담그는 것부터 하고 싶은 일이 너무 많았던 것 같은데 지금은 아니었다. 더는 다른 주자들을 앞세우지 말아야 한다는 불가능한 현실의 강박 관념만이 나를 짓눌렀다. 질러갈 수도 없으니 가야 할 길을 가는 수밖에. 드디어 저 멀리 희미하게 결승선이 시야에 들어왔다. 가쁜 숨소리에 슬금슬금 비어져 나오는 웃음, 반환점을 지나 달릴 때는 누가 시키지도 않았는데 왜 이런 고생을 하나 한심한 생각이 들기도 하고, 다시는 대회에 나가지 말아야지 하는 생각이 다가서기도 했다. 드디어 고대하던 골인점에 도착하는 순간 그런 마음은 하나도 남아 있지 않았다. 기록은 3시간 30분, 처음 참가하는 대회라 기록에 대한 개념은 없었지만 훌륭한 기록이었다. 마치 마라톤에 천부적 자질을 가지기라도 한 것처럼. 그 후로 마라톤은 나의 일상으로 자리 잡았다. 그해 시월, 춘천마라톤대회에서 3시간 초반대의 기록이었던 것도 그랬다.

팔월 불볕더위에 강릉 시내 해발 32m에서 출발해 옛 대관령을 넘는 고속도로를 달려 대관령휴게소 해발 832m까지 오르는 마라톤대회에도 참가했다. 고도를 높이며 달릴 때마다 가슴이 터질 것 같은 가쁜 숨과 대지를 태워 버릴 것 같은 열기 속에서 물소리가 울려 나오는 곳이면 알라신께 기도를 드리듯 무릎을 꿇고 머리를 조아리고 싶던 코스였다. 그 길가에 피어나던 보라색 벌개미취꽃들의 서늘한 기운에 위로를 받았다. 뜨거운 열기를 누그러뜨리며 가을을 부르는 서늘한 빛의 향연에 위로를 받았다고 해야 하나. 대학 학군단에 근무하던 시절, 대학에서 주최하는 4·19 기념 마라톤대회에도 참가했다. 젊은 대학생들과 겨뤄 1등으로 골인 지점에 도착했는데, 결승선에 테이프가 준비되지도 않았었다. '그 시간에 도착할 줄 몰랐다.'는, 주최 측의 서운한 변명이었다. 단 한 번뿐인 일등이었을 수도 있는데, 그 마음을 모를 리 없었다. 준비한 대회는 아니었는데 우연한 기회에 100km 울트라마라톤을 달리기도 했다. 현역으로 군생활을 마무리하던 시점, 후배가 100km 울트라마라톤대회에 참가 신청을 하였다가 사정이 생겨 참가하지 못하는 바람에 대신 참가했던 대회였다. 준비가 없었으니 단순히 참가하는 데 의의를 두었는데 새벽 다섯 시 출발선을 빠져나가면서 다시 이곳으로 돌아오지 못할 수 있다는 두려움을 피할 수 없었다. 멀고 긴 시간, 10시간 반만에 무사히 돌아올 수 있었다. 골인선에 들어서면서 희열과 성취감을 챙기기도 했지만 대회 참가를 거듭할수록 성취감이란 것도 느끼지 못하고 안전하게 마치기만 염원하게 되면서 시들해졌다.

마라톤을 시작하면서 전국 각지에서 열리는 대회를 참가했지만 오래전에 서윤복 선수가 우승했던 보스턴대회를 꿈꾸었다. 이봉주 선수도 우승했으니 그랬다. 다시 근무하던 직장의 마라톤동우회에서도 직장 차원에서 후원해 주겠다는 호의적인 분위기도 있었는데 당시 정부 조직 개편으로 없던 일이 되어 버렸다. 변화하는 여건에도 대회 참가를 목적으로 적금을 들어 구체적으로 준비했었다. 하지만 고비 사막 마라톤 참가 후, 나의 마라톤 이야기도 그 흔적을 지우며 흘러갔다. 보스턴대회 참가 염원도 마찬가지였다. 그러다 우연하게 2023옥스팜트레일워커에 참가하며 잊어 가던 마라톤 기억이 되살아났다. 자전거로 출퇴근했던 15km의 거리를 일주에 세 번, 출근길을 달리며 다시 마라톤을 시작할 수 있었다. 5월의 초록이 넘실거리는 인제 천 리 길, 네 명이 한 팀이 되어 100km를 걷고 달려서 23시간 55분, 만 하루가 되는 긴 시간이었다.

〈1947 보스턴〉, 그 영화를 보았던 것은 우연이었고 마라톤을 시작했던 것도 마찬가지였다. 영화를 보면서 한류의 원조는 K-마라톤이었다는 것이 새삼스러웠다. 베를린올림픽에 이어 전후 처음으로 열렸던 보스턴대회에서 연이어 세계신기록으로 우승했던 역사적 사실 그리고 고단했던 현실을 극복한 자랑스러운 인간 승리까지. 그러면서 나의 지워져 버린 꿈, 보스턴에 가겠다던 꿈이 눈처럼 녹아 눈물로 되돌아 나왔다.